산괴 1

산에 얽힌 기묘한 이야기

다나카 야스히로 지음 | 김수희 옮김

AK TRIVIA SPECIAL

일러두기 _____

1. 일본 인명과 지명은 국립국어원 외래어 표기법에 따랐다.

2. 본문 중에서 '역주'로 표기된 것 외에는 모두 저자의 주석이다.
   * 역주 예 : 가타리베(語り部, 전문적인 이야기꾼-역주), 반가쿠(番楽, 아키타현이나 야마가타현에서
     거행되는 가구라[神楽]의 일종-역주)

3. 서적 제목은 겹낫표(『 』)로 표기하였으며, 그 외 인용, 강조, 생각 등은 작은따옴표(' ')를 사
   용하였다.
   * 예 : 『도노모노가타리(遠野物語)』, '출웅' 사냥, '5인 6각(다리 묶고 달리기)'

산에는 뭔가가 있다.

살아 있는 존재일까? 개체일까, 아니면 기체일까?

눈에 보이긴 할까? 알 수 없다.

그러나 확실하진 않지만, 분명 뭔가가 있다.

그 뭔가는 동서고금에 걸쳐 다양한 형태로 나타나

남녀노소를 위협한다.

모든 이가 그 존재를 인정하지만

그것이 무엇인지 아무도 모른다.

굳이 그 이름을 묻는다면, '산괴'라고 답할 수밖에 없다.

목차

Ⅰ 아니(阿仁) 지역 마타기(マタギ)의 산

II 이계로의 입구

III 영혼과의 해후

들어가며

산속 여러 관문이나 수렵 관련 현장을 누비고 다닌 지 어언 사반 세기에 이르고 있다. 현장에서는 산속에서 일어난 신기한 일들, 거대한 뱀이나 여우가 출현했다는 신비한 이야기를 종종 듣는다. 그런 일들이 본격적인 취재 대상은 아니어서 상세히 기록한 경우는 거의 없었다. 그러나 기억에는 또렷이 각인되었기 때문에 자잘한 디테일까지도 선명히 기억하고 있다. 실없는 이야기라고 생각해 '말도 안 되는 소리'라고 일소에 부쳐버릴 분도 많을 것이다. 그러나 내겐 어쩐지 매우 매력적으로 느껴졌다.

이런 에피소드는 민화(民話)나 옛이야기들과 달리 기승전결이 확연하지 않다. 심지어 종교적이거나 도덕적인 교훈을 포함한 요소도 전혀 없다.

예컨대 이런 식의 단순하기 그지없는 내용이다.

"일전에 산에서 북소리를 들었는데, 그건 분명 너구리 소행이겠지?"

이런 식이다. 하다못해 짧은 이야기로 구성해볼 수조차 없는 자잘한 일화가, 실은 현재 멸종 위기에 놓여 있다.

이야기라는 것은 애당초 사람들 입에 오르내려야 그 명맥을 이어나갈 수 있다. 그러나 현재는 이를 말하는 이도, 듣는 이도 줄어들고 있다. 문득 그런 생각이 든 나는, 이 문제에 대해 본격적으로 취재해 봐야겠다고 마음먹었다.

옛날 옛적에 산촌은 정적에 휩싸여 있었고, 밤이 되면 섬뜩할 정도로 어두웠다. 오늘날과 달리 가로등도 없었으며, 오가는 차도 거의 없었을 것이다.

칠흑 같은 어둠, 그리고 짐승이 지배하는 깊은 숲은 사람들의 사고방식에 지대한 영향을 끼쳤다. 특히 엄청난 적설량을 기록하는 도호쿠(東北, 아오모리·아키타·이와테·야마가타·미야기·후쿠시마 등이 포함된 일본 혼슈 북동부 지방-역주) 지방은 이루 말할 것도 없었다. 이 지역에서는 1년의 4분의 1 가까운 기간 동안 눈에 갇혀 지내게 된다. 거대한 초가지붕인 이른바 '가야부키(茅葺き)' 지붕 아래서, 일 년 내내 단 하루도 불씨가 꺼지지 않는 '이로리(囲炉裏, 방바닥 중 일부를 네모로 파내 만든 일본의 전통적 실내 난방 장치-역주)'에 둘러앉아 사람들은 서로 어깨를 마주하며 살아왔다. 아이가 많아 식구가 열 명도 넘는 대가족이 둘러앉아 '이로리'의 불빛을 응시하며 밥을 먹고 이야기를 나눈다.

3m가 넘는 눈에 파묻힌 생활을 하다 보니 느긋한 측면도 있었다. 과거에는 제설 작업이 존재하지 않았기 때문이다. 현관 앞이나 들창(채광창)에 쌓인 눈만 털어내고, 나머지는 아이들의 통학로처럼 반드시 필요한 곳만 다 같이 밟아서 굳히곤 했다. 현재는 누구나 차를 타고 일하러 가거나, 쇼핑을 하거나, 병원에 다닌다. 그래서 눈이 내리면 새벽 4시경부터 집 주변 제설 작업을 시작해야 한다. 엄청난 세금을 쏟아 도로의 눈을 치우고 또 치운다. 그런 다음 대량의 눈을

버리는 작업에 또다시 많은 일손과 비용이 요구된다. 옛날엔 그런 작업이 전혀 없었다. 오로지 봄이 되기만 기다릴 뿐이었다.

"옛날엔 이로리 주변에 할아버지, 할머니들이 모여 온종일 새끼줄을 꼬거나 봄을 맞이할 준비를 하곤 했지요. 그러다 보면 마을의 이런저런 소식들이나 '산 이야기'들이 한없이 나오지요. 옆에 있던 아이들은 자기도 모르게 그런 이야기들을 매일같이 듣곤 했고요."

후쿠시마(福島)현(縣) 미나미아이즈(南会津)에서 들었던 이야기다.

어두컴컴한 집 안에 있던 유일한 난방시설 '이로리' 주변에서는 지치지도 않고 결국 똑같은 이야기가 반복되었을 것이다. TV도 없던 시절이었기에 이것이 유일한 즐거움이기도 했다. 그런 가운데 산에 대한 신기한 이야기는 곧잘 나오는 단골손님이었을 것이다. 그같은 이야기 중에는 완성에 가까운 민화 수준의 이야기도 있었겠지만, 앞서 나왔던 것처럼 반전이라고는 찾아볼 수 없는, 밑도 끝도 없는 단순한 에피소드까지 뒤섞여 '잡탕' 상태로 존재했을 것이다. 거듭 사람들의 입에 오르내리면서 이야기는 조금씩 숙성되어갔고, 지역 특유의 재미있는 민화로 발전했는지도 모른다.

어두컴컴하고 밀폐된 공간이기 때문에 비로소 완성될 수 있었던 이야기. 이런 수많은 이야기는 마치 술통 안에서 서서히 빚어지는 술처럼 그윽한 향내를 자아내고 있었을 것이다.

그러나 지금은 어떤가. 산속에 있는 마을에서도 가로등은 휘영청 길을 밝혀주고 있으며, 집집마다 새어 나오는 불빛은 밤마다 눈부시기 그지없다. 바야흐로 저출산, 고령화, 핵가족 시대다. 아이가 없는 가정이 충분히 있을 수 있고, 있다 해도 아이들은 게임을 하거나 학원 다니기에 바빠서 노인의 이야기에 귀를 기울이지 않는다.

"손주들에게 딱히 '산 이야기'는 하지 않아요. 우리도 TV 봐야 하니까…. 어차피 말을 걸어봤자 들어주지도 않고."

취재를 위해 둘러본 지역의 어르신들은 이구동성으로 이렇게 말한다. 당신들께서 귀에 못이 박히도록 들어왔던 '산 이야기'나 '지역 이야기'들을 정작 본인은 누구에게도 말하지 않는 상황이다.

아득한 옛날에는 눈앞에 산이 있었기에 비로소 그곳에서 살아갈 수 있었다. 사람들은 산으로부터 먹을 물과 음식, 땔감, 그리고 실로 다양한 재료들을 얻을 수 있었다. 자연 속에서 여러 신들의 존재를 느끼며, 삶의 지침 역시 산에서 발견했다. 삶의 모든 것이 산에 있었다고 해도 과언이 아닐 정도였다. 그 안에서 '이야기' 역시 중요한 위치에 있었을 것이다.

'이야기'의 근본이라고 해도, 그 시작은 미약한 에피소드에 지나지 않았을 것이다. 일을 하다 잠깐 허리를 펼 때나, 잠들기 어려운 길고 긴 밤에는 빼놓을 수 없는 삶의 벗이었으리라. 그러던 것이 지금에 와서는 거의 소멸되고 있다. 지역에 전해 내려오는 옛이야기나 민화 등은 각지의 교육 관계자가 책자 형태로 모아놓기도 했고, 지역의 '가타리베(語り部, 전문적인 이야기꾼-역주)'의 모습이 영상으로 기록되기도 했다. 그러나 그것은 이른바 완성형이다. 오히려 내가 찾아내고자 했던 민화의 원석이라고 할 수 있는 자그마한 에피소드들은 의식되는 일조차 없는 것이 현재 상황일 것이다.

이대로 가다간 종당에는 틀림없이 사라져버리고 말 것이다. 그런 원석들을 모아놓은 것이 바로 이 책이다.

Ⅰ 아니(阿仁) 지역
마타기(マタギ)의 산

도깨비불이 넘치는 땅

과거 아키타(秋田)현 북부에 존재했던 마을로, 현재는 행정구역상 기타아키타(北秋田)시(市)로 편입된 '아니(阿仁)정(町)'은 '마타기(전통 수렵 방식을 고수하는 도호쿠 지방 산악 엽사-역주)' 발상지로 널리 알려져 있다. 사반세기 이전에는 인구가 5,000명이 넘었지만, 현재는 3,000명 정도가 살고 있다. 전형적인 인구 과소화, 고령화 지역이다.

과거의 아니정에는 마타기 마을이 세 곳 있었는데, 각각의 마을에 신기한 이야기가 전해 내려오고 있었다.

아니정에서 가장 깊숙한 곳에 위치한 '웃토(打当)' 마을은 '오쿠아니(奥阿仁)'라고 불릴 만한 자격을 갖춘 곳이다. 온천 시설이나 곰 목장 등 관광 시설이 생기기 이전엔 찾는 이도 거의 없던 한적한 시골 마을이다.

그런 웃토 지역에 살던 스즈키 히데오(鈴木英雄) 씨는 내가 마타기 관련 취재를 하면서 여러모로 신세를 진 분이다. 대대로 이어진 마타기 집안 출신의 스즈키 씨 댁에서 산에 관한 기묘한 이야기들을 들을 수 있었다.

스즈키 씨의 어머니 하나(英) 씨(1933년생)는 어린 시절에 감동적인 광경을 직접 목격했다. 어느 날 해 질 무렵 하나 씨는 어머니와 집 밖에 나와 서 있었다. 친지가 오시기로 해서 마중을 나온 상태였다. 어두컴컴해지고 있는 마당에서 어머니와 가벼운 수다를 떨면서 기다리고 있었는데, 어머니가 갑자기 입을 다물었다.

"엄마, 왜 그래?"

어머니를 올려다보다가 어머니의 시선이 향하는 곳으로 눈길을 돌렸다.

"뭐지? 저건?"

"여우야."

어머니 이야기를 들으니 아닌 게 아니라 커다란 짐승의 모습이 눈에 들어왔다. 그 짐승은 눈 깜짝할 사이에 마당을 빠져나가더니 집 뒤편 산 쪽으로 달아났다. 아버지가 잡아온 여우 가죽이라면 몇 번 본 적이 있지만, 눈앞에서 달리고 있는 여우를 본 것은 난생처음이었다. 하나 씨는 그런 사실에 들떠서 기쁘고 흥미진진하게 바라보고 있었다. 여우는 산의 경사면에 접어들자 꼬리를 크게 흔들기 시작했다.

"여우가 펄쩍 뛰어오르는 모습이 정말 대단하구나. 꼬리를 저렇게 뱅그르르 돌리고, 돌릴 때마다 번쩍번쩍 빛이 나네. 저건 직접 본 사람이 아니면 절대 모르겠는걸. 와, 대단한 거였구나."

비슷한 이야기에서는 집 가까이에 있는 산 위로 빛이 서서히 올라가는 것을 본 사람들이 많았다. 이 근처에서는 신비로운 빛을 발견하면 무조건 여우 탓이라고 여긴다. 이른바 도깨비불(여우불)이다. 그러나 여우가 빛만 보여준 것은 아니다. 여우에게 홀렸다는 이야기도 매우 많다.

느닷없이 전라 상태로

마타기 마을인 웃토에는 예로부터 웅담을 구하러 상인들이 찾아오곤 했다. 그런 상인 중 한 사람으로 도야마(富山)의 약재상이 웅담을 구하러 왔을 때였다. 약재상은 마타기가 사는 집들을 일일이 돌아다니며 약의 재료가 될 곰의 쓸개나 건조 혈액, 뼈 등을 사들이고 있었다.

"자네 집에도 왔는가? 도야마에서 약재 사러 온 이 말일세."

"아, 어제 왔었지. 아직 여기저기 다니나?"

"오늘 웃토나이(打当内) 쪽을 돌고 있는 모양이더군."

좁은 마을이다 보니 약재상의 동향을 모든 사람이 파악하고 있었다. 그런데 그 약재상의 행방이 갑자기 묘연해졌다.

"어떻게 된 거지? 약재상은? 웃토나이에서 이쪽으로 안 오네?"

"돌아갔나?"

"그럴 리 없는데. 우리 집에 오겠다고 했는데."

그래서 몇몇 사람이 그를 찾아 나섰지만 바로 발견되지 않았는데….

"그이가 완전히 홀딱 벗고 계곡에 들어가 있는 게 아니겠어요? 대체 지금 뭐 하냐며 다 같이 그 사람을 끄집어 올렸지요. 여우에게 홀린 게 틀림없어요."

약재상이 웃토나이에서 약재를 사서 걸어가고 있는데, 엄청난 미인이 사거리에 서 있었다. 그런 미모는 난생처음 봤다고 할 수 있을 정도의 미인이었다. 그 미인의 권유로 근처 집에 들어가서 함께 목욕을 했다는 것이다. 마을에서도 대담무쌍하다고 알려진 한 젊은이가 그 이야기를 듣고 호언장담했다.

"그럴 리가 있나! 만나면 내가 가만두지 않겠어."

그렇게 말하더니 굳이 야밤에 혼자서 웃토나이 방향의 사거리로 향했다.

"도대체 다들 무슨 말도 안 되는 소리를 하고 있는 거람? 약재상은 술을 먹은 게 틀림없다니까."

웃토나이로 접어드는 사거리 부근까지 오자 어둠 속에서 뭔가가 보였다. 불빛을 앞으로 내밀면서 조심스럽게 다가섰다. 어렴풋한 가운데 눈에 보인 것은 누군가가 웅크리고 있는 뒷모습이었다.

"누구냐? 거기서 뭐하고 있는 거지?"

큰 소리로 말을 건네봐도 그 '누군가'는 전혀 미동조차 하지 않는다. 그러자 젊은이는 고함을 질렀다.

"이봐!"

뒤돌아본 것은 마을에 사는 사람이 아니었다. 아니, 애초에 사람이 아니었다.

젊은이는 이후 3일간 고열에 들뜬 상태로 깊은 잠에 빠져버리고 말았는데, 훗날 이렇게 말했다고 한다.

"그건 대체 뭐였지? 전혀 모르겠어. 내 쪽으로 돌아보던 얼굴이 정말 엄청났거든. 진짜 뭔지 모르겠는데, 어쨌든 얼굴이 너무 무서웠어…."

아주 머나먼 옛날에 일어난 일이 아니다. 기껏해야 40년 전에 일어난 일이다. 40년이라면 신칸센이 하카타(博多)까지 개통되었을 무렵이다.

웃토 지역 중심에서 약간 벗어난 곳에 웃토나이가 있다. 웃토나이로 구부러지는 사거리 부근은 예로부터 여우가 살았던 서식지로 전해진다. 지금은 관광 시설이 만들어져 개방된 장소로 변했지만, 40년 전까지만 해도 음침하고 어두컴컴해서 그다지 기분 좋은 곳이 아니었다고 한다.

즐거운 야점(夜店)

　그런 웃토나이에 살던 이즈미 겐타로(泉健太郎) 씨가 중학생이던 때 이야기다. 겨울철엔 서클 활동을 하느라 밤늦게 귀가하는 경우가 있었는데, 그럴 때는 너무 컴컴해서 웃토나이로 꺾어지는 사거리 부근이 무척 무서웠다고 한다. 하지만 그곳을 반드시 거쳐야 집으로 갈 수 있었기 때문에 무서워도 꾹 참고 지나갈 수밖에 없었다.

　어느 겨울날 평소처럼 해가 완전히 저물어 어두워진 귀갓길. 하얀 눈이 발하는 으스름 빛에 가까스로 의지할 수밖에 없는 추운 겨울날이었다. 평소처럼 사거리 근처에 다가간다.

　"거긴 정말 너무 무서운 곳이었지요. 컴컴하니까요. 그런데 그날은 사거리 모퉁이를 돌아 앞을 보니 세상에, 정말 깜짝 놀랐어요."

　이즈미 소년이 본 것은 밝은 빛의 행렬이었다.

　"너무 밝았거든요. '야점'이 쭉 늘어서 있더라고요. 구둣가게니 장난감 가게 같은 가게가 대여섯 집이나 있지 않겠어요? 어라? 오늘이 '마쓰리(일본의 전통 축제-역주)' 날이었던가 싶었지요. 한참을 그렇게 가게들을 바라보고 있었을 거예요."

　하얀 눈 속에서 갑자기 모습을 드러낸 휘황찬란한 가게들을 정신없이 바라보고 있는데, 이번엔 갑자기 그 빛이 사라졌다. 느닷없이 정전이라도 된 것 같은 상황이었다.

　"어라?"

　순간적으로 이즈미 소년은 어안이 벙벙해졌다. 그곳에는 평소처럼 하염없이 어두운 눈 세상이 펼쳐져 있을 뿐이었다.

*

이즈미 소년은 이후 다시금 그 신비한 '야점'과 조우한다.

아니(阿仁) 지역에서는 정기적으로 시장이 들어선다. 4가 붙은 날이 '아니아이(阿仁合)', 5가 붙은 날이 '히타치나이(比立内)' 지역이다. 40년 전에 개설된 시장엔 많은 점포들이 들어서 무척이나 사람들로 북적거렸다. 열흘에 한 번 할 수 있는 쇼핑은 마을의 손꼽히는 즐거움이었기 때문에, 장날이면 북적거리는 통에 아이를 잃어버리는 사람이 나올 정도로 성황리에 개최되었다.

히타치나이에서 8km 정도 떨어진 웃토나이 마을에 살던 사람들에게도 시장은 무척이나 가슴 설레는 존재였다. 물론 오늘날과 달리 차가 없던 시절이라 걸어서 가는 것이 보통이었다.

그날 이즈미 소년은 할머니와 함께 시장에 가서 큼지막한 가오리 지느러미(일본어로 '가스페'나 '가스베'라고 부르는 가오리의 일종으로, 조림 요리에 넣으면 맛이 그만이다)를 하나 샀다. 가오리 지느러미를 길게 늘어뜨리고 눈길을 따라 걸어오는 도중에 도롯코열차(소형 화물차-역주) 궤도의 다리를 건넜다. 이곳만 통과하면 상당히 가로질러 가게 되는 셈이라 웃토 사람이라면 당연히 지름길인 이곳을 거쳐 가곤 했다.

"철교 한가운데쯤 왔을 때였을 거예요. 눈앞이 갑자기 훤해졌어요. 무슨 일인가 싶어서 바라보니 내 눈앞으로 야점이 쭉 보이더라고요. 가게 앞의 풍경까지 확연히 보이고요."

철교 위에 있던 상황이다. 너무 해괴하다 싶어서 뒤에 오던 할머니를 돌아본 후 그 이야기를 했더니 할머니는 의아하다는 표정을 짓는다.

"저런 곳에 가게가…?"

할머니에게 그렇게 말하고 다시 앞을 보자 그 자리엔 아무것도 없었다.

"어린아이니까 그런 것을 보여줬는지도 모르지요. 그땐 가오리 지느러미를 늘어뜨리고 가던 상황이어서 그걸 노렸을지도 모르겠네요."

이후 이즈미 소년 앞에 야점이 느닷없이 나타나는 일은 없었다.

*

웃토에 거주하던 스즈키 히데오 씨의 친지도 신기한 불빛과 자주 조우한다. 예컨대 스즈키 씨의 여동생의 경우다. 서클 활동 때문에 귀가가 늦어진 자녀를 위해 역까지 마중 나갔을 때의 일이었다. 완전히 어둠이 내려앉은 무인역에는 가끔 희끄무레한 것이 언뜻언뜻 보였다. 본격적인 겨울이 바로 코앞까지 들이닥쳤다. 여동생분은 따스한 차 안에서 열차가 도착하길 기다리면서 라디오를 듣고 있었다. 한동안 그렇게 있다가 시각을 확인한 다음, 차에서 내려 역사를 향해 천천히 걷기 시작한다.

"다음 주 쯤에는 눈이 또 오려나…."

혼잣말을 하니 입에서 하얀 김이 나온다. 문득 하늘 가득 촘촘한 별들을 올려다보고 나서 고개를 갸우뚱했다.

"유성?"

수많은 별들 중에 신기하게 움직이는 빛이 시선을 사로잡았다. 그가 발길을 멈추고 그 빛을 응시하자, 빛이 점점 커지기 시작한다.

"저건 뭐지? 별이 저렇게 움직였던가?"

신비한 빛은 기묘한 움직임을 보이더니 점점 커졌다. 그러더니 이번엔 맹렬한 속도로 자신을 향해 다가오는 게 아닌가. 아연실색하여 올려다보던 그의 바로 위에서 거대한 빛의 덩어리가 갑자기 움직임을 멈췄다. 동시에 그 주변만 환하게 밝아진다. 마치 무대 위에서 스포트라이트를 받고 있는 느낌이었다. 말문이 막힌 그는 미동조차 하지 못한 채 빛의 한가운데에 서 있었다. 어느덧 빛이 서서히 작아지는 것을 느낄 수 있었다. 그러고는 갑자기 엄청나게 빠른 속도로 어디론가 날아가버렸다. 어둠 속에 멈춰 선 그의 귓가에 멀리서 레일 울리는 소리가 가까워지고 있었다.

"그게 혹시 UFO라는 게 아니었을까요?"

여동생분은 그날 밤의 신비한 빛을 도저히 잊을 수 없다.

*

스즈키 씨의 남동생은 어린 시절 감나무에서 떨어진 적이 있다.

그 당시엔 머리를 세게 부딪친 탓에 순간적으로 의식을 잃었다.

"그다음부터 동생에게 여러 가지 것들이 보이기 시작했어요. 할아버지가 돌아가실 땐 진즉 돌아가신 할머니 얘길 불쑥 꺼냈지요. 할머니가 옛날에 기르던 개를 데리고 근처까지 와 계신다고 했어요."

그는 나무에서 떨어진 쇼크로 이른바 '귀신이 보이는 사람', '영감능력을 가진 체질'이 된 모양이다.

"제수씨는 히타치나이에서 이쪽으로 올 때 엄청난 걸 봤다더군요."

일이 있어 스즈키 씨의 제수씨가 웃토를 향했을 때였다. 어둠이 내려 깜깜절벽인 길을 차로 달리고 있는데, 바로 옆을 흐르는 계곡에서 밝은 빛이 보였다.

"어라? 누가 둑중개(Cottus pollux, 일본의 담수어-역주)라도 작살로 잡나?"

요즘도 밤에 작살로 물고기를 잡는 사람이 있는가 싶어서 속도를 늦춰 확인해보려고 하자, 하나씩 빛이 반짝이기 시작했다. 호기심이 발동한 그는 차를 세우고 창문을 열어 계곡을 바라보았다. 그러자 하나둘씩 반짝거리기 시작한 빛이 순식간에 계곡 전체를 뒤덮을 정도로 번져갔다.

"눈 깜짝할 사이에 확 퍼져가더라고요. 엄청나게 밝아서 저거야말로 UFO 같다고 사람들에게 말했지요."

이것도 그 지역에서 말하는 '도깨비불' 부류에 속하는지, 아니면 진짜로 UFO인지 알 수 없지만, 아니 지역에 정체를 알 수 없는 신비한 빛이 자주 출현했다는 것은 틀림없는 사실인 모양이다.

비린내 나는 것이 좋아

앞서 나왔던 '가오리 지느러미' 이외에도 비린내 나는 것을 가지고 있다가 사건이 터진 예는 몇 개 더 열거할 수 있다. 웃토나이에 사는 이즈미 료이치(泉良一) 씨에게 들은 이야기다.

"우리 삼촌이 둑중개를 잡으러 갔었거든요? 옛날엔 둑중개를 밤에 잡았지요. 그래서 야간잡이라고들 했어요."

둑중개는 독특한 맛이 그만인 민물 어류다. 낮에는 새의 공격을 피해 돌 틈 깊숙이 숨어 있다가 밤이 되어서야 모습을 드러낸다. 얕은 계곡에 조명을 비추며 그 모습을 찾아 작살로 찔러서 잡는다. 간단한 방법이지만 아주 많이 잡을 수 있다(현재는 금지되었다).

"둑중개를 엄청 많이 잡은 후 허리춤에 차고 있던 어롱에 넣어 계곡을 걸어가고 있는데 누군가가 어롱을 세게 잡아당기더래요. 친구가 장난치는 거라고 생각해 뒤를 돌아봤더니 아무도 없었다는 거예요."

칠흑 같은 어둠 속에서 들리는 거라곤 계곡을 흐르는 물소리뿐이다.

"나무에라도 걸렸나?"

다시 정신을 차리고 둑중개잡이를 계속했다. 조금 있었더니 또다시 뭔가가 어롱을 세게 잡아당겼다.

"어라? 또 나무에 걸렸나?"

그렇게 생각하고 싶었지만 도저히 그리 생각할 수 없었다. 왜냐

하면 그곳은 계곡 한가운데였기 때문이다. 걸릴 만한 나무도, 나뭇가지도 전혀 없는 장소였다.

*

비슷한 이야기를 미야기(宮城)현 시치카슈쿠(七ヶ宿)에 있는 민박집에서도 들었다. 거기 사는 할머니의 부모님은 주문 배달 전문의 고급 음식점을 경영하고 있었다. 어느 날 할머니의 아버지가 커다란 송어 소금구이를 등에 지고 주문한 곳으로 가져다주려고 나섰다가 어두컴컴한 장소로 접어들었다. 그런데 뭔가가 등에 지고 있던 송어를 잡아당겼다.

"뭐지?"

할머니의 아버님은 필사적으로 송어를 사수하며 밤길을 가까스로 빠져나왔는데, 주문한 집에 도착해 펼쳐보니 송어는 절반이 되어 있었다. 이나리(稲荷) 신사의 작은 사당에 유부를 바친다는 이야기는 자주 듣는다. 이나리 신의 권속(신의 뜻을 전하는 사자이자, 신에게 임무를 부여받은 사도-역주)이 여우이며, 여우가 유부를 좋아하기 때문에 바치는 것이다. 마찬가지로 산속에 있는 여우도 비린 것을 좋아하는 모양이다.

*

나라(奈良)현의 요시노(吉野)정에서는 물고기 행상이 비슷한 경우를 당했다. 요시노정은 고다이고(後醍醐) 천황이 남조를 열었던 유서 깊은 땅이다. 그곳의 '엽사 모임(엽우회)' 회장인 시모나카 아키요시(下中章義) 씨가 어린 시절에 들었다는 이야기다.

"이 근처까지 행상인이 자주 왔었어요. 물고기 행상은 등에 진 바구니에 물고기를 잔뜩 넣어 팔러 다니거든요. 그런데 산길을 걷고 있는데 어쩐지 이상하다 싶더래요. 그래서 등에 지고 있던 바구니를 내려놓고 보니 물고기가 죄다 나뭇잎이 되어 있더라는 거예요. 여우에게 홀랑 뺏겼다는 이야기지요. 글쎄요, 여우 이야기는 자주 들었어요. 그래도 '오미(近江) 상인(중세에서 근세에 걸쳐 지금의 시가[滋賀]현인 오미에서 활동한 상인. 오사카[大阪] 상인, 이세[伊勢] 상인과 함께 일본 3대 상인 중 하나임-역주)'만은 자기를 속이려고 했던 여우를 거꾸로 자기가 속였다더군요. 결국 여우를 잡아 여우 목도리를 만들었대요."

오미 상인, 두렵기 그지없다.

여우의 복수

웃토 마을을 방문했던 손님의 이야기다. 스즈키 씨를 찾아와서 대뜸 이렇게 말했다고 한다.

"여기 오는 도중에 여우 새끼와 어미를 봤는데요."

임도(林道, 산림에 조성된 도로-역주)에서 벗어나 웃토를 향하고 있는데, 우연히 여우 새끼와 어미를 발견했다. 일부러 그 여우들을 향해 핸들을 꺾어가며 새끼와 어미를 한동안 따라다녀주었다며 재미있어 죽겠다는 식으로 말하는 것이다.

"그대로 산속으로 들어가주면 좋으련만, 굳이 길 가장자리를 달려 도망치더라고요. 아주 바보들이더라고요. 제법 한동안 뒤를 쫓아가주었지요."

그런 이야기를 하다가 나중에 온 친구와 합류한 후 다른 집에 가서 또다시 술판을 벌이기 시작했다. 오랜만에 모인 친구들과 즐거운 시간을 보낸 후 한밤중이 되어서야 자리를 파했다.

여우를 뒤쫓았던 사내와 한 방에서 자고 있던 친구가 괴이한 일이 벌어졌음을 인지한 순간은, 그가 화장실에 갔을 때였다. 옆에서 자고 있어야 할 사내가 보이지 않아 필시 화장실에 갔을 거라고 생각해 자기도 따라갔는데 정작 화장실에 가보니 거기에도 없었다. 걱정스러워 집 안 여기저기를 찾아봤는데 아무 데도 없어, 결국 그 집에 있던 사람들이 모조리 일어나 한바탕 큰 소동이 벌어졌다. 칠흑같이 어두운 산속 마을이다. 조명등 하나 없이 이 한밤중에 대체 어디로 갔단 말인가.

　다들 걱정하면서 날이 밝기만을 기다렸다. 서서히 동이 터오는 하늘이 불안감을 조금이나마 가시게 해주었다. 그런데 아직 날이 채 밝기도 전에 현관에서 인기척이 느껴졌다. 놀라서 문을 열어보니 사내가 서 있는 게 아닌가.

　"이게 무슨 일인가? 자네 대체 어딜 갔었어?"

　그렇게 물어보자 사내는 뭔가에 홀린 표정으로 입을 열었다.

　한밤중에 잠을 자고 있는데, 누군가가 창문을 두드리는 소리가 났다. 평소라면 술을 마셨기 때문에 그 정도의 소리에 눈이 떠지지 않는데, 어젯밤엔 희한하게도 곧바로 눈이 떠졌다. 신경이 쓰여 문을 열고 밖을 내다보자 어둠 속에서 한 여자가 서 있는 것이었다.

　"참 이쁜 여자였어. 나더러 자기 쪽으로 오라며 손짓을 하더군."

　그대로 맨발로 그 여자 뒤를 따라갔다. 어둠 속이었지만 아름다운 여자의 자태는 사내를 매료시켰다. 안아보고 싶어서 뒤를 쫓는데 도무지 닿지가 않는다. 여자가 딱히 재빨리 도망쳤던 것도 아니다. 조금만 손을 뻗으면 금방이라도 닿을 것 같았다. 그렇게 손이 닿지 않는 여자를 마냥 따라다니며 아침까지 마을 안을 헤매고 다녔다는 것이었다.

　이 이야기를 들은 친구가 말했다.

　"그래서 내가 여우는 건들지 말랬지?"

'보이는 사람'과 '보이지 않는 사람'

사람들의 이야기를 듣다 보면 두 종류의 인간이 있다는 사실을 문득 깨닫는다. 산에서 괴이한 일을 당하는 사람과 당하지 않는 사람이 확연히 구분되기 때문이다. 이런 경향은 이른바 심령현상에서도 비슷해서 '보이는 사람'과 '전혀 보이지 않는 사람'으로 나뉘는 듯하다.

"글쎄요, 예를 들어 다섯 사람이 일렬로 서서 사냥터로 간다고 칩시다. 그중에서 무슨 일이 생기는 사람은 항상 정해져 있거든요. 나요? 내가 그렇다고요? 난 전혀 아니지만요."

이렇게 말하는 사람은 웃토 '마에야마(前山) 마을'에 사는 스즈키 스스무(鈴木進) 씨다. 70대 중반의 이 대단한 베테랑 마타기는 불가사의한 체험을 한 적이 없노라고 단언한다.

"나한텐 그런 일이 없었지만, 그러고 보니 사촌에겐 묘한 일이 있었다더군요."

그의 사촌이 이웃 사람과 웃토 '나카무라(中村) 마을'에서 모리요시(森吉)산 방면으로 걸어가고 있을 때의 일이다. 좁은 길이다 보니 일렬로 가고 있었다. 그 사촌은 지인의 뒤에서 걷고 있었다. 별다른 생각 없이 앞 사람 너머로 멀리 앞쪽을 바라보다가 자기도 모르게 이런 말이 불쑥 튀어나와버렸다.

"어라, 또 왔네."

그 소리를 듣고 앞서 가던 사람이 뒤를 돌아보았다.

"뭐가? 뭐가 왔어?"

"그러니까, 저 앞에서 오는 사람, 저 여자. 어제도 여기서 스쳐 지나갔거든."

섬뜩한 느낌이 들었는지 그 지인은 앞쪽을 확인하더니 다시 뒤를 돌아보며 단호한 표정으로 말했다.

"지금 무슨 소릴 하고 있는 거야! 어디에 뭐가 있다는 거야?"

놀란 것은 오히려 사촌 쪽이었다. 어제도 스쳐 지나갔던 여자가 앞쪽에서 이쪽을 향해 걸어오고 있었기 때문이다. 그런데도 자기 앞 사람에게는 아무것도 보이지 않는다는 말인가?

"안 보인다니…. 그럼 대체 저 여자는 뭐지?"

그렇게 생각하고 있는데, 이번엔 여자가 사라져버렸다. 참으로 귀신이 곡할 노릇이다.

"근데 그 여자가 상당히 예쁜 여자였던가 보더라고요? 손에 뜨개질 도구를 들고 있었다던데."

스웨터 따위를 뜨는 뜨개질 도구다. 한쪽 손에 그런 것을 들고 산쪽에서 이틀 연속으로 내려오다니, 대체 뜨개질을 얼마나 좋아하면 그럴까?

너구리는 소리만으로도 만족한다

스즈키 씨에 의하면 너구리의 행동 패턴도 가지각색인 듯하다. 여우처럼 실질적인 피해를 주는 경우는 거의 없어서 대부분 별스럽지 않은 이야기다.

지금은 이미 폐업해버렸지만 웃토 온천에서 곰 목장으로 향하는 길에 자그마한 스키장이 있었다. 그곳은 원래 목초지였다. 아니 지역에서는 말이 소중한 노동력이었기 때문에 각 마을에 있는 산과의 경계선은 대부분 목초지였다.

"저녁 무렵이 되면 풀을 베러 가곤 했지요. 그랬는데 어느 날 초원 위에서 무슨 소리가 나는 거예요. 뭔가를 두드리는 소리였지요."

그야말로 나무꾼이 도끼로 나무를 내리치는 소리였다. 그러나 거기에 나무는 없었다.

"'너구리로군!' 하고 고함을 지르면 소리가 멈추는 거예요. 우리 할아버지도 산속에서 그런 소리를 자주 들었다더라고요."

할아버지가 나무를 베고 나서 잠깐 쉬고 있는데, 이번엔 반대쪽에서 나무를 내리치는 소리가 들려온다. 참 이상하네? 저쪽에 누가 있나? 이런 생각이 들어 반대쪽 경사면을 뚫어지게 바라본다. 하지만 도무지 그럴 만한 것이 없다. 그러다가 이번엔 북소리가 나기 시작한다. 이런 곳에서 과연 북을 두드릴 사람이 있을까? 없을 것 같다. 혹시라도 있다면 너구리 정도지 않을까? 할아버지는 그제야 그 상황이 납득되었다고 한다.

"요즘 너구리들은 체인톱 흉내까지 냅니다. 연장을 도끼에서 체인톱으로 바꿨더니 어느새 너구리도 그걸 따라 하네요."

산속에 가면 누군가가 바로 근처에서 나무를 베고 있다. 체인톱 소리여서 금방 알아차릴 수 있다. 그런데 부근에 있는 숲을 둘러보면 아무도 없다. 아무도 없는 숲속에서 체인톱 소리만 울려 퍼지고 있는 것이다.

너구리도 시대의 조류에 따르는 모양이다. 그런데 어째서 소리만 날까? 그것은 그들에게 직접 물어보지 않으면 알 도리가 없다.

*

이 이야기에 대해 보충 설명을 해주신 분은 스즈키 씨처럼 웃토에 사는 다카세키 고이치(高堰幸一) 씨다. 다카세키 씨는 오랜 세월 산림조합에서 일해오신 프로다.

"체인톱 소리가 들리긴 하지요. 작업 때문에 산에 나무를 베러 갔을 때 나도 들었어요. 작업하는 사람이 우리 말고 또 있나 싶어서 잘 들어보니, 커다란 나무가 쓰러지는 소리까지 들리더라고요. 그런데 아무도 없었어요. 작업 전용 도로도 없는 곳이었거든요. 거길 가는 사람은 우리 같은 산림조합 사람들뿐이지요. 참 신기한 일이었어요. 나 말고 다른 사람들도 다 그 소릴 들었지요."

신기한 체인톱 소리는 이후에도 몇 번인가 들렸다고 한다.

*

    다카세키 씨는 고교 시절 도깨비불을 본 적이 있다. 야간고등학교에 진학한 다카세키 씨는 낮에는 공장에서 일하고, 밤에 공부를 하러 다녔다.

    어느 날 수업을 마치고 동급생들과 기숙사로 향하고 있었는데….

    "칠흑 같은 어둠 속에서 5, 6cm쯤이나 될까 싶은 불덩이가 나오는 거예요. 마침 그때 우리 친척 중에 임종이 머지않은 분이 계셔서, 이제 드디어 그분이 돌아가시는가 싶었어요."

    빛깔은 오렌지색이었다고 한다. 활활 타오르던 불덩이는 빙글빙글 원을 그리며 한참을 날아다녔다. 기숙사 친구와 함께 주변을 밝게 비추는 신비로운 불빛을 한동안 바라보고 있었다. 이때 친척분은 돌아가시지 않았다.

사라진 푸른 연못

국도 105호에서 샛길로 빠져 터널을 통과하면 '넷코(根子) 마을'로 들어간다. 가늘고 긴 어두운 터널은 그것만으로도 제법 박력이 넘친다. 넷코 마을에서도 신기한 이야기는 역시 여우와 관련되어 있는 모양이다.

사토 구니오(佐藤国男) 씨 댁에서 이런저런 이야기를 들을 수 있었다. 이곳은 이미 고인이 되신 사토 히로지(佐藤弘二) 씨 댁이기도 하다. 산에 관한 나의 스승이신 사토 히로지 씨에 대해 사모님이나 할아버지, 할머니가 많은 말씀을 해주셨다.

"그건 뭐였더라? 어느 날 히로지가 산에서 내려와서 말하기를, 굳이 깊은 산속까지 올라가지 않아도 된다고 하더라고요. 산야초가 엄청나게 많이 있는 곳을 발견했다면서요."

사토 구니오 씨는 언제나 깊은 산속까지 산야초를 채취하러 올라가곤 했다. 그게 걱정스러웠던 히로지 씨는 비교적 가까운 곳에서 산야초 자생지를 발견했다며 할아버지에게 가르쳐주었던 것이다.

"그게 대체 어디에 있냐고 물었더니 나도 익히 잘 알고 있는 임도(林道) 바로 근처라더군요. 거기에 연못이 있고, 그 주변에 산야초가 지천으로 자라나 있다는 거예요."

이야기를 들은 후 사토 구니오 씨는 다소 의아했다. 그곳은 그도 젊은 시절부터 익히 잘 알고 있던 장소였기 때문이다. 그러나 그곳에 연못은 없다.

"그건 아니지 않아? 다른 곳이지 않아? 그런 곳에 연못이 있을 리 없는데? 아무리 그렇게 말해도 히로지가 내 애길 도무지 듣지 않는 거예요."

히로지 씨에 의하면 지금까지 미처 인지하지 못했던 곳에 연못이 있었다는 것이다. 그러면서 그 물이 엄청나게 아름다운 푸른빛을 띠고 있었으며, 주변에 산야초가 지천으로 흐드러지게 자라고 있었다고 계속 우기는 것이었다. 그러나 가족들은 아무도 믿지 않았다. 다들 그런 곳에 그런 연못은 없을 거라고 생각했기 때문이다. 그러자 화가 난 히로지 씨가 말했다고 한다.

"알았어, 알겠다고! 그럼 내일 아침 모두 같이 가서 직접 두 눈으로 살펴보자고. 직접 가서 보면 알 테니까."

이리하여 다음 날 아침 히로지 씨와 구니오 씨, 그리고 아이들과 아라세(荒瀬)에 사는 니시네(西根) 씨까지 합류해 현장으로 향했다.

넷코 마을에서 비젠노마타(備前の又) 방면으로 덜컹거리며 임도를 달린다.

"여기야, 이 위에 연못이 있어."

굽이굽이 꺾어진 임도 끝에 차를 세우더니 히로지 씨는 경사면을 올라가기 시작했다. 따라온 가족들은 여전히 연못의 존재가 믿어지지 않았지만, 히로지 씨의 기세를 보고 어쩌면 있을지도 모른다는 생각마저 들기 시작했다.

경사면을 올라가자 거기엔 히로지 씨의 등이 보일 뿐이었다. 히로지 씨 앞으로 그저 숲이 펼쳐져 있을 뿐이다. 산야초도 없었을 뿐

더러 당연히 푸른 연못도 없었다.

"그건 대체 뭐였던 걸까요? 여우한테 홀린 게 아니었을까요? 히로지는 분명히 있었다고 말했지요."

산의 달인이었던 넷코 마타기, 히로지 씨를 떠올리게 해주는 그리운 이야기다.

히토다마(人魂), 도깨비불, 가쓰 신타로(勝新太郎)

넷코 마을에도 웃토 마을과 마찬가지로 여우에 관련된 이야기가 많다. 대부분 술주정뱅이와 연관되어 있다는 사실도 흥미롭다.

사토 구니오 씨 집으로 어느 날 지인이 찾아왔다. 사진 촬영을 좋아해서 무슨 행사라도 있을라치면 나서서 사람들의 사진을 찍어주고, 사진이 나오면 사진에 찍힌 사람들의 집을 일일이 찾아다니며 사진을 건네주는 기특한 사람이었다. 사진을 받는 입장에서도 그냥 받기만 할 수도 없는 노릇이라 보통은 한잔 걸칠 술상을 차려주기 마련이다.

"그 사람이 우리 집에 와서 한잔한 후 다른 집에 들러야 한다며 나갔는데, 그사이에 행방불명이 되어버렸지 뭐예요."

평소처럼 사진을 돌리며 여러 집을 거치다 보니, 구니오 씨 집에 왔을 때는 이미 거나해진 상태였다. 하지만 차마 그냥 가기 서운해서 여기서도 한잔을 걸친 후 다른 집으로 향했다. 그런데 그 이후 어디로 갔는지 파악이 되지 않는 것이다. 술에 취한 사람이 없어졌으니 자못 걱정스러워 다들 마을 전체를 여기저기 뒤지고 다니며 살폈는데….

"세상에, 계곡 옆길에서 혼자서 난리를 치고 있더라고요. 옷까지 죄다 벗은 상태로요. 강제로 간신히 데리고 돌아와 이야기를 들어보니 '싸우고 있었다'고 말하는 게 아니겠어?"

그 사람은 보이지 않는 뭔가와 격투를 벌이고 있었던 모양이다. 물론 그 존재는 마을 사람들에게만 보이지 않았을 뿐, 본인 눈에는 자기가 누구와 싸우고 있는지 확연히 보였다.

"자네, 대체 누구랑 싸우고 있었던 거야?"

"그 뭐야, 그거 있잖아, 자토이치(座頭市, 맹인 협객이 주인공인 액션 시대극으로 가쓰 신타로가 주인공으로 나오는 시리즈가 큰 인기를 얻음-역주)."

"자토이치? 자토이치라면, 가쓰 신타로(勝新太郎)가 나오는 그 자토이치?"

"맞아, 나 가쓰 신타로와 싸우고 있었어."

　　　＊

술에 취해 '갈지자' 걸음으로 걷는 것은 비단 남정네들만의 전매특권은 아닌 듯하다. 마찬가지로 넷코에서 있었던 이야기다. 상당한 애주가로 알려진 할머니가 마쓰리 날 여러 집을 전전하며 마시고 다녔다. 할머니가 제법 거나하게 취해 '갈지자' 걸음으로 마을을 돌아다니던 모습을 온 동네 사람들이 보았다.

"우리 할머니가 아직 안 오시는데요. 어느 댁에 계신지 혹시 아시나요?"

한참이 지나 그 할머니 댁 가족이 심란한 표정으로 찾으러 왔다.

"그쪽 할머니라면 한참 전에 나가셨는데, 아직도 안 오셨나요?"

노인인 데다 심지어 잔뜩 취해 있다. 혹여 계곡 물에 빠지는 날엔 내일 초상을 치러야 할 판국이었다. 걱정스러워 모두 함께 여기저기를 찾아다녀보니 마을 외곽 길에 그 할머니가 있었다. 놀란 가슴을 쓸어내린 후 가까이 다가가자, 어쩐지 느낌이 이상하다. 할머니가 올라가지도 않는 다리를 있는 대로 올리면서 묘한 걸음걸이를 하고 있는 것이다.

"오메 지퍼라~오메 지픈 거."

말의 의미는 "세상에나 깊기도 하여라."

할머니는 가족들 덕분에 무사히 집으로 돌아왔다. 나중에 이야기를 들어보니 할머니는 그 집을 나선 이후에도 무려 세 집을 더 돌았다고 한다. 그리고 귀가를 하려고 하는데, 갑자기 눈이 내리기 시작했다. 엄청난 기세로 내린 눈이 눈 깜짝할 사이에 쌓여 걷기조차 힘들었다는 것이다. 그 이야기를 듣고서야 마을 사람들은 할머니가 왜 그렇게 묘한 걸음걸이를 했는지 납득할 수 있었다. 그러나 물론 눈이 내릴 만한 계절이 전혀 아니었다. 심지어 할머니가 걷고 있던 곳은 극히 평범한, 그냥 보통 길이었다.

"술을 너무 마시고 다녀서 여우에게 홀렸던 거예요."

모두 입을 모아 이렇게 말하자, 할머니는 조금이나마 술을 자제하게 되었다.

*

"대부분은 너무 취했거나 너무 힘들어 지쳐버린 것이 원인이라고 할 수 있겠네요."

이렇게 말하는 것은 넷코의 대장인 사토 데쓰야(佐藤哲也) 씨다. 그는 오랫동안 교편을 잡고 있었고, 교육위원회에도 속해 있는 지식인이다. 그런 그의 시각에서 보자면, 여우에게 홀린다는 일이란 절대 있을 수 없는 일이었다.

"산속에서 이런저런 것들을 볼 때는 기진맥진한 상태였겠지요. 눈 속에서도 마찬가지고요. 앞이 안 보일 정도로 눈보라가 치면 나무 그늘조차 헛것처럼 보이는 게 아닐까요? 도깨비불이나 히토다마(人魂, 주로 야간에 공중에 떠다니는 일종의 도깨비불. 직역하면 '죽은 사람의 몸에서 떨어져 나온 영혼'이라는 의미-역주)도 비슷한 이치로 설명할 수 있지 않을까 싶네요. '인(Phosphorus, 공기 중에서 스스로 점화되는 성질을 가짐-역주)'이 점화되었다거나 가로등이나 집 안의 불빛이 뭔가에 반사되었겠지요. 공포를 느끼는 사람의 눈에는 그런 것들이 전혀 다른 형태로 보였던 거라고 생각됩니다."

모조리 부정당한 것 같아서 썩 기분이 좋지 않지만, 사토 씨 본인은 전혀, 단 한 번도 본 적이 없었을까?

"있어요."

네? 있다고요? 그건 대체….

"집에 돌아오는데 터널 아래 묘지를 향해 거대한 빛이 엄청난 기세로 날아와서 어떤 비석 위를 덮쳐버렸다니까요."

세상에나, 사토 씨도 정체를 알 수 없는, 빛나는 어떤 물체를 본 적이 있는 것이다. 그것이 뭘 것 같으냐고 묻자,

"아마도 근처에 있는 집의 불빛 같은 게 비석에 반사되었겠지요."

묘지 옆은 산들로 둘러싸여 애당초 집이라곤 없는데….

절친의 기적

아라세(荒瀬)의 대장장이이자 '아니 마타기'인 니시네 미노루(西根 稔, 고인, 3대 니시네 마사타케[西根正剛])[주1] 씨는 나의 은인이다. 니시네 씨가 햇병아리인 나를 산에 데리고 다니며 이런저런 가르침을 주셨기 때문에 오늘날의 내가 존재한다. 그 정도로 은혜를 입었던 분이다. 그런 니시네 씨한테 큰 뱀에 대한 이야기를 들었던 적이 있다.

"쓰유쿠마(露熊) 쪽으로 가려고 산길을 걷고 있는데, 흙으로 된 관이 있는 게 아니겠어요? 산속이잖아요. 참 희한하다고 생각했지요. 어쩌자고 이런 곳에서 흙으로 된 관이 앞을 가로막고 있는 거지? 그런 생각이 들어서 자세히 보니 그게 움직이더라고요."

좁은 산길을 가로막은 것은 흙으로 된 관이 아니라 뱀이었다. 심지어 보통 뱀이 아니었다. 덤불과 덤불 사이로 쭉 펼쳐져 있던 몸통은 어느 쪽이 머리인지, 어느 쪽이 꼬리인지 구분이 가지 않을 정도였다.

아라세에서 제법 멀리 떨어져 있는 쓰유쿠마 계곡은 예로부터 뱀이 많기로 유명하다. 여기에는 '시치멘사마(七面様)'가 모셔져 있다. 근처인 가야쿠사(萱草) 지역에도 시치멘사마가 존재하는데, 전해 내려오는 말에 의하면 역시나 큰 뱀이 등장한다. 그리고 아니 지역은 예로부터 금이나 은 등의 광산 지대로 유명하다. 산에서는 광산과

주1) 니시네 마사타케(西根正剛)란 아키타(秋田)현 아니(阿仁)정에서 독특한 계율이 계승되고 있는 마타기 마을의 대장장이를 말하며, 대대로 답습되고 있는 이름이다. 현재는 제4대 니시네 마사타케로 니시네 노보루(西根登)가 대표 장인을 역임하고 있다.

큰 뱀이 밀접하게 연관되어 있는 경우가 많은 모양이다.

뱀에 관한 이야기는 웃토에 사는 스즈키 씨한테서도 들은 적이 있다. 친척 여성분이 헛간에 된장을 꺼내러 갔을 때였다. 헛간 문을 열고 어두컴컴한 내부로 들어가 된장 항아리 뚜껑을 열려고 하는데, 느닷없이 뭔가가 눈앞에 나타났다. 아니, 정확히 말하자면 매달려 있었다. 화들짝 놀라 뒤로 물러섰다가 다시 살펴보니 맥주병 정도 되는 두께의 뱀이었다. 천장에서 아래로 매달려 여자 쪽을 뚫어지게 응시하고 있었다.

놀란 여자는 헛간에서 뛰쳐나와 안채에 있던 식구들에게 달려갔다. 부모들이 황급히 헛간 안으로 들어가보니 놀랄 만한 것이 전혀 없었다. 밧줄이라도 보고 놀랐을 거라는 선에서 이야기가 정리되었고, 결국 그 큰 뱀은 그 이외에 아무도 본 적이 없었다.

친척 여성분은 잠을 잘 때도 정체불명의 뭔가가 이불에 떨어지거나, UFO 같은 빛에 에워싸이거나, 이런저런 일들이 있던 사람이었다.

*

빛에 대한 이야기가 나와서 하는 말이지만 쓰유쿠마 계곡 입구에 사는 사이토 신이치(齋藤眞一) 씨도 자기 집에서 신비로운 빛을 본 적이 있다.

"거실 창 앞에서 봤거든요? 저편 삼나무 수풀 쪽에서 빛의 덩어리가 둥둥 뜬 상태로 이쪽으로 날아오는 거야. 이게 바로 그 도깨비불인가 싶었지요. 마누라와 둘이서 봤어요."

부부가 함께 삼나무 높이 정도에서 날아다니는 도깨비불을 봤다는 것이다. 소프트볼보다 컸다고 한다.

사이토 씨는 화장실에서도 신기한 것을 발견한 적이 있다.

"한밤중에 화장실에 가서 창문 밖을 보고 있었거든요? 그랬더니 머리에서 등까지 반짝거리는 동물이 아래쪽에 있는 거예요. 그런 것은 처음 봤지요. 살아 있더라고요."

놀란 사이토 씨는 화장실에서 뛰쳐나와 손전등을 들고 집 바깥으로 달려 나갔다. 그러나 아무리 찾아도 조금 전에 봤던 동물의 모습은 찾을 길이 없었다.

*

니시네 씨와 사이토 씨는 집이 근처라 어릴 적부터 가까이 지낸 죽마고우다. 니시네 씨가 갑자기 세상을 떠났을 때 사이토 씨는 크게 상심했다. 장례식까지 치르고 한참이 지났을 무렵 사이토 씨가 거실에서 혼자 쉬고 있을 때 신기한 일이 일어났다.

"일단 천장이 흔들거리는 소리가 나는 거예요. 이게 뭐지? 하고 있었는데 이번엔 테이블 위에 있던 컵이 달달달 떨면서 움직이더라고요. 나는 단박에 아이고, 우리 대장장이님께서 오셨네, 하고 눈치챘지요."

대장장이란 니시네 씨를 말한다. 그리고 나서 2, 3일 후 이번엔 사이토 씨의 따님이 직장에서 돌아오던 저녁에 일어난 일이다. 차를 차고에 주차시키고 집에 들어서려고 하는데, 느닷없이 누군가가 말을 걸었다.

"아이고, 이제 오니?"

그것은 틀림없이 따님이 기억하고 있던 니시네 씨의 목소리였다. 따님은 어린 시절부터 쭉 니시네 씨와 교류해왔다. 무섭다고는 전혀 느끼지 않았다. 자신 곁에 와주셨다고 생각하며 따뜻한 마음을 느꼈다고 한다.

다다를 수 없는 길

낯선 곳에서 길을 잃는다면? 딱히 신기한 이야기는 아니다. 그러나 아주 잘 알고 있던 곳에서 갑자기 길을 잃어버린 일이 있다면 과연 어떨까?

산에서 나고 자란 베테랑조차 때론 신비한 세계로 발을 들여놓는 모양이다.

어느 초겨울의 일이다. 웃토 지역 마타기들이 곰 사냥을 하러 나섰다. 하나같이 30년 이상 이 길을 걸어온 베테랑들이었다. 경험이 풍부한 마타기 집단에서의 사냥이다.

"촌락에 도착해 무선으로 연락을 주고받았는데 한 사람이 없는 거예요. 아무리 불러도 대답이 없더라고요."

몰이 사냥은 산의 경사면 아래에서 몰이꾼이 곰을 위로 몰면, 위에서 대기하고 있던 총잡이가 최후의 일격을 가하는 사냥이다. 일단 총잡이가 산에 올라가 각자가 배치된 곳에 자리를 잡았을 때, 몰이꾼이 일제히 소리를 지른다.

"간다~ 간다~"

"간다~ 간다~"

목소리가 쉴 때까지 계속 고함 소리를 지르면서 곰을 위쪽으로 쫓는다. 그런데 이날은 아무리 시간이 지나도 사냥이 시작되지 않았다.

"뭐지? 이상하지 않아? 무슨 일 있나?"

무선 연락을 받지 않는 동료가 걱정되어 마타기들은 일단 사냥을 그만두고 동료가 어디로 갔는지를 찾아보기로 했다. 그러나 동료의 모습은 결국 발견되지 않았다.

"올라갔을 만한 곳을 모조리 찾아봤는데 아무 데도 없네. 어디로 갔는지 도대체 모르겠군."

동료들이 필사적으로 자신을 찾고 있을 때, 정작 당사자는 대체 어디에 있었던 것일까. 그는 자신이 배치된 능선과는 전혀 다른 장소에 있었다.

"아니지, 그건 4, 5km나 앞이잖아. 말도 안 되는 곳에 가 있었네."

그를 발견한 사람은 산속 깊은 곳에서 임도 공사를 하고 있던 작업원이다. 산 쪽에서 내려온 마타기는 분명 상태가 이상해 보였다. 그래서 말을 걸어보았다.

"잠시만요, 어디에서 왔지요?"

얼이 나간 표정을 짓고 있던 그에게 이렇게 묻자, 그는 순간적으로 제정신을 찾았다. 이리하여 무사히 동료들 품으로 돌아올 수 있었던 것이다. 그의 말에 따르면 이러하다.

"내 담당 구역을 향해 산에 올라가기 시작했을 때까지는 기억해…. 근데 그다음엔 도무지 아무것도 생각이 나질 않아. 어디를 걸어갔는지도 전혀 모르겠고."

발견된 장소로 가는 도중에는 커다란 다리도 있었고, 자그마한 온천 시설도 있었다. 그곳을 지나간 기억도 도무지 없다는 것이다.

"그때 공사하던 사람이 말을 걸어주지 않았다면 어떻게 되었을까 싶네요."

*

신기하기 그지없는 이런 경험은 개인이 아닌 집단에서도 일어나는 모양이다. 히타치나이(比立內)에 거주하는 마타기가 사냥을 떠났을 때의 일이다. 여섯 명의 베테랑 마타기가 일렬로 서서 사냥터로 향하고 있었는데….

"그러니까 그게, 진즉에 사냥터에 가고도 남았을 시간인데, 아무리 가도 도무지 사냥터가 안 나오는 거예요. 나오기는커녕 전혀 다른 곳을 향하고 있었지요. 아무도 그걸 모르고요."

평소처럼 익숙한 사냥터로 향하는 그 지역 마타기들이, 자신들이 지금 목표로 하고 있는 사냥터에 도무지 도착할 수 없다. 참으로 묘한 이야기다. 아무리 그래도 이건 너무 이상한데? 천하의 마타기들도 심상치 않은 사태에 공포심마저 느꼈다.

"아비라훔캄사바하(阿毘羅吽欠蘇婆訶, 대일여래에게 빌 때의 주문-역주)"

여기저기서 주문 외우는 소리가 들린다. 천신만고 끝에 산에서 내려왔을 때는 다시금 '산신님'에게 합장을 올렸다.

훗날 마타기들은 자신들이 어디서 길을 잘못 들어섰는지 검증해보았다.

"전혀 그럴 만한 곳이 아니었어요. 올라가서 오른쪽으로 구부러져야 했는데 곧장 앞으로 가버렸던 거지요. 세상에, 그런 식으로 가는 건 절대로 있을 수 없는 일이었거든요? 심지어 혼자 갔던 것도 아니었고, 무려 여섯 명이나 되는데 아무도 눈치 채지 못했다니, 참 이상한 일이지요."

*

이와 비슷한 일이 종종 일어나는 장소가 있다. 현지 사람들은 그곳을 '너구리 계곡'이라고 부른다. 사람을 미혹시키는 것은 여우가 아니라 너구리라는 소리일까.

"산에 올라갈 땐 가라아게(일본풍 치킨-역주)나 덴푸라는 절대 가지고 가면 안 된다니까요. 호되게 당하지 않으려면요. 크게 다친 사람도 실제로 있었으니까요."

웃토에 사는 다카세키(高堰) 씨의 이야기다. 이런 이야기는 다른 마타기한테서도 들었다. 튀김류는 산에 갈 때 절대 가져가면 안 되는 금기 식품인 모양이지만, 반대로 지참해가면 좋은 것도 있다.

"마늘이지요. 생마늘 하나를 가슴팍 호주머니에 넣어두면, 요상한 게 달라붙지 않거든요."

산이 가진 불가사의한 힘으로부터 우리 몸을 보호해주는 것이 마늘? 놀라운 사실이다. 흡혈귀 퇴치랑 뭐가 다르지? 하지만 이것을 실천에 옮기는 마타기는 결코 소수에 머무르지 않는다.

뱀과 산의 불가사의한 관계

히타치나이에 사는 사토 쇼이치(佐藤正一) 씨는 산에 대해 철저히 논리적으로 배운 사람이다.

"산에 올라갈 때는 막무가내로 깊숙이까지 들어가지 않지요. 조금씩 나아가야 해요. 만약 오늘 어디쯤까지 왔다면, 일단 그 이상은 가지 않아요. 그리고 다음번에 그보다 아주 조금 더 들어가지요."

이런 식으로 조금씩, 산의 구석구석에 대해 면밀히 조사하면서 진입하는 것이 젊은 시절부터 사토 씨가 견지해온 방식이다.

"난 산에 대한 모든 것을 모조리 알고 있거든요. 절대로 헤매지 않지요. 도깨비불? 그깟 것은 한 번도 본 적이 없네요. 일단 무슨 해괴한 일이 생기면 다들 여우 탓으로 돌리는데, 그건 본인 잘못을 여우에게 뒤집어씌우는 것이지요."

산에서는 할아버지나 할머니, 베테랑 마타기조차 길을 잃는 경우가 있다. 경우에 따라서는 마을에서 수사대를 편성해 찾으러 가기도 한다.

"무사히 발견되면 다행이지만, 그렇다 해도 결국 많은 사람들에게 피해를 끼치는 거잖아요? 그럴 때 여우한테 당했다는 식으로 말하면 다들 더 이상 무슨 말을 하겠어요? 그래서 다급해지면 다들 여우 탓을 한다니까요."

여우에게 홀려서 길을 잃었다는 사람의 이야기를 들으면, 사토 씨는 대략 어디에서 길을 잃었는지 단박에 안다고 한다. 자칫 헷갈리기 쉬운 계곡길이나 산길을 모조리 파악하고 있기 때문이다.

"여우한테 홀렸다고 말하는 사람들이 헤매는 곳은 다 거기서 거기예요. 거의 정해져 있지요. 어디냐고요? 복잡한 곳은 아니지요. 하지만 계곡을 따라가다가 보면 자칫 전혀 엉뚱한 곳으로 가버리기 마련이라 다들 여우한테 홀렸다는 핑계를 대곤 하지요."

도깨비불도 본 적 없고, 산에서 이상한 일을 당해본 적도 없다는 그에게, 문득 머릿속에 스쳐 지나간 어떤 것에 대해 물어보았다.

"그러시군요. 아무 일도 없으시군요…. 시치멘산(七面山)에 대해서는 어떻습니까? 뱀 이야기 같은 거 들어보신 적 있으십니까?"

그의 표정이 순간적으로 변했다.

"뱀이라…."

"뭐가 있으셔요? 뱀과 관련해서?"

"옛날에 시치멘산에 계신 스님이 말씀해주신 적이 있었는데요. 나한테 뱀이 달라붙어 있다고."

초등학교 6학년 때의 일이다. 학교 소풍으로 시치멘산을 향하고 있던 사토 씨를 만난 어떤 절의 주지 스님이 그를 보자마자 입에 담은 이야기가 '뱀의 혼령이 달라붙어 있다'라는 지적이었다.

"그땐 정말 놀랐지요. 실은 스님을 뵙기 얼마 전에 뱀을 죽인 적이 있었거든요."

그 일이 있었던 것은 수 개월 전의 일이다. 옆집에서 비명 소리가 들려 사토 씨가 보러 가자 집 안에 거대한 뱀이 똬리를 틀고 있었다.

"2m 정도는 되는 푸른색 큰 뱀이었지요. 천장에서 떨어졌다더군요.”

마침 옆집에는 할아버지만 계셨는데, 할아버지는 뱀의 크기에 놀란 나머지 도움을 청하러 오셨던 것이다. 그 이야기를 듣고 한달음에 달려간 사토 씨가 그 거대한 뱀을 때려죽여버렸다.

“실은 내가 뱀을 죽였다는 이야기는 아무한테도 말을 안 했거든요. 그래서 진짜 놀랐지요.”

더더욱 놀란 이유는 주지 스님의 경고 때문이었다.

“액땜을 하지 않으면 큰일이 난다는 말을 듣긴 들었는데….”

사토 씨에게 달라붙은 뱀의 혼령을 떨쳐내지 않으면 사토 씨나 그 가족에게 화가 미친다는 것이다. 물론 사토 씨가 액막이를 한 것은 당연했다.

“이후에도 큰 뱀을 본 적이 있긴 했지요. 이 근처에 있는 어떤 신사를 재건했을 때였어요. 오래된 신사를 해체하고 있었는데, 역시 2m는 족히 되어 보이는 새하얀 뱀이 나왔지요.”

*

거대한 흰 뱀 이야기는 웃토에 사는 다카세키 씨한테서도 들었다.

“산에서 하얀 뱀 본 적 있나요? 난 있었지. 진짜 엄청 큰 뱀이었어요. 산속을 걸어가고 있는데 내 눈앞에 있더라고요.”

다카세키 씨가 발견한 흰 뱀은 마치 당장이라도 날아오를 듯이

60cm 정도 높이로 머리를 치켜세워 들고 있었다고 한다. 치켜든 머리가 60cm라는 것은 그야말로 킹코브라 수준이다. 그것 역시 2m 이상의 큰 뱀이었을 것이다. 아니 지역의 산에는 아무래도 엄청난 것들이 살아 있는 모양이다.

오염된 부적

이것도 웃토에 사는 다카세키 씨에게 들은 이야기다.

5년 정도 전에 일어난 일이다. 다카노스(鷹巢)시에 위치한 건설회사가 모리요시산에서 임도 닦는 공사를 맡게 되었다. 모리요시산의 북쪽 기슭에 길을 내는 작업이었는데, 딱히 까다로운 현장으로는 보이지 않았다. 그런데….

"시작한 지 얼마 지나지 않아 특정 지점까지 진행되었을 때 이상한 일이 생겼어요. 현장에서 가만히 서 있으면 뒤에서 누군가 이야기하는 소리가 들리는 거예요. 누가 있나 싶어 뒤를 돌아보잖아요? 그러면 아무도 없어요. 뒤에서 누가 자기한테 말을 걸었다고 말한 친구도 있었는데, 물론 그 친구도 뒤를 돌아보면 아무도 없었다는 말씀이지요."

열 명 가까운 공사 관계자 전원이 이런 소리를 들었다. 그러나 이변은 이에 그치지 않았다.

"그러다가 조금 더 시간이 지나자 귀신이 달라붙어 따라오게 되었어요. 작업원의 집까지 따라온 경우도 있었지요. 그리고 그 집 어머니한테 그 귀신이 씌어서 엄청난 소동이 일어나기도 했고요. 문제는 한두 명에 그치지 않고 여러 명이 그런 일을 당했다는 점이지요. 일이 아주 커졌어요. 그 회사는 '그 자리'가 어떤 곳이었는지 몰랐던 거예요."

'그 자리'는 5년 정도 전에 눈으로 산사태가 나서 3명이 사망한 곳이었다. 그 지점 바로 위에는 늪이 있었는데, 거기서도 한 남성이 홀로 의문의 죽음을 맞이했다. 현지 사람이라면 모르는 사람이 없는 '사연 깊은 곳'이었다. 공사 관계자 중에서 가장 엄청난 일을 당한 사람은 자타 공인 '영감(靈感)'이 강한 부부였다. 남편이 현장에서 끌고 들어온 혼령 때문에 혼란에 빠진 나머지 더 이상 견딜 수 없어 시치멘산에 도움을 청하러 갔다. 거기서 준 부적을 붙이고 일단 지켜보기로 했는데….

"가지고 돌아온 부적이 다음 날에 까맣게 변해 있었어요."

마치 그을음이 낀 것처럼 부적이 변해버렸다. 부부는 누가 일부러 더럽힌 게 아닐까 생각했을 정도였다. 결국 묘한 사건은 전혀 수습이 되지 않았고, 본격적인 액막이를 거쳐 비로소 평정을 되찾을 수 있었다. 부적도 깨끗한 것으로 다시 붙여서 일단락이 되었다.

"액막이도 해주어서 일단 안정이 되긴 했는데 부적은 역시 금방 더러워지더라고요. 검게 그을린 것처럼 되지요."

마타기의 임사(臨死) 체험

웃토 지역 마타기 스즈키 다쓰로(鈴木達郎) 씨는 죽을 고비를 넘긴 적이 있다. 감기가 심해져 폐렴으로 진행되어버렸기 때문이다. 어쩔 수 없이 50일에 걸쳐 장기간 병원 신세를 지던 중 위독한 상태에 빠졌다.

"그땐 딱히 무섭지 않았어요. 문득 정신을 차리고 보니 절 같은 곳이더라고요. 제단이 있었는데, 저건 나를 위한 제단인가 싶은 생각도 들었지요."

어느 절인지 분명치 않았지만, 스즈키 씨는 자신의 장례식이 여기서 거행되고 있는 거라고 이해했다. 제단 저편에는 미닫이문이 보였고, 저기에서 스님이 나올 것으로 예상되었다.

그런데….

"아무리 기다려도 도대체 미닫이문이 안 열리는 거예요. 스님이 도무지 나오질 않는 거지요. 이거 야단났네, 싶더라고요."

결국 스님은 나타나지 않았고, 포기한 스즈키 씨는 절 밖으로 나왔다. 그런데 그곳에 거대한 강이 있었는데, 큰 소리를 내며 탁류가 흐르고 있는 게 아닌가.

"참 난감하더라고요. 어디 건널 만한 곳이 없을까 싶어서 여기저기 찾고 있다가 문득 눈이 떠졌지요."

이후 차츰 병에 차도가 생기기 시작했고, 현재 66세인 스즈키 씨는 마타기로 왕성히 활약 중이다. 만약 그때 미닫이문이 열리고 스님이 나와버렸다면 아마도 스즈키 씨는 이승으로 돌아오지 못했으리라.

*

웃토 지역에 사는 다카세키 씨는 산림조합에서 오랜 세월 일한 경력이 있기 때문에 산에 관한 한 프로급이다. 그런 다카세키 씨의 친구분 이야기다.

"현장에서 나무를 벤 후 쓰러뜨린 나무에 와이어를 걸어 끄집어내는 작업을 하고 있었거든요. 그랬는데 와이어가 풀려 무시무시한 기세로 몸통에 얽혀버렸어요."

자칫 목숨을 잃을 수도 있는 중상을 입은 친구를 빨리 병원으로 데리고 가야 했다. 하지만 애당초 깊은 산속에 있는 작업장에서 일어난 일이다. 숲속에 나 있는 임도는 바닥이 울퉁불퉁한 상태인 데다가 직진이 불가능한 꼬부랑길이기 때문에 속도를 낼 수도 없다. 차츰 그의 안색이 나빠지며 의식도 잃어가고 있었다.

"병원에 도착했을 때는 반쯤 저세상 사람이지 않았을까요? 간신히 목숨을 구하긴 했지만요. 그 친구는 꽃밭을 봤다고 하더군요."

그가 병원에 도착했을 때는 당연히 의식이 없는 상태였지만, 집중치료실에 들어간 후 많은 사람들의 이야기 소리를 듣고 있었다. 그리고 자신의 몸이 치료실 가운데쯤에 드러누워 있는 그림을 확실히보았다. 신기하다는 생각도 딱히 들지 않았고, 공포심도 느끼지 않왔다. 그러다가 병원을 빠져나가 그가 도착한 곳은 지천으로 꽃들이 흐드러지게 피어 있는 꽃밭이었다.

"아주 예쁜 꽃밭이었대요. 그 한가운데 서 있었더니 누군가가 저 건너편에 있는 게 아니겠어요? 그게 스님이었던 거지요. 그 스님이 자기 쪽으로 오라고 손짓을 하더래요."

드넓고 아름다운 꽃밭에 있으니 기분 좋았다. 그 건너편에서 손짓하는 스님, 그러나 그는 그쪽으로 가고 싶은 마음이 전혀 생기지 않았다. 그리고 다시 되살아났다.

스즈키 씨는 안쪽에서 스님이 나오지 않아서 목숨을 건졌는데, 이 사람은 스님의 부름을 받았지만 가지 않는 바람에 목숨을 구했다. 스님의 역할이 흥미로운 이야기다.

외치는 존재

넷코 지역 마타기인 사토 히로지 씨는 젊은 시절부터 철저히 산에 도전했던 인물이다. 맨 처음 그를 단련시켜준 사람은 '기요시'라는 이름의 웃토 지역 마타기였다.

"그분은 정말 진정한 마타기였어요. 보통 사람이 아니었지요. 근데 병풍처럼 펼쳐진 암벽산을 나한테 올라가라는 거예요. 거길 꼭 지나가야 했지요. 절벽이 엄청났어요. 도무지 어디 붙잡고 올라갈 데가 있어야 말이지요. 손에 잡히는 것이라곤 새끼손가락 정도 되는 잔디 한 오라기 정도였어요. 거기에 온몸을 내맡기고 올라갈 수밖에 없었지요. 내가 도망치지 못하도록 기요시는 철포를 이쪽으로 향하고 있었어요, 세상에나."

이 이야기에 나오는 '기요시'라는 사람은 훗날 유명한 사건의 주역이 되는 인물이다. 그런 대단한 사람에게 산에 대해 배운 사토 씨 역시 자기 스스로를 엄격히 단련시켰다.

어느 한겨울에 일어난 일이다. 사토 씨는 혼자 산에 올랐다. 엄동설한 시즌에 할 수 있는 사냥이란 기껏해야 토끼 사냥 정도일 거라고 다들 생각하는데, 이때는 평소와 달랐다. 굳이 한겨울 산속에서 철야를 하려고 생각했기 때문이다. 이것 역시 훈련이었다.

"산에 올라가 어두워지기 시작하면 눈으로 쌓인 곳을 파서 동굴을 만들어요. 거기에 허드레 나무로 동굴 입구를 덧문처럼 가리는 거지요. 그러면 바람이 못 들어오니 아늑해지고요."

이렇게 비바크(텐트를 사용하지 않고 자연물을 이용해 하룻밤을 지내는 일-역주) 준비를 마치고 아주 긴 밤을 맞이했던 것이다.

"산속에서 길을 잃었을 때 절대로 당황해선 안 돼요. 특히 날씨가 나쁠 때는 꼼짝도 하지 않고 기다릴 수밖에 없지요. 섣불리 움직이다 까딱하면 목숨을 잃어버릴 수 있거든요. 낮에도 눈보라가 심해지면 역시 눈 동굴 속으로 들어가 있는 편이 훨씬 안전하지요. 밤에는 두말하면 잔소리고요. 하지만 그렇다고 잠들어버리면 절대로 안 돼요. 설령 자더라도 깜빡 조는 정도여야 해요. 깊이 잠들었다가는 큰일 나지요. 목숨이 달려 있으니까요."

사토 씨는 눈으로 된 동굴 안에서 꼼짝없이 아침을 기다리고 있었다. 해 질 무렵에는 거의 바람도 불지 않았고 가끔씩 눈발이 흩날릴 정도였는데, 한밤중부터 날씨가 급격히 나빠져 눈보라가 치기 시작했다. 세찬 바람 소리에 공포심을 느끼니 살아도 살아 있다는 느낌이 들지 않는다. 덧문 대신으로 가려놓은 허드레 나무 조각이 바람에 날아가버리지 않도록 손으로 지탱하면서 간신히 견뎌내고 있었다. 그러자….

"목소리가, 목소리가 들리는 게 아니겠어요?"

세찬 눈보라 속에서 바람 소리와는 분명 다른 뭔가가 들리기 시작했다. 도대체 무슨 소리인가 싶어서 귀를 기울이고 들어보니 사람의 목소리가 분명했다.

"바람 소리가 너무 세차서 도저히 무슨 말인지 알아들을 수 없더라고요. 어쨌든 뭔가를 외치고 있었어요. 그런데 조금씩 귀에 익숙해지니까 아무래도 나를 부르는 거 같더라고요.”

엄청난 눈보라 속에서 들려오던 것은 자신의 이름을 부르는 목소리였다. 하지만 사실이라고 하기에는 너무 터무니없는 일이었다. 사토 씨는 한동안 그 목소리를 무시하고 있었는데, 차츰 혹시나 싶은 생각이 들기 시작했다.

“나를 아는 누군가가 혹시 나를 찾으러 온 게 아닐까 싶은 생각이 들더라고요. 살짝 나무 덧문을 열어 밖을 엿보니 역시 누군가 나를 부르고 있는 거 아니겠어요?”

이렇게 눈보라가 치고 있는데 혹시라도 길을 잃었다면 보통 일이 아니었다. 그래서 사토 씨는 눈으로 된 동굴에서 밖으로 나갔다. 그리고 주변을 찾아보기 시작했다.

“눈보라가 너무 엄청나서 도무지 어디가 어딘지 모르겠더라고요. 나도 소리쳐봤지요. 누가 어디 있는지 찾아보려고요. 그랬더니 역시 누군가가 나를 또 부르는 거야.”

그 순간 발길이 멈춰졌다.

“아니지, 이건 인간이 아닐 거야. 절대로 아니야. 거기로 가지 마!”

곧장 눈으로 된 동굴로 돌아와서 아까처럼 나무로 된 덧문을 닫고 꼼짝도 하지 않았다. 시간이 얼마나 흘렀을까. 그토록 심했던 눈보라가 그치자 사람을 부르는 목소리도 더 이상 들리지 않았다. 나무 덧문을 열고 밖을 보자 휘영청 달빛이 맑기가 그지없다. 밝은 달밤에 산들이 널리 펼쳐져 있었다.

“정말이지 큰일 날 뻔했지 뭐예요. 그대로 계속 갔더라면 틀림없이 조난을 면치 못했을 거예요."

설산에서 만난 괴물

많은 도움을 받으며 신세 졌던 수렵조합 분한테 들은 이야기다. 아니 지방 후시카게(伏影) 마을에 사는 이토(伊藤) 씨는 대대로 마타기를 배출한 집안 출신이다. 그 때문에 그야말로 순연한 마타기 그 자체라고 할 수 있다. 그런 이토 씨는 대장장이 니시네(西根) 씨(산과 관련된 분야의 내 스승)를 중심으로 이른바 '니시네파(西根組)'라고 할 수 있는 동료들과 단체로 자주 사냥에 나섰다.

어느 겨울 날, 마타기 발상지인 아니 지역 중에서도 가장 순연한 마타기의 땅, 넷코 지역 주변으로 토끼 사냥을 떠났다. 토끼 사냥은 몰이꾼이 산 위를 향해 아래에서 위로 토끼를 쫓아 보내면 위쪽에서 사수가 대기하다가 일격을 가하는 형식이다. 보통 이것을 몰이 사냥이라고 부른다. 이날 첫 번째 몰이에서 이토 씨는 본인이 배치된 자리에 도착한 후 사냥이 시작되기를 조용히 기다리고 있었다.

"눈도 그쳐서 제법 온화한 날씨였거든요. 토끼 사냥에는 안성맞춤인 날이었지요. 몰이꾼이 움직이기 시작하려면 아직 좀 시간이 있어서 느긋하게 주변 여기저기를 바라보고 있었어요. 그런데 아래쪽 경사면 쪽으로 얼굴을 돌렸다가 깜짝 놀라고 말았지요."

이토 씨가 서 있는 위치에서 조금 내려간 눈 경사면에 커다란 뭔가가 보였다.

"그야말로 사자 같은 느낌이었어요. 정확히 뭐였다고 분명하게 표현할 순 없지만 느낌은 딱 사자였어요. 근데 내 쪽을 향해 자세를 낮추고 나를 노려보고 있는 거예요."

온통 눈으로 뒤덮여 정적에 휩싸인 산, 밝은 활엽수 숲속에서 엄청난 괴물과 대치한 마타기는 총을 겨누었다.

"뭐든 해야 했지요. 그렇게 생각하고 총을 겨누긴 했는데, 도저히 내가 감당할 만한 상대가 아니라는 생각이 들었어요."

라이플이나 슬러그탄(산탄, 금속탄-역주)이라면 아주 큰 짐승이라도 쓰러뜨릴 수 있지만, 그 순간 총에 장전되어 있던 것은 토끼 사냥용 산탄이었다. 그것으로는 도저히 감당이 되지 않는 상황이었다.

"이제 죽는가 싶었지요. 도저히 어찌해볼 수 없다고 생각해 천천히 뒷걸음쳐서 동료들이 있는 곳까지 도망쳤어요."

엄청난 괴물이 있는데 당장 퇴치하지 않으면 큰일이 날 것이다. 무선으로 동료들에게 연락을 취했는데….

"아무도 상대해주지 않더라고요. 무슨 잠꼬대 같은 소리를 하냐며 무시하더라고요."

결국 몰이 위치가 해제되어버렸기 때문에 다른 곳에서 다시 토끼 사냥을 했다. 누구 하나 이토 씨가 본 괴물에 대해 믿어준 동료는 없었다.

"너무 억울했어요. 그래서 이 이야기는 더 이상 하지 않게 되었어요. 어차피 아무도 안 믿을 테니까요."

이것은 무려 20년 전의 이야기다.

*

이토 씨는 집 근처에서 '스토커 여우'를 만난 적도 있다. 경트럭을 몰면서 농로를 달리고 있는데 도로 앞쪽으로 뭔가가 보였다.

"저게 뭘까 싶었지요. 잘 살펴보니 여우더라고요. 여우가 뚫어지게 내 쪽을 보고 있었던 거지요. 전혀 미동도 하지 않으면서, 가만히요."

여우는 차가 다가오는데도 미동조차 하지 않으며 계속 응시하고 있었다. 공포심을 느낀 이토 씨는 진로를 바꿔 다른 길로 가기로 했다.

숲속 임도로 가는 것은 조금 멀리 돌아가는 것이 되지만, 여우에게 엄청난 일을 당하는 것보다는 낫다고 생각했다.

그런데….

"멀리 돌아서 산에서 내려왔는데 그 아래쪽에 또 있는 게 아니겠어요? 아까 본 여우가."

그래서 다시 원래 왔던 곳으로 돌아가려고 유턴을 해서 임도로 들어섰다가 다시 깜짝 놀랐다.

"그 여우가 숲속을 달리고 있는 거예요. 아까도 자기가 먼저 돌아서 와 있었던 거지요."

어떻게든 이 여우와 마주치지 않도록 조심하면서 이토 씨는 간신히 도망칠 수 있었다.

*

"이 근처에선 내가 고등학교에 다니던 시절까지만 해도 밤에 '제등(提燈, 손으로 들 수 있게 자루가 달린 등-역주)'을 들고 다녔지요. 회중전등이나 건전지가 아직은 비쌌거든요."

칠흑 같은 어둠 속을 제등의 희미한 빛에만 의지해 걸어가다가 문득 그것이 갑자기 꺼져버리는 경우가 종종 있었다. 살펴보면 양초가 없어진 상태다. 집을 나설 때 분명 새것으로 바꿨는데 없어져버렸다.

"여우한테 당해버린 거지요. 양초만 빼간 거예요."

상당히 짓궂은 후시카게 지방의 여우다.

*

양초를 훔쳐가는 여우가 있는가 하면 제등을 드리워주는 여우도 있다. 이 이야기는 히타치나이 지역에서 양봉을 하는 사토 요이치(佐藤洋一) 씨한테 들었다.

"우리 할머니 세대에는 아직 거기에 국도 같은 게 뚫리지 않았거든요. 길이라고 해봐야 구불구불 흐르는 아니(阿仁)강을 따라 생긴 꼬부랑길 정도였지요. 그러니 밤이 되면 당연히 캄캄절벽이 되고요."

당시엔 뭐라도 사려면 12km 정도 떨어진 아니아이(阿仁合) 지역까지 가야 했다. 어느 날 한 할머니가 발길을 재촉하고 있었다. 아니아이에서 필요한 물건만 사고 나서 곧장 집으로 돌아오면 좋았으련만, 하필 그날따라 물건을 사다가 우연히 친척을 만나는 바람에 한동안 이야기를 나누다 시간이 지체되어버렸다.

"너무 늦어버렸네. 어두워지기 전에 집에 가야 했는데."

할머니는 해가 뉘엿뉘엿 기울어지기 시작하는 하늘을 올려다보며 급한 걸음으로 히타치나이를 향했다. 아니강 가장자리를 따라 이어지는 길은 똑바른 길이 아니라, 곳곳에서 온갖 다리들을 건너면서 강물의 흐름을 누비고 꿰매듯이 이어진 길이다. 아직 절반도 오지 못했는데 주변엔 이미 완전히 어둠이 내려앉아버렸다. 이렇게 늦어질 줄은 미처 예상하지 못했기에 길을 밝혀줄 불도 당연히 챙겨오지 못한 상태다. 어두운 밤길을 종종걸음으로 서둘러가면서 한참의 시간이 흘렀다. 조금만 더 가면 히타치나이 마을로 들어가는 근처까지 왔을 때의 일이다.

"어라? 저게 뭐지…?"

캄캄한 길 저편에서 자그마한 불빛이 일렁이면서 다가온다. 도깨비불인가 싶어서 더럭 겁이 났지만 칠흑 같은 산길에서는 어차피 어디로도 도망칠 방법이 없다. 한동안 꼼짝도 못 한 채 그냥 멈춰서 있다가 찬찬히 다시 살펴보니, 그것은 다름 아닌 제등의 불빛이었다.

"그렇구나, 마중을 나와주었구나?"

귀가가 너무 늦어지다 보니 가족들도 심란한 마음에 마을 입구에서 기다리고 있었던 모양이다. 조금 전까지 엄습했던 불안감이 사라지며 완전히 마음이 놓인 할머니는 그 불빛을 따라 편한 마음으로 집으로 향했다.

결국 그 할머니는 그대로 행방불명이 되었다. 다음 날 마을의 모든 사람들이 사방을 찾아다닌 끝에 강변 풀숲 속에서 웅크리고 있는 할머니의 모습을 발견했다.

"제등의 뒤를 따라 걸어갔는데, 가도 가도 집이 안 보이는 거야. 그러다가 강물에 빠지기도 하고 온갖 험한 일을 겪다가 나중엔 한 발짝도 내딛지 못하게 되었지."

할머니는 반쯤 벌거벗은 상태로 온몸이 상처투성이였다. 아니아이에서 산 물건들도 모조리 어디론가 사라졌다.

"여우에게 당한 거지요. 이런 이야기는 얼마든지 있어요. 전부 사실이지요."

사토 요이치 씨 말에는 힘이 담겨 있었다.

*

그 이야기를 듣고 있던 옆 사람이 이야기를 이어나갔다.

"실은 나도 도깨비불을 본 적이 있어요. 잎새버섯을 따러 산속 깊이 들어갔을 때였어요."

잎새버섯을 따고 돌아오던 길에 도깨비불을 봤다는 것이다. 처음엔 다른 마을의 불빛이 보이는가 싶기도 했는데, 위치로 봤을 때 그럴 만한 장소가 아니었다.

"참 이상했어요. 어쩜 그때 길을 잃었을지도 모르겠네요. 길을 잃어 불안해지다 보니 어두워졌다고 생각했겠지요."

"네? 어두워졌다고요? 밤에 일어난 이야기가 아니었나요?"

"아니요. 오후 3시쯤 일어난 일이거든요. 주변이 갑자기 어두워지더라고요. 건너편으로 빛이 몇 개나 보이던걸요. 그래서 다른 마을인가 싶었지요."

그 이야기에 이어 '산에 대한 모든 것을 알고 있는' 사토 쇼이치 씨가 말했다.

"거기에선 안 보이지. 산을 하나 더 넘어야 하니까."

느닷없이 주변이 어두워지며 멀리서 불빛이 몇 개나 보인다니, 도깨비불은 결코 밤에만 보이는 현상이 아닌 모양이다.

＊

이처럼 아니의 세 지역(넷코, 웃토, 히타치나이)에는 도깨비불이나 여우와 관련된 이야기가 매우 많았다. 주변의 다른 지역 상황이 궁금해져서 그 옆에 위치한 가미코아니(上小阿仁)촌에 가서 이야기를 들어보았다. 가미코아니촌은 '헤이세이 대합병(平成の大合併, 정부 주도로 이루어진 시·정·촌[市町村] 합병으로 2005년을 전후로 가장 많은 합병이 이루어짐-역주)'에서 독립을 지켜낸 지역이다. 이곳 야기사와(八木沢) 마을은 200년 정도 전에 아니 지역의 셋코 마을에서 이주한 사람들이 개척했다. 지금도 두 지역은 서로 친척도 많고 인적 교류도 활발하다. 전통 예능 반가쿠(番楽, 아키타현이나 야마가타현에서 거행되는 가구라[神楽]

의 일종-역주)도 넷코와 야기사와에 공통으로 존재한다. 그런 야기사와 마을 사람들에게 이런저런 이야기를 들어보았는데, 그다지 신기한 이야기는 나오지 않았다. 88세의 원로 마타기도 이상한 이야기는 알지도 못하고 들어본 적도 없다고 말한다.

"다마시가 보인다는 사람이 있었지요. 고집불통에다 융통성도 없지만 자주 뭔가에 두려워하곤 했어요. '아아, 다마시가 왔네'라고 하면서요."

"아, 그 사람? 정말 엄청난 고집불통이었지."

"다마시…라고요? 도깨비불이 아니라?"

"도깨비불? 아니, 여기서는 거의 들어본 적이 없네요. 도깨비불을 보면 죽는다는 말도 있으니까요. 실제로 보고 죽은 사람도 있거든요."

도깨비불을 보면 죽는다는 말은 아니 지역에서는 들어보지 못했다. 동일한 뿌리를 지닌 마을끼리도 사고방식에 상당한 차이를 보인다는 사실을 알 수 있다.

II 이계로의 입구

여우와 '행방불명'

아키야마(秋山)향(鄕)은 니가타(新潟)현과 나가노(長野)현의 경계에 걸쳐 있는 오래된 산속 마을이다. 이곳은 에도 말기부터 메이지 시대에 걸쳐 몇몇 아니 지역 마타기들이 정착해 살기 시작한 곳이기도 하다. 나카쓰(中津)강을 사이에 두고 가파르고 험준한 지형을 지닌 이곳은 일본에서도 눈이 많이 오기로 손꼽히는 지대다. 이 때문에 벼농사가 시작된 것은 메이지 시대가 시작된 이후의 일이었다. 심지어 극소량의 생산만 가능했기에 아주 최근까지 화전 방식으로 잡곡류를 경작해 그것과 칠엽수 열매를 섞어서 만든 '안보'를 주식으로 삼았다. 그런 아키야마향에서 아니 지역 마타기의 후예라는 사람에게 이야기를 들어보았다.

"딱히 이렇다 할 신비한 체험을 한 적은 없는데요…. 애가 없어진 이야기 정도일까요."

지금으로부터 50년 정도 이전의 일이라고 한다. 어느 부부가 농사를 지으려고 산속으로 들어갔다. 앞서 언급했던 것처럼 이 주변은 화전 농법으로 농사를 지었기 때문에 경작지는 산의 경사면에 있었다.

평소에 늘 그랬던 것처럼, 부부는 그날도 네 살배기 무남독녀를 산에 있는 밭으로 데리고 갔다. 일단 밭일을 하러 집을 나서면 저녁 무렵까지 돌아오지 못하므로 당연히 계속 그런 식으로 하고 있었다. 부부가 밭일을 하고 있는 동안 딸은 그 옆에서 꽃을 꺾거나 나비를 잡으러 다니면서 논다. 열심히 일을 하면서도 딸의 모습을 지켜보는 것이 부부에게 그 무엇보다 흐뭇한 일이었다.

점심밥으로 지참해온 '안보'를 먹고 잠깐 쉬기로 한다. 수확한 찰기장을 바라보면서 부부는 가벼운 이야기를 나눈다. 딸도 옆에서 '안보'를 맛있게 먹으며 방실거리고 있었다.

그날 안으로 그곳 밭일을 마무리할 작정이었다. 그래서 오후엔 평소 이상으로 열심히 일에 몰두했다. 그런데 일을 하다 문득 딸이 걱정스러워져서 그제야 허리를 펴고 고개를 들어보니, 딸의 모습이 보이지 않는다. 주변에 있을 텐데 아무리 이름을 불러도 대답이 없었다.

마을 전체가 소란스러워진 것은 낯빛이 바뀐 부부가 산에서 내려오고 나서 얼마 되지 않았을 무렵이었다. 어머니는 슬픔에 울부짖으며 반쯤 제정신을 잃은 상태였고, 아버지의 안색도 말이 아니었다.

"감쪽같이 사라졌단 말이지…. 행방불명이 아니면 좋으련만."

급히 수색대가 편성되어 밭에서 가까운 산을 중심으로 많은 사람들이 사방을 찾아다녔다. 그러나 아무리 찾아봐도 어디에도 딸의 자취가 남아 있지 않았다. 뉘엿뉘엿 해가 저물어가자 모든 사람이 초조해지기 시작했다. 밤이 되면 위험하다. 모두에게 그런 감정이 엄습하기 시작할 무렵이었다.

"돌아왔다네요. 돌아왔대요."

고함 소리가 나는 쪽으로 모두 달려갔다. 가장 먼저 달려온 부부는 얼마나 기뻐했는지 모른다. 딸을 발견한 사람은 나무를 베러 산속 깊숙이까지 들어간 사내였다. 그런데 어디서 딸을 발견했는지를 털어놓자 모두 말문이 막혀버렸다.

"내가 일하는 곳에서 돌아오는 도중에, 그 있잖아요, 약간 넓게 펼쳐진 곳."

모든 사람들이 알고 있는 장소였다. 깊은 산속으로 진입하는 입구인데, 이유는 모르겠지만 넓은 평지가 펼쳐져 있어서 여우가 나온다느니, 덴구(天狗, 일본의 고유 요괴로 보통은 수행자의 복장에 얼굴이 빨갛고 코가 높음-역주)가 나온다느니 하는 얘기가 들리는 장소다.

"거기에 있는 큰 바위 위에 오도카니 앉아 방실방실 웃고 있더라고요."

사내가 말하는 큰 바위는 어른들조차 좀처럼 올라가기 어려운 바위였다. 네 살배기 어린애가 과연 혼자 올라갈 수 있었을까? 아무리 생각해도 가능할 것 같지 않다. 아니, 그걸 따지기 이전에, 깊은 산속 진입구인 그 평지까지 아이가 혼자 갈 수 있을 리 만무했다.

한편 그 따님은 현재 결혼해서 나가노현 사카에무라(栄村) 중심부에 살고 있다.

불사신 백록(白鹿)

아키야마향에는 본토박이 사람들도 있다. 이들은 이곳에 정착한 아니 출신 마타기들과 함께 곰 사냥을 시작했다. 원래 사냥이 성행했던 지역이 아니었기 때문에 사냥터가 잘 보존되어 있어서 아니 출신 마타기들의 눈에는 보물산으로 보였을 것이다.

아니 출신 마타기들의 솜씨에 감탄하며 함께 산으로 들어갔던 사람이 있다고 해도 이상할 것이 없다. 아키야마향 중에서 니가타현 쪽에 있는 오아카사와(大赤沢)의 후지노키 노리시게(藤ノ木宣重) 씨도 그중 한사람이다.

"난 마타기는 아니에요. 마타기는 아키타에서 온 사람들을 말하니까요. 그 사람들에게 들은 것은 사슴 이야기 정도지요."

후지노키 씨는 선조 대대로 아키야마향 사람이다. 젊은 시절부터 '아니 마타기' 후예들과 험한 산간 지역을 누벼왔다. 깊은 산속에 있는 사냥터에 들어갈 때는 중간에 있는 동굴에서 모닥불을 피우며 밤을 지새운다. 그럴 때 들었던 사냥 이야기다.

"어느 날 선배 마타기들이 곰을 잡으러 갔다더군요. 제법 산속 깊이 들어갔는데, 좀처럼 곰이 잡히지 않아서 다들 지친 상태로 산길을 걷고 있었대요."

험한 산을 타고 있는데, 반대편에서 덤불을 헤집는 소리가 들렸다. 소리만 듣고도 곰은 아니라는 사실을 단박에 알 수 있었다. 마타기들이 그 정체를 밝히려고 눈에 불을 켜고 있는데….

"튀어나온 것은 사슴이었다더군. 게다가 아주 새하얀 사슴."

나타난 것은 백록, 흰 사슴이었다. 산에 올라와 그때까지 동물의 그림자조차 보지 못했던 마타기들은 기쁜 마음에 총을 겨누었다.

"탕"

한 사람이 방아쇠를 당기자 건조한 발포음이 주변에 울려 퍼졌다. 빗나갈 거리가 아니었다. 흰 사슴이 경사면을 굴러 떨어질 거라고 모든 사람이 생각했다. 그런데….

"쓰러지지 않는 거예요. 총을 쏜 사람이 계속해서 쏘는데 역시 넘어지지 않았지요. 그러다 다른 마타기도 총을 쏘기 시작해서 결국 14발이나 날렸지요."

그러나 흰 사슴은 미동조차 하지 않은 채 지그시 마타기들을 응시하고 있었다. 천하의 마타기들도 두려운 마음에 합장을 하고 주문을 외우기 시작한다. 얼마 후 백록은 천천히 방향을 틀어 바스락거리는 소리를 내며 숲속으로 사라졌다. 물론 마타기들은 그 상태에서 서둘러 산에서 내려왔다.

*

"냉정히 생각해보면 아닐 거라는 생각은 들지만 나도 '반도리' 하러 갔을 때 묘한 일이 있었어요."

'반도리'란 날다람쥐 같은 야행성 동물을 포획하는 야간 사냥이다 (현재는 금지).

"눈 속을 걸으며 사냥터로 가고 있는데 갑자기 눈앞에 거대한 암벽이 떡하니 나타난 거야."

평소 자주 다녀 익숙한 임도였기 때문에 그런 곳에 암벽 따위가 있을 리 없다는 사실을 잘 알고 있다. 그런데 막상 현실에서는 통행을 가로막는 벽이 나타났다.

"참말로 이상한데? 밤에 가도 훤한 길인데. 하지만 이 암벽은 도저히 못 넘겠는걸."

후지노키 씨는 잠시 생각해보았다.

'이건 벽이 아니야. 뭔가가 벽처럼 보일 뿐이지. 암, 그렇고 말고. 바짝 정신을 차리자. 정신을 차리면 이 벽은 사라질 거야.'

그래서 일단 그 자리에 앉아 눈을 감고 깊게 심호흡을 했다. 차가운 공기가 폐부 가득 밀려들어온다. 잠시 눈을 감고 스스로에게 말을 건넨다.

'침착해라. 침착해라. 저건 암벽 따위가 아니다.'

눈을 뜨자 앞에 있던 암벽이 흔들리는 것을 알 수 있었다. 그러면서 점차 암벽은 오시라비소(주로 아오모리[青森] 지역에서 많이 자라는 소나무과의 침엽 상록수-역주)로 변하기 시작했다.

"그런 순간에 패닉에 빠져 정신을 잃고 드러눕기라도 했다면, 정말로 길을 잃었을지도 모르지요."

*

비슷한 이야기는 아니 지역에서도 들었다.

버섯을 따러 산속 깊이 들어간 마타기에게 문득 묘한 느낌이 들었다. 산이 이상했다. 언제나 다니던 길은 짐승들이나 다닐 법한 좁은 꼬부랑길이다. 그런데 지금, 눈앞에 펼쳐진 도로는 아주 쭉 뻗은 길이다! 심지어 길을 사이에 두고 양쪽 모두 빼곡하게 침엽수가 자라나 있다. 마치 여기밖에는 지나갈 곳이 없노라고, 당장 여기를 지나가야 한다고 말해주는 것 같았다.

참 이상했다. 한 번도 지나간 적이 없던 길이었다. 마타기는 가던 길을 잠시 멈추고 담배 한 대를 끄집어내어 물어본다. 깊이 연기를 빨아들이고 크게 하늘을 향해 토해냈다. 이렇게 잠시 마음을 가다듬고 있노라니 눈앞의 길은 차츰 평소처럼 익숙한 산길로 변해갔다.

"가끔 있는 일이지요. 산속에서는 다리가 있다고 생각하고 건너다가 물에 빠지는 경우도 있거든요. 역시 여우의 소행일까요?"

＊

후지노키 씨에게서 들었던 아키야마향의 마타기 이야기를 하나 더 해보자.

바위굴에서 모닥불을 피우면서 밤을 지새운다는 이야기는 앞서 언급한 바 있다. 임도가 아직 발달되지 않았을 시절엔 당일치기로 깊은 산속까지 사냥을 다녀오는 것이 불가능하기 때문에 '마타기 산막'이라고 일컬어지는 간소한 곳에서 지내거나, 바위틈 속으로 움푹 들어간 곳에서 쪽잠을 청하기도 했다. 물론 오늘날엔 제법 깊숙이까지 임도가 조성되어 있기 때문에 경트럭을 몰아가며 당일치기로 끝내는 사냥이 당연해졌다.

"출웅 사냥하러 갔을 때였을 거예요."

'출웅(出熊)'이란 초봄 무렵 겨울잠에서 깨어난 곰을 노리는 사냥을 말한다. 겨울잠에서 깨어난 곰은 가죽과 발톱이 한껏 자라 있기 때문에 상품 가치가 매우 높다. 무엇보다 오랫동안 아무것도 먹지 않았기 때문에 쓸개에 담즙이 가득 고여 있다. 금과 동등한 가치가 있는 최상급 곰 쓸개를 얻을 수 있는 절호의 포획물이다. 긴 겨울이 끝나고 본격적으로 봄이 왔다는 소식을 전하는 것이 '출웅' 사냥이다. 마타기들은 어린아이마냥 들뜬 마음으로 깊은 산속을 향하고 있었다.

"사냥터를 향하는 도중에 동료와 같이 바위굴로 들어갔었지요. 그곳은 자주 애용하는 바위굴인데 그때는 평소와 달리 좀 이상했어요."

바위굴에 들어갔는데 내부가 아늑했다. 아무리 봄이라고는 해도 주위는 아직 3m가 넘는 눈으로 에워싸여 있다. 날도 저물고 있었고, 기온도 급격히 내려가고 있었다. 그런데도 바위굴 안은 따뜻했고, 심지어 희미하게나마 내부가 밝았다.

"불이었어요. 불이 타고 있던 거예요. 누군가가 모닥불을 피우고 있었지요, 거기에서."

네다섯 명은 족히 들어갈 수 있는 바위굴 한가운데에서 모닥불이 빨갛게 달아오르고 있었다. 다들 서로의 얼굴을 마주 보았다.

"누가 먼저 온 사람이 있나?"

그럴 리 없다고 다들 생각하고 있었다. 왜냐하면 바위굴 주변에는 그 누구의 발자국도 남아 있지 않았기 때문이다.

누가 왔던 거지?

그다지 널리 알려져 있지 않지만 이시카와(石川)현은 사냥이 성행하는 지역이다. 기후(岐阜)현과의 경계에 하쿠산(白山)연봉(連峰, 기후·도야마·이시카와·후쿠이현 등에 걸쳐 있는 산맥-역주)이 자리 잡고 있어 산이 깊기 때문이다. 따라서 동물도 많고 그에 비례해서 엽사도 많다.

이시카와현에 위치한 가나자와(金沢)에는 엽사가 직접 잡은 포획물을 제공하는 레스토랑이 다수 존재한다. 그런 이시카와현에서 2년 전 엽사가 된 사람의 이야기다. 사연이 있어서 실명과 장소는 밝히지 않겠다.

그가 살고 있는 곳은 하쿠산(白山)의 기슭에 있는 어느 스키장 근처다. 자신이 잡아온 곰이나 멧돼지를 제공하는 엽사 카페를 운영하고 있다. 아직은 초보지만 베테랑 엽사로부터 기대를 한 몸에 모으고 있는 차세대 유망주 같은 존재다.

"○○ 군은 정말 집요해. 감탄할 정도로 집요하지."

집요할 정도로 곰을 쫓고 멧돼지를 찾아낸다는 평가를 받는다. 엽사에게 '집요하다'라는 말은 최고의 칭찬이다.

그런 그가 사냥을 시작하기 한참 전에 일어난 사건이다. 원래 산을 좋아해서 태생적으로 '산 사나이'였던 그는 산과 관련된 아르바이트를 하고 있었다. 하쿠산연봉의 등산로 보수 공사였다. 초여름 무렵에 기계류나 연료, 그리고 식료품을 모아 한꺼번에 헬리콥터로 날랐고, 작업원은 걸어서 현장으로 향했다. 첫눈이 내리기 전까지 철수해야 하기 때문에 작업 기간은 거의 여름 한 철만으로 한정된 '기간제 인부' 같은 일이었다.

9월도 절반이 지나면 산 정상 부근은 제법 쌀쌀해지기 시작한다. 그해는 특히 가을이 일찍 찾아와 진눈깨비가 쏟아지는 악천후가 이어졌다.

"예년보다 빨랐어요. 올해 할 수 있는 작업은 더 이상 어렵다는 말이었고요. 다 끝나간다는 이야기지요. 그래서 도구류를 일단 근처 피난용 산막에 넣어둔 다음, 날씨 상황을 살펴보면서 헬리콥터로 내려보내기로 했어요."

산막은 능선 가까이에 있어서 산을 오르는 사람들이 평상시에 사용하는 곳이었다. 진눈깨비와 비가 내리는 궂은 날씨에 세 사내가 산막에 도착했다. 그런데 한 사람이 문을 열려고 하자 문이 꿈쩍도 하지 않는다.

"어라? 이건 뭐지? 안 열리는데?"

얼어붙은 것도 아닐 텐데 문이 완전히 굳어 있어서 손으로 두드리고 발로 걸어차도 전혀 움직이지 않았다. 작업 도구들을 안에 넣지 않으면 큰일이었다.

"정말 필사적이었지요. 돌덩이를 가지고 와서 문의 가장자리 쪽을 세게 두드리기도 했고요. 그러다가 손에 들고 있던 쇠막대기를 빈틈에 끼워 넣은 후 세 명이 달라붙어 조금씩 벌려가면서 간신히 문을 열었어요. 이렇게 도구류를 산막에 가까스로 넣을 수 있었어요. 문을 닫을 때도 아주 힘들었고요."

무사히 산막에 들어왔다는 사실에 안심한 세 사람은 각자 식사 준비를 시작했다. 식사라고 해봐야 컵라면과 비스킷, 과자나 빵 종류였다. 그래도 '산 사나이'에게는 즐거운 시간이다. 따뜻한 식사를 끝마치고 한시름 놓는다. 바깥에는 제법 바람이 강했고, 여전히 진눈깨비가 흩날리는 날씨였다.

"올해는 여름이 참 짧았네. 그리 생각하지 않는가?"

요 이삼일 내내 화제라고는 그 이야기뿐이었지만 어쩔 수 없는 노릇이긴 하다. 계속 산 위에만 있었으니까.

"어라? 무슨 소리 안 들리나?"

그가 먼저 말했다.

"무슨 소리? 무슨 소리가 들리나?"

다른 두 사람도 귀를 기울여본다. 그러나 들리는 것이라곤 바람 소리와 창문에 부딪치는 빗소리뿐이었다.

"아무 소리도 안 들리는데?"

"아아, 아무 소리도…"라고 말을 하려다 입을 다물고 만다.

'찰랑… 찰랑'

바람 소리에 뒤섞여 방울 소리가 들리는 것만 같았다.

"방울…? 저건?"

'찰랑… 찰랑'

세 사람은 입을 다물고 그 소리를 듣고 있었다.

'찰랑… 찰랑'

점점 더 다가온다. 언젠가 들어본 기억이 나는 소리였다.

"이건…, 그거 아닌가? 야마부시(山伏, 독특한 복장을 하고 산에서 혹독한 종교적 수행을 하는 슈겐도 수행자-역주)분들이 들고 있는 지팡이…."

석장(錫杖, 승려들이 짚고 다니는 지팡이-역주)이다. 야마부시가 지면에 지팡이를 짚으면 위에 달린 고리들이 찰랑거리는 소리를 낸다.

"아, 그러고 보니 그 소리 같네. 야마부시의 지팡이 소리네."

하쿠산은 신앙과 인연이 깊어서 예로부터 산악 불교가 성행했던 슈겐도(修験道, 혹독한 산악 수행으로 알려진 일본의 산악 종교-역주)의 산이다. 그런 산이어서 수행자가 주변을 걸어 다니고 있다 해도 조금도 이상하지 않았다.

잠시 시간이 흐르자 그 소리는 산막 앞에서 멈췄다. 아무래도 입구 부근에 서 있는 모양이다. 모든 사람이 입구를 주시하고 있는데….

'찰랑… 찰랑'

"또 걷기 시작하네. 산막 주위를 뱅그르르 걷고 있어."

수행자가 산막 주위를 돌고 있는 모양이다.

"찰랑… 찰랑"

"못 들어오는 걸까?"

힘깨나 쓰는 건장한 사내가 셋이나 덤벼들어 가까스로 열었던 문이다. 문을 못 열고 주변을 맴돌고 있는 게 틀림없다고 그는 생각했다.

"열어줄까?"

그가 이렇게 제안을 하긴 했지만 몸이 움직이지 않았다.

찰랑… 산막 주변을 거의 한 바퀴 돌았던 석장 소리가 멈췄다. 다들 마른침을 삼키며 조마조마하게 귀를 기울이고 있었다. 두려울 정도의 정적이었다.

"콰당"

느닷없이 커다란 소리가 산막 전체에 울려 퍼졌다. 깜짝 놀라 천장을 올려다보았다.

"날았네, 위로 날아올랐어. 엄, 엄청나네. 과연 종교 수행자로군. 정말 대단해."

말은 이렇게 하면서도 목소리는 부들부들 떨고 있었다.

'삐그덕, 찰랑… 삐그덕, 찰랑'

석장 소리는 이번엔 지붕 위에서 들린다. 수행자가 지붕 위를 걸어 다니는 모양이다. 아니, 수행자인지 아닌지조차 분명하지 않지만.

"지붕 위를 한참 걷더라고요. 다들 그것을 따라가면서 바라봤지요. 조금 지나서 그 소리가 멈췄어요. 그제야 한시름이 놓이더라고요. 아, 이제 어디로 갔구나 싶어서, 가슴을 쓸어내렸지요."

바로 그때였다.

"문이 말예요. 세 사람이 달라붙어도 꼼짝을 안 했던 그 문이, 그게 너무 쉽게 미끄러지듯이 열렸거든요."

완전히 젖혀진 문으로부터 엄청난 바람과 함께 진눈깨비가 쏟아져 들어온다. 그 순간 어느 누구도 차마 눈을 뜨지 못했다. 두 손을 합장한 채 어느새 다들 정신없이 염불을 외우고 있었기 때문이다.

"나무아미타불 나무아미타불"

　얼마나 시간이 흘렀을까. 눈을 감고 있던 세 사람은 세차게 닫히는 문소리를 듣고 더 이상 바람이 불어오지 않는다는 사실을 느꼈다. 하지만 아무도 그 즉시 눈을 뜨려고 하지 않았다.

한 사람이 더 있다

이것도 같은 사람이 해준 이야기다. 장소도 마찬가지로 하쿠산연 봉이었다. 등산로 폭을 확장하는 작업 때문에 현장에 들어갔을 때 의 일이었다.

그날은 점심시간이 지난 뒤 날씨가 급변해서 짙은 안개가 끼기 시 작했다. 처음엔 희끗희끗하게 안개가 몰려드는 정도였는데, 시간이 흐르면서 안개가 아주 짙어지더니 오후 3시가 되기도 전에 30cm 앞 도 보이지 않을 정도가 되었다.

"너무 심하게 위험한 상황이어서 일단 철수 준비에 들어갔거든 요. 뒷정리를 하고 내려가야 하는데, 앞이 전혀 보이지 않더라고 요."

그래서 다섯 명의 작업원이 일렬로 서서 앞 사람의 배낭에 손을 댔다. 말하자면 '5인 6각(다리 묶고 달리기)' 경주처럼 설령 비틀거리더 라도 서로의 존재를 확인하면서 하산하자는 이야기였다.

"오죽하면 그랬겠어요? 그렇게라도 하지 않으면 도무지 발조차 뗄 엄두가 안 나는 상태였거든요. 준비를 마치고 내려가려고 하는 데, 반장이 이상한 소리를 하더라고요."

'내 말 알아듣겠어? 뭔가 다가올지도 모르지만, 절대로 당황하면 안 돼! 입 다물고 침착하게! 절대로 당황하지 말고! 그러면 아무 짓 안 할 테니까.'

그 말이 도대체 무슨 소리인지 의미를 이해할 수 없었다.

주위가 거의 보이지 않는 짙은 안개 속을 일렬로 걷는다. 눈앞의 배낭에 손을 대고 있는 앞 사람의 모습조차 확실히 보이지 않는다. 발을 디딜 곳이 전혀 보이지 않아 앞 사람을 믿고 발을 내디딜 수밖에 없었다.

'륙색, 륙색을 놓치면 안 돼.'

극도의 긴장 상태로 하산이 계속되었다.

그때….

"어, 이봐!! 잠깐 기다려줘, 뭔가, 뭔가 온 것 같아아~."

가장 끝에서 걷고 있던 동료가 한심스러운 목소리를 냈다.

"좋~았어, 멈춰어엇! 뒤돌아보지 마!"

반장의 목소리가 안개 속에 스며든다. 중간쯤에 있던 그는 지금 도대체 무슨 일이 일어나고 있는지, 도무지 영문을 알 수 없었다.

"좋~았어, 일단 한번 땅바닥에 앉아보자, 간다~, 여엉차!"

안개 속에서 '5인 6각'을 일단 멈추고 등산로에 주저앉았다. 그동안 그 누구도 입을 열지 않았다.

"좋~았어, 천천히 일어나봅시다. 하나, 두울, 세에엣!"

다시금 전원이 같이 일어선다.

"어때? 아직 있어?"

가장 뒤에 있던 사람은 조금 있다가, 겨우 말을 이었다.

"웅~, 아직 있는 것 같은데…."

"그래? 좋~았어! 다시 한 번 전원, 앉아!"

다시금 안개 속에서 웅크리는 사내들. 그림을 상상하면 어지간히 해괴한데 당사자들은 필사적이다.

"다음에 일어설 때는 괜찮은 것 같아서 그대로 하산했거든요. 나중에 들어보니 그렇게 짙은 안개가 끼는 날엔 뭔가가 접근하는 것 같더라고요."

그때 일어났던 일은 이렇다. 가장 뒤에서 걷고 있는 사람의 륙색을 누군가가 세게 움켜쥐었던 것이다. 그럴 때는 절대로 뒤를 돌아봐서는 안 된다. 그리고 큰 소리를 내면서 소란을 피워서도 안 된다. 지긋이 잠시 기다려야 한다. 그러면 반드시 그 뭔가가 사라지는 모양이다.

"산에 익숙하지 않은 사람이라면 패닉에 빠져버리겠지요. 그래서 예컨대 미끄러져 죽는 사고로 이어지는 게 아닐까요?"

뒤에서 뭔가가 내 륙색을 움켜쥐었을 때 뒤를 돌아보면 누가 있을까. 반장에게 물어봤더니,

"글쎄~, 말도 안 되는 엄청난 누군가가 있을지도…. 그래도 안개가 너무 짙어서 아무것도 안 보이지 않을까?"

보이지 않는 뭔가가 거기에 있는 모양이다.

길 저편에

일반적으로 산과 바다에는 가로막힌 이미지가 강하다. 지도만 본다면 '곶'처럼 돌출된 곳이나 막다른 지점의 산길에서는 더 이상 앞으로 나아갈 수 없다고 여겨진다. 그러나 어디까지나 더 이상 '차'가 나아갈 수 없다는 소리다. 아득한 옛날, 산속은 자유롭게 활보할 수 있는 공간이었다. 특히 능선 길은 고속도로 수준으로 이동이 가능한 루트이기도 했다. 바다는 당연히 배를 타고 자유자재로 나아갈 수 있는 '프리 루트'였다. 오늘날에는 갑갑하게 느껴지는 반도나 섬이 유통이라는 측면에서 중요한 거점이 될 수 있었던 이유다.

마타기나 엽사들은 산에서 산으로 종횡무진 활보하며 사냥감을 쫓는다. 현지의 여러 산에 대해 모든 것을 꿰뚫고 있는 달인이지만, 그런 달인들조차 그 신비로운 공간에 들어가면 종종 헤매는 경우가 있는 모양이다.

효고(兵庫)현 아사고(朝来)시에 사는 요시이 아유미(吉井あゆみ) 씨는 '확정 신고' 서류의 직업란에 '엽사'라고 써 넣을 정도로 실적을 갖추고 있다. 초등학교 무렵부터 엽사인 아버지와 산에 올라가 다양한 경험을 쌓아온 베테랑이기도 하다. 그런 요시이 씨에게 들은 이야기다.

동료인 단바(丹波) 지역 엽사와 효고현에 있는 사냥터에서 몰이 사냥을 했을 때의 일이다. 개를 투입시켜 사냥감을 쫓았는데, 아무래도 곳곳에 배치된 저격수 사이를 뚫고 사냥감이 달아나버린 모양이다. 종종 있는 일이다. 이럴 경우 일단 태세를 전환해 다시 몰이 사냥을 개시한다.

"아무래도 뚫린(놓친) 것 같아서 저격수 배치 형태를 해제하게 되었어요. 그래서 전부 모여 다음번엔 어떻게 할지 의논하자고 해서 일단 모두 돌아오기로 했던 거지요."

그때 산 위에서 대기하고 있던 한 저격수가 묘한 이야기를 꺼냈다.

"어라? 이런 곳에 길이 있네. 이쪽으로 가면 더 가깝지 않을까. 난 이쪽으로 가겠어."

그 말을 모든 사람들이 무선으로 들었다. 요시이 씨도 그 말을 듣고 고개를 갸우뚱했다.

"길? 그런 곳에 길이 있었던가?"

"응, 있다니까. 아주 쭉 뻗은 예쁜 길이 만들어져 있네. 지름길이 분명해. 하얗게 새로 난 길이네."

이 말을 듣고 모든 사람들이 생각했다. 이상하다. 그런 곳에 쭉 뻗은 길이 있을 리 없는데?

"이봐, 그 길로 절대 들어서면 안 돼. 그건 길이 아니야. 가면 안 돼. 이봐, 이보라고."

무선은 거기서 끊겨버렸다. 더 이상 어찌 할 수도 없다. 하는 수 없이 동료들은 집합 장소로 내려갔다.

"뭐지? 안 오는데? 도대체 어떻게 된 거야?"

"해괴한 소리나 하고. 길이라고? 하얀 길이 있다니, 도대체 무슨 소린지."

"여우한테 홀린 거 아닐까, 하하하."

처음엔 우스갯소리로 흘려 넘겼는데 그 친구가 도무지 집합 장소에 나타나지 않는다. 한 시간 정도 기다렸는데 결국 나타나지 않자 그제야 모두 너무 이상하다고 생각하기 시작했다.

"무슨 일이 생긴 게 아닐까? 이상하네, 이렇게 늦다니."

"이거야 참, 걱정되네. 어디 다치기라도 하면 움직이지도 못할 텐데."

결국 모두 같이 찾아 나서게 되었는데, 하얀 길이 어디에 있는지는 아무도 몰랐다. 그래서 산을 보면서 어디부터 찾을지 신중하게 정하고 있는데….

"갑자기 불쑥 나타난 거예요."

모두의 앞에 나타난 그는 엉망진창의 몰골을 하고 있었다. 모자는 어딘가로 사라졌고, 얼굴은 온통 상처투성이였으며, 온몸이 진흙투성이였다. 덤불 숲을 헤치면서 몇 번이고 산에서 미끄러진 꼬락서니라는 것은 누가 봐도 여실했다.

"자네, 대체 어딜 갔던 거야?"

모두 놀란 나머지 다소 화까지 내면서 물어보았다. 그러자 그는 약간 얼이 빠진 표정으로 말했다.

"그걸 잘 모르겠어. 어째서 내가 여기 있는지."

*

이 사건이 있고 나서 2년 후의 일이다. 같은 곳에서 다시 몰이 사냥을 하게 되었다. 이번엔 요시이 씨가 몰이꾼이 아니라 저격수 역할을 맡았다. 우연히도 해당 장소는 일전에 '하얀 길 사건'이 일어났던 곳이었다. 그러나 요시이 씨는 그 사건에 대해 이미 까맣게 잊고 있다.

"몰이꾼이 움직이기 시작하면서 몰이가 시작되었지요. 사슴을 거의 잡을 뻔했는데 결국 빠져나가버려서, 저격수 배치 대열도 해제되었어요."

일단 모여서 앞으로 어찌할지를 의논하기로 했다. 총에서 탄알을 뺀 후 내려갈 준비를 마쳤을 때….

"길이 있었던 거예요."

내려가려다가 문득 살펴보니 새로운 길이 있었다. 완전히 새로 생긴 길이었다.

"어라? 이런 곳에 길이 있었네? 그런 생각이 들더군요. 정말 예쁜 길이었어요. 폭은 경트럭이 지나갈 수 있을 정도였지요. 새하얀 빛깔의 길이었고요. 최근 새로 생긴 작업로라고 생각해서 그쪽으로 가기 시작했어요."

두세 걸음 걸어간 시점에서 요시이 씨에게 지난번 사건이 문득 떠올랐다.

"새하얀, 쭉 뻗은 길…. 그러고 보니 이 길이 바로 그때 그 길이었군! 가면 끝장이야!"

이리하여 요시이 씨는 난을 피해 무사히 동료들과 합류할 수 있었다.

*

요시이 씨는 상당히 신비한 체험을 하는 체질인 모양이다. 그런 요시이 씨의 이야기를 계속해보자.

"산에서 돌아올 때의 일이었어요. 살짝 늦어져서 주변이 이미 어두워져 있었지요. 그래서 난쟁이를 만났던 거예요."

"난쟁이라고요? 백설공주 이야기에 나오는?"

"그래요. 그런 느낌이지요."

요시이 씨가 어둑어둑한 임도를 달리고 있을 때의 일이다. 구불구불 첩첩이 구부러진 도로는 차량 라이트가 비치는 곳만 간신히 어둠 속에서 떠오른다. 그런 상황에서 급커브를 돌자 밝게 비춰진 산등성이에 뭔가가 서 있었다.

"저게 뭐지 싶어서 잘 들여다보니, 세상에, 난쟁이가 아니겠어요? 50, 60cm 정도 되었지요. 이쪽을 물끄러미 보고 있었어요."

자기도 모르게 브레이크를 밟고 운전석에 앉아 한참을 난쟁이와 서로 응시하고 있었다. 몇 분 동안이었을까. 아니 몇 초였을지도 모르겠다. 어쨌든 서로를 째려보는 데 지쳤는지 난쟁이는 홀연히 산으로 자취를 감춰버렸다.

"엄청난 만남이었다고 생각했지만, 아무도 믿어주지 않더군요."

난쟁이를 만났다고 이야기해봤자 모두에게 바보로 취급받을 뿐이다. 너무 억울했던 요시이 씨는 조수석에 카메라를 항상 두고 다니기로 했다. 카메라로 난쟁이 사진을 찍으면 다들 믿을 거라고 생각했기 때문이다. 그리고 나서 한동안은 밤에 산을 다닐 때 아무 일도 일어나지 않았다. 그러나 결국 그날은 오고야 말았다.

"또다시 밤에 임도를 달리고 있었는데, 나온 거예요, 지난번 그…."

지난번과 마찬가지로 차량 라이트를 통해 암흑 속에 있던 난쟁이의 모습이 나타났다. 요시이 씨는 자신이 계획했던 대로 차를 멈추고 조용히 조수석 카메라에 손을 뻗친다. 그리고 문을 열고 바깥으로 나가려던 순간, 난쟁이는 홀연히 숲으로 자취를 감춰버렸다. 애석해하는 요시이 씨. 그러나 이후 수수께끼에 싸인 난쟁이가 요시이 씨 앞에 모습을 드러내는 일은 결코 없었다.

　　＊

요시이 씨는 산과 사냥감에 대해 모든 것을 알고 있다. 질풍 같은 속도로 종횡무진 숲속을 내달릴 수 있는 산 전문가이기도 하다. 그런 요시이 씨조차 때론 깜짝 놀랄 체험을 한다.

"돗토리(鳥取) 방면 사냥터에 갔을 때였어요. 가는 날이 장날이라고, 마침 그날은 현지에서 '바다의 날'이라고 부르는 날이었지요."

어째서 산에 '바다의 날'이 있는 것일까? 의아했지만, 딱히 그것에 대해 아무도 신경 쓰지 않고 평소처럼 사냥을 시작했다. 요시이 씨는 이날 저격수 담당이었다. 자신이 배치된 곳에 도착해보니 대나무 덤불 속이었다. 전원의 배치가 완료될 때까지 비교적 느긋한 시간이 흘러간다. 산의 상황을 확인하면서 사냥감이 어디에서 튀어나 올지 몇 번이고 머릿속에서 그려보고 있었는데….

"아침부터 바람 한 점 없이 고요한 날이었어요. 그런데 배치된 곳에 도착해 잠시 있었더니 점점 소리가 나기 시작했어요."

처음엔 가볍게 소리가 나는 정도였다. 바람에 대나무가 흔들려 서로 부딪칠 때 나는 소리일까? 딱히 희한할 것도 없는 소리였다.

"그런데 갑자기 엄청난 소리로 변하더라고요. 올려다보니 대나무 덤불이 태풍이라도 상륙한 것처럼 마구 흔들리는 거예요. 처음엔 그저 돌풍이 불었다고 생각했지요. 근데 아닌 거예요. 분위기가 전혀 달랐어요. 보통 일이 아니라고 생각해 필사적으로 대나무 덤불에서 도망쳐 나왔지요."

짐승처럼 포효하는 대나무 숲에서 뛰쳐나와 수십 m 앞까지 내달려 그곳으로부터 도망쳤다. 그리고 뒤를 돌아보았다. 그런데 조금 전과 달리 너무도 고요한 대나무 숲이 보일 뿐이었다.

"바람 한 점 없이, 아침에 그랬던 것처럼 온화한 날씨였어요. 대나무 숲에도 전혀 움직임이 없었고. 이게 대체 무슨 일인가 싶었지요."

자신이 착각을 한 것이라고, 그저 기분 탓일 뿐이었다고, 스스로의 마음을 추스른 요시이 씨는 다시 대나무 덤불로 들어가 자신의 위치에 도착했다.

"그러자 잠시 후 다시 엄청난 소리가 나기 시작하더라고요. 대나무 숲 전체가 마치 살아 있는 것처럼 움직이기 시작하면서요."

이것은 착각도 아니고 기분 탓도 아니다. 요시이 씨는 필사적으로 대나무 숲에서 도망쳐 나와 한참을 달리다가 뒤를 돌아보았다.

"역시 아무 일도 없는 거예요. 그토록 엄청난 소리가 났었는데, 이번에도 또 고요하더라고요. 이러면 안 되는데 싶더라고요."

천하의 요시이 씨도 너무나 황당한 사건에 아연실색했다. 이 대나무 숲에는 들어갈 수 없다고 생각하고, 그 앞에서 사냥감을 기다리기로 했다.

"나중에 들었는데 '바다의 날'에는 대나무 숲에 들어가면 안 되는 모양이더군요. 난 그것도 모르고…."

울려 퍼진 절규

시코쿠(四国)에 있는 산들은 상당히 험준하다. 최고봉은 해발 1,982m의 이시즈치(石鎚)산으로 2,000m에도 미치지 않지만, 주변에 여러 산들이 이어져 있어서 무척 가파르다. 그곳에 거의 들러붙어 있는 형국으로 집들을 짓고 밭을 경작하며 살아온 조상들의 노력에 저절로 고개가 숙여진다.

고치(高知)현 아키(安芸)시에서 감귤 농장을 경영하는 나가노 히로미쓰(長野博光) 씨는 엽사다. 어린 시절부터 산속에서 놀았다는 나가노 씨에게 이야기를 들어보았다.

"어린 시절엔 당연히 신기한 일이 얼마든지 있었지요. 아무것도 몰랐으니까. 아는 게 많아지면 신기한 일 같은 건 없어지기 마련이잖아요?"

나가노 씨는 어린 시절 친구들과 매일같이 산에서 놀았다. 친구들은 몇 그룹으로 무리를 지어 온 산을 뛰어다녔는데, 서로의 위치를 확인하기 위해 종종 피리를 불곤 했다. 좌우 손바닥을 붙여 동그랗게 만든 후, 엄지손가락이 겹쳐지는 부분에 입을 대고 숨을 불어넣는다.

'뿌~웃, 뿌~웃'

실제로 나가노 씨가 손바닥피리의 시범을 보여주었다.

"이 소리를 듣고 친구들이 어느 쪽에 있는지 서로 확인했어요."

무선이나 휴대전화가 없던 시절, 아이들에게는 더할 나위 없이 소중한 통신수단이었다.

"근데 종종 묘한 일이 있었어요. 분명히 저쪽에 있는데, 전혀 엉뚱한 곳에서 소리가 들리는 거예요. 희한하다고 생각했는데 이번엔 또 다른 곳에서 소리가 들리고."

산속에서 아이들은 종종 혼란스러웠다. 모인 아이들은 이구동성으로 그 신기한 현상에 대해 떠들어댔지만, 도대체 누구의 소행인지 전혀 짐작할 수 없었다.

"지금 생각해보면 그건 녹색 비둘기였을 거예요. 그 소리를 잘못 들었겠지요."

*

나가노 씨는 지금도 종종 등줄기가 오싹해지면서 온몸에 소름이 돋는 경우가 있다고 한다.

"산에 갔다가 종종 늦게 돌아오는 때가 있어요. 어둑어둑해지는 산속을 걷다 보면 결코 기분이 좋을 수 없지요. 좀 더 빨리 돌아왔으면 좋았으련만, 하고 후회하면서 발길을 서두르지요."

서둘러 집으로 향하는 나가노 씨, 그러자 그의 머리 위에서 소름 끼치는 비명 소리가 울려 퍼졌다.

'꺄아아아아아악!!'

살인 사건이라도 일어난 것 같은 엄청난 절규에 순간적으로 발길을 멈춘 채 그 자리에 굳어버렸다.

"엄청난 소리였어요. 어둠이 밀려들기 시작하는 숲에서 이런 소리를 들으면 겁에 질리기 마련이지요. 정말이지 온몸에 소름이 쫙 돋는다니까요."

"그건 뭐였나요?"

"아마 그것도 새였을 거예요. 흔한 새는 아닐 것 같지만요."

나가노 씨는 새의 소리로 인식하고 있지만, 지금도 여전히 몸이 굳고 소름이 돋는다고 한다.

"그러고 보니 신기한 일이 또 하나 있네요. 산속을 걷고 있는데 뒤에서 소리가 들려오는 거예요."

그 소리란 정체를 알 수 없는 어떤 발소리다. 나가노 씨 뒤에서 바싹 따라온다는 것이다.

"대체 뭐지 싶어서 뒤를 돌아보면 아무도 없는 거예요. 이런 일은 수시로 일어나지요. 도대체 그 정체를 전혀 모르겠어요."

＊

같은 고치현 오토요(大豊)정에서 '이노시카공방오토요(猪鹿工房おおとよ)'라는 시설을 경영하는 기타쿠보 히로아키(北窪博章) 씨에게도 발소리 이야기를 들었다.

"마누라 할아버지가 위독해졌을 때였어요. 우메보시가 먹고 싶다고 하셔서 가지고 갔거든요."

이곳도 무척이나 급경사 지역이었다. 기타쿠보 씨 집보다 더더욱 가파른 산을 올라간 곳에 사모님의 친정이 있었는데, 거기까지 우메보시를 가져다 드리게 되었다. 주위는 완전히 어둠에 휩싸여 있다. 발 언저리를 비춰주는 희뿌연 '제등'만이 의지가 되었는데, 워낙 익숙한 길이어서 딱히 무섭다고 생각하지 않았다. 그런데….

"뒤에서 무슨 소리가 나는 거예요. 몰래 바싹 다가오는 발소리가 이상해서 뒤를 돌아보면 아무도 없고요. 그래서 다시 올라가기 시작하면 다시 또 소리가 들리고. 그쪽으로 등불을 비춰봐도 아무도 없고."

도대체 어찌 된 일일까. 조금 으스스한 느낌이 들었지만, 위독한 할아버지에게 우메보시를 가져다 드린다는 막중한 임무를 완수해야 한다. 급한 걸음으로 산길을 올라가자 전방으로 집의 불빛이 드문드문 보이기 시작했다. 뒤를 따라오던 의문의 발소리는 여전히 이어지고 있다.

"이번엔 재빨리 뒤를 돌아 등불을 치켜들어봤어요. 그랬더니 거기에 너구리가 있는 게 아니겠어요."

등불에 떠오른 것은 한 마리의 너구리였다. 너구리는 꼼짝도 하지 않은 채 기타쿠보 씨를 지그시 응시하고 있었다. 한참을 서로 노려보다가 기타쿠보 씨는 잠시 뒷걸음질을 치면서 조금 거리를 두었다가 쏜살같이 한달음에 할아버지 집으로 달려갔다.

"틀림없이 나를 홀릴 생각이었겠지요."

비린내 나는 것을 노리고 접근하는 여우와 달리, 아무래도 너구리는 우메보시가 탐났던 모양이다.

난 여기에 있다

'마지막 청정수역(清流, 청류)'으로 저명한 시만토(四万十)강은 전국적으로 '명품 강'의 반열에 오른, 시코쿠(四国)에서 가장 긴 강이다. 최상류 부근에 댐이 있긴 하지만 중간에는 아무런 장애도 없다. 덕분에 제법 깊숙이까지 기수역(강어귀처럼 민물과 바닷물이 섞이는 구역-역주)의 물고기가 상류로 거슬러 올라갈 수 있는 기적의 강이다. 거의 미개발 상태인 이 강의 매력에 반해 전국에서 사람들이 몰려드는 관광지이기도 하다. 특히 근년에는 젊은이의 이주가 증가하고 있는 것도 특징 중 하나다.

시만토강은 시코쿠의 깊은 산속을 거대한 뱀처럼 구불거리며 흘러내려오기 때문에, 혹시라도 큰비가 내리면 믿을 수 없을 정도의 높이까지 물이 불어나버리는 격렬한 일면도 있다. 그런 시만토강에서 민물고기 어업에 종사하는 아사다 미쓰요시(麻田満良) 씨의 이야기다. 아사다 씨는 시코쿠의 온 산을 종횡무진 활보하고 다니는 베테랑 엽사이기도 하다.

"난 지금까지 딱히 무섭다고 느낀 적이 전혀 없었거든요. 한밤중에 그 어떤 산속에 들어가도 이상한 일 같은 건 없었으니까. 물론 어린 시절부터 이런저런 이야기는 많이 들었어요. 갓파(カッパ, 헤엄을 잘 치는 어린이 모습의 요괴-역주) 이야기라든가 히토다마(人魂, 주로 야간에 공중에 떠다니는 일종의 도깨비불로, 직역하면 '죽은 사람의 몸에서 나온 영혼'이라는 의미-역주) 같은 이야기도 듣긴 했지요. 깊은 산속에 있는 초원에

서 머리가 없는 말이 달리고 있다는 이야기도 있었지요. 어린아이에게는 무서운 이야기일 거예요. 그런 게 문제예요."

어린 시절 이런 괴담에 노출된 바람에 두려운 마음을 가지게 되고, 그러다 보니 사람들이 헛것을 보는 것이다. 이것이 바로 아사다 씨의 의견이다. 애초에 그런 것들을 몰랐다면 딱히 아무 느낌 없이 살았을 거라는 이야기다.

"히토다마(人魂)가 어떻다느니 하는 사람도 있지만 그런 것은 '인'이 타기 때문에 보이는 거지요. 시만토강에서도 큰비가 내린 후 나무가 흘러내려오는 경우가 많잖아요. 거기에서 '인'이 나와서 강에 히토다마가 보일 뿐이지요. 산속에서도 마찬가지일 테고."

'신기한 일이라곤 전혀 없닷!'이라고 잘라 말한 후 잠시 생각에 잠겼던 아사다 씨는 문득 이렇게 중얼거렸다.

"그래도 하나 정도는 있을지도 모르겠네. 그건 정말 신기한 일이었지…."

*

그 사건은 수년 전으로 거슬러 올라간다.

여름의 시만토강은 많은 관광객이 몰려와 가장 북적거리는 계절이다. 민박집도 경영하는 아사다 씨에게는 은어 낚시 시기와도 겹쳐 상당히 부산한 시기다.

그해 여름은 예년 이상으로 무더웠다. 많은 사람들이 물놀이를 하거나 더위를 피하려고 시만토강을 찾았다. 그중에 시코쿠의 어느 대학생들도 있었다. 사이가 좋았던 대학생 친구들은 시만토강과의 첫 만남에 들떠 아침부터 흥분한 기색이 역력했다. 갓 잡은 은어 바비큐인 '숯불 은어'를 맛나게 먹어치우며 대낮부터 차가운 맥주를 연신 들이켰다. 불이 붙어버릴 정도로 강렬한 여름날, 태양빛을 쬐면서 알코올로 상기된 몸은 안쪽과 바깥쪽 모두 열기를 뿜어내고 있었다.

"좋았어, 여기부터 저쪽 편까지 헤엄쳐 가보자고!"

누가 먼저 꺼낸 말인지 확인할 겨를도 없이 우르르 강을 향해 달려가더니 풍덩, 빠져버렸다. 발은 전혀 강바닥에 닿지 않는다. 시만토강은 중류 유역만 가봐도 최고 수심이 20m나 되는 곳이 있다. 수 m쯤이야 사방에 널려 있다.

기분은 그만이었다. 차가운 강물은 뜨거운 몸을 식혀주는 청량제 같은 것이었다. 몇 사람은 한동안 헤엄을 쳤지만 강 건너편까지는 도저히 갈 수 없다고 포기하고 되돌아왔다. 멤버 중에서 비교적 수영을 잘하는 두 사람이 열심히 계속 헤엄쳐 한 사람이 먼저 강 건너편으로 올라갔다.

"대단하네. 벌써 도착했군. 저 자식 원래 수영을 했었나?"

이쪽에 남아 있던 학생들 무리는 바위 위에서 그 모습을 바라보고 있었다.

"힘내! 어서 가! 조금만 더 가면 돼!"

"뭐야, 아직 절반 정도잖아!"

남은 한 명에게 성원을 보내면서 맥주를 마시고 있는데….

"어라? 사라졌네?"

그 소리에 학생 전원이 물의 흐름에 주목했다. 방금 전까지 필사적으로 수영하고 있던 친구의 모습이 더 이상 보이지 않았다.

"소방대원들이 나한테 와서 같이 찾아달라는 게 아니겠어요? 저 부근에서 가라앉은 것 같은데 어디쯤 떠내려갔을 것 같냐고 물어보더군요."

시만토강을 샅샅이 알고 있는 아사다 씨에게 그 대학생이 대략 어디쯤 있을지 강물의 흐름을 감안해 판단해달라는 것이었다.

"저기 있어요."

현장에 도착하자마자 아사다 씨는 순식간에 답변했다. 그러자 수색 관계자도 깜짝 놀랐다. 아니, 실은 정작 그 말을 한 본인이 가장 놀랐다.

"뭔지 모르겠지만 거기에 있을 거라고 생각했어요. 틀림없이 거기일 거라고."

강의 구조, 수량 등을 감안해 판단한 결과가 아니라 문득 자기도 모르게 답이 튀어나왔던 것이다. 그렇게 말하니 수색해보지 않을 수도 없어서 애퀄렁(Aqualung, 잠수용 호흡기-역주) 장비를 하고 대열을 지어 찾으러 들어갔다. 그러나 물의 깊이가 상당히 깊어서 결국 그는 발견되지 않았다. 그래도 아사다 씨는 틀림없이 거기일 거라고 계속 말했다.

"그 대학생은 아는 분이었나요? 손님이었나요?"

"아니요, 전혀 모르는 사람이었지요."

"목소리가 들리거나 했던 걸까요?"

"전혀 그렇지 않았지요. 그냥 거기라는 생각이 들었을 뿐이었지요."

다음 날에도 수색은 이어졌지만 그는 발견되지 않는다. 좀 더 하류까지 흘러갔을 가능성이 있지만 아사다 씨는 일관되게 같은 장소를 주장했다.

"내가 잠수 장비 없이 그냥 들어가 찾아오겠다고 말했지요. 그러자 소방대원도 어쩔 수 없이 다시 그곳으로 잠수했던 거예요."

결국 그는 그곳에 있었다.

강바닥 깊숙이 있는 갈라진 바위의 움푹 파인 부분에 낀 상태로 기다리고 있었다.

"내 배 위로 끌어올렸는데 온몸이 새하얗게 되어 있었지요. 끌어올린 순간 코에서 피가 철철 흘러서 너무 가여워서."

이 사건 하나만은 아무리 생각해도 희한하기 그지없다고 아사다 씨는 생각하고 있었다. 순간적으로 그곳에 있을 거라는 생각이 든 이유는 뭘까?

*

아사다 씨는 할아버지한테서 수달 이야기를 들었다. 할아버지가 밤에 은어 잡이를 하러 갔을 때의 일이었다. 칠흑 같은 강기슭에 그

물망을 던져 여기저기를 휘젓고 있는데, 무슨 이유인지 그날따라 물고기라곤 그림자도 보이지 않았다. 조건이 나쁘지 않건만 참으로 해괴한 일이라고 생각하며 할아버지는 계속 은어 잡이를 하고 있었는데….

"강변을 걸으며 이동하려는데 앞쪽에서 첨벙거리는 소리가 나는 게 아니겠어? 사람이 물속에 뛰어든 것처럼."

밤에 일어난 일이다. 이런 곳에서 이 시각에 헤엄을 칠 사람이 과연 있을까. 도대체 무슨 일인가 싶어서 소리가 난 부근을 등불로 비춰보니 아무것도 보이지 않았다.

"아무것도 없었지. 근데 발자국은 남아 있더라고. 그런데 그 발자국이 어린아이 발자국이랑 아주 흡사해서 도대체 이건 뭐지 싶더군."

이후에도 계속 물고기를 잡으러 가고 있는데, 역시 조금 앞에서 뭔가가 첨벙, 첨벙.

"이건 필시 수달이 짓궂게 장난을 치는 거네. 일부러 물고기가 잡히지 않도록 물에 뛰어들어 방해를 하고 있구먼. 이런 건 수달의 소행이지."

일본 수달은 이미 멸종이 되었다고 여겨졌었다. 마지막으로 목격된 예가 1979년으로 알려져 있다. 옛날엔 민물고기를 모조리 먹어치우는 '어부의 천적'으로 원성이 자자했는데, 그래서 이런 이야기도 만들어졌을 것이다. 실제로 동물원에서 수달을 보고 있으면 결코 첨벙, 하면서 물로 뛰어들지는 않는다. 오히려 소리 없이 스르륵

물속으로 들어간다.

시만토강은 앞서 언급했던 것처럼 기적의 강이다. '마지막 청정수역'이라고 표현될 정도로 깨끗하지는 않지만, 진정으로 많은 사람들을 매료시키는 힘을 지니고 있다. 그리고 이 강은 수많은 사람들이 목숨을 잃는 장소이기도 하다. 매년 몇 명씩 익사자가 나오고 있다. 200km 가까운 길이를 자랑하는 강이기 때문에 당연할지도 모른다.

아사다 씨는 추호도 공포를 느끼지 않는 대담무쌍한 사람이다. 그렇다고 해서 신기한 사건과 영 인연이 없었던 것은 아니다. 단, 나처럼 두려워하지 않을 뿐이다.

의문의 고봉밥

후쿠시마현의 난고(南鄕)촌(현재의 미나미아이즈[南会津]정)은 다다미(只見) 지역에 가까운 산간부에 위치한 호설지대(눈이 많이 내리는 지대-역주)다. 그곳에서 대대로 살고 있는 쓰키타 레이지로(月田礼次郎) 씨는 오랜 세월 곰 사냥을 해왔던 '산의 달인'이다. 그런 쓰키타 씨에게 들은 이야기다.

쓰키타 씨는 집에서 산으로 조금 들어간 곳에 농원을 소유하고 있다. 그곳에서 채소 따위를 경작하면서 도시 어린이들에게 산속에서의 다양한 체험을 시켜주는 산에 관한 선생님이기도 하다. 어느 날 경트럭을 타고 자신의 농장으로 향하고 있는데 이상한 것이 눈에 들어왔다.

"정말이지 소름이 돋을 만큼 오싹했어요. 못 볼 것을 봤다고 생각했지요."

쓰키타 씨가 본 것은 커다란 밥사발이었다.

"그게 길 가장자리 쪽에 아주 예쁘게 놓여 있더라고요. 누가 일부러 공양밥을 가져다 놓은 것처럼, 아주 밥을 산같이 올려놓은 고봉밥처럼 해가지고요. 밥사발 가장자리가 살짝 이가 빠져 밥알이 떨어져 있었지요."

그곳은 난고촌의 메인 스트리트로부터 임도로 20분 정도 올라간 곳이었다. 산일을 하러 오는 사람 이외에는 아무도 지나다니지 않는 길이었다.

"이 주변엔 옛날 옛적에 작은 광산이 있었거든요. 그곳에서 일했던 사람들이 제법 있었지요. 폐광이 된 후 다른 곳으로 이주한 사람들이 가끔 그리워하며 찾아오곤 해요. 마침 그 밥이 놓여 있던 곳은 이전에 집이 있었던 곳이었는데…."

옛날에 있었던 광산이라면 안전 관리도 부실해서 지반이 무너지거나 수해로 사람 목숨이 파리 목숨이 되었던 일이 결코 드물지 않았다. 광부들은 각지에서 일을 찾아 모여든 사람들이었기 때문에 기본적으로는 전원 외지인들이었다. 위험한 직장과 외지인들의 모임이 탄광 노동자의 결집력을 더욱 강고히 해주었을 것이다. 그런 생활의 터전을 그리워해서인지 가족들이 가끔 찾아오는 모양이다.

"하지만 그것도 다 옛이야기지요. 최근엔 더 이상 찾아오는 사람도 없어졌어요. 세대가 바뀌면 정말 아무도 오지 않을 거예요."

거기서 직접 살았던 경험이 없는 손주 세대에게는 아무런 연고도 없는 평범한 산에 불과할 것이다. 그런데도 고봉밥이 놓여 있다. 심지어 마치 공양을 드리는 느낌이다. 이것을 보고 쓰키타 씨는 알 수 없는 공포심을 느꼈다.

"정말이지 그곳을 지나갈 때마다 최대한 시선을 주지 않으려고 애썼지요."

그로부터 3일 정도 지나자, 싫어도 굳이 시야 안에 튀어 들어왔던 그 물체가 사라지고 없었다.

"다행이지 뭡니까. 누군가가 치워주었다고 생각하니 안심이 되었지요."

그런데….

"농원 깊숙이 산 쪽으로 오시라비소(주로 아오모리 지역에서 많이 자라는 소나무과의 침엽 상록수-역주) 몇 그루가 있었거든요? 그곳에 들어갔을 때 정말이지 소름이 오싹 돋아 그 자리에서 얼어붙어버렸지요."

쓰키타 씨가 본 것은 바로 그 밥사발이었다. 지난번처럼 마치 공양을 드리는 느낌으로 오시라비소 밑둥치에 곱게 모셔져 있었다. 지난번과 다른 점은 위로 수북하게 쌓여 있던 밥이 아주 말끔하게 없어진 상태라는 사실뿐이었다.

"정말이지 얼마나 당황했는지 몰라요. 무슨 저주인가 싶었지요."

그림을 상상하면 분명 무섭다. 어두컴컴한 임도 가장자리에 하얀 밥이 수북하게 쌓인 고봉밥이 하나. 그것이 어느 날 홀연히 사라졌다가 눈앞에 다시 나타난 것이다.

"이 일이 일어난 이유를 지금은 알 것 같아요. 여우 소행이지요."

여우라면 아키타현 아니 지역에서 수없이 들었던 이야기들이 먼저 떠오르는데, 쓰키타 씨의 해석은 그것과 전혀 달랐다.

"여우는 그래요. 뭔가를 들고 걷는 게 전혀 힘들지 않지요. 이 근처 산에 풍혈(여름에도 서늘한 바람이 부는 구멍이나 바위틈-역주)이 있는데 거기에 갔을 때 여우가 있었어요."

여우는 쓰키타 씨가 온 것을 감지하고 풍혈에서 뛰쳐나와 산속으로 자취를 감추었다. 여우가 뛰쳐나왔던 풍혈을 살펴보자 무슨 길쭉한 것이 보였다. 쓰키타 씨가 그것을 잡아당겨보자 산달(Martes melampus, 족제비과의 담비류 동물-역주)의 시체였다. 산달의 숨통에는 여우가 물어뜯은 흔적이 남아 있었다.

"그것만이 아니에요. 안쪽을 보니 호박이 하나 있는 게 아니겠어요? 풍혈은 온도도 낮고 건조해서 보존용으로 사용했을지도 몰라요. 물론 여우에게 그런 지혜가 있었는지는 모르겠지만."

요컨대 호박을 밭에서 살짝 실례한 후 산 위까지 운반해올 정도로 여우가 요령이 좋다는 말인 듯하다. 이 때문에 미스터리한 밥사발 건도 여우의 짓이라고 생각하면 납득이 간다는 것이 쓰키타 씨의 생각이었다.

그러나….

호박은 굴러도 호박이지만 수북하게 담긴 밥사발은 기울일 수도 없다. 마을에서 3km나 떨어져 있는 임도까지 여우가 과연 밥을 흘리지 않고 옮길 수 있었을까. 나아가 거기에서 2km 가까운 산속까지 들어가 오시라비소 밑둥치 부근에 밥사발을 예쁘게 모셔놓을 수 있을까. 참으로 신기하다.

*

쓰키타 씨의 친구는 밭일을 하다가 무척이나 신기한 체험을 했다.

"그 친구가 밭에서 일하다 잠깐 허리 펴고 한숨 돌리고 있었거든요? 그랬더니 느닷없이 토끼가 뛰어드는 게 아니겠어요?"

깔개 삼아 도롱이를 깔고 앉아 밭두둑에서 쉬고 있는데, 책상다리

를 하고 있던 그의 허벅지로 토끼가 뛰어들어 앉아버린다. 이런 상황이다 보니 그 친구도 어지간히 놀랐다. 그야말로 '기다리다 바람 맞음(まちぼうけ, 토끼가 등장하는 일본의 저명한 동요-역주)'이라는 노래 가사를 그대로 재현한 것 같은 상황이 아닌가. 어느 날 부지런히 들에서 밭일을 하고 있는데, 거기에 토끼가 뛰어와….

"이게 도대체 무슨 일인가 싶어서 주위를 살펴보다가 깜짝 놀랐어요."

친구의 눈앞에 2m 정도 되는 뱀이 있었던 것이다. 심지어 보통 뱀이 아니었다. 높이가 5, 6cm 이상 되는 풀숲보다 더 높게 머리를 치켜들고 이쪽을 노려보고 있는 게 아닌가. 너무나 거대한 뱀의 크기와 이상하리만치 강렬한 눈빛에 친구는 놀란 나머지, 부들부들 떨다 못해 모처럼 피난을 와준 토끼를 내던지고 쏜살같이 집으로 도망쳐왔다.

"리어카를 끌고 그야말로 필사적으로 도망친 것 같더군요. 그런데 집에 돌아와서야 아차, 깔개 대용으로 깔고 앉았던 도롱이를 놓고 왔다는 사실이 떠오르더란 말씀이지요."

소중한 도롱이지만 당장 거기로 돌아가야겠다는 생각은 꿈에도 할 수 없었다. 그래서 그는,

"엄마한테 도롱이를 잊어버렸다고 말하고 가져다달라고 부탁했다네요!"

물론 엄마에게 뱀 이야기는 하지 않았다.

거대한 뱀 이야기는 아니 지역에서도 자주 들었다. 역시 산간 지방에서는 비슷한 사건이 일어나는 모양이다. 그렇다면 산에서 이상한 소리를 들은 적은 없었냐고 쓰키타 씨에게 물어봤더니….

"소리요? 글쎄요…, 거의 들은 적이 없는데, 흠…."

"그래요? 아니 지역에서는 너구리 소행으로 여겨지는 소리가 들린 적이 있다던데…. 체인톱으로 나무를 자르는 소리가 들렸다더군요."

"그래요? 너구리라…, 그럼 그게 너구리였나?"

불과 2년 정도 전에 일어난 사건이라고 한다. 2011년에 일어난 원전 사고 이후, 후쿠시마는 각지에서 방사능 측정이 빈번히 행해지기 시작했다. 그날도 산림관리서(과거엔 영림서)와 관청 공무원이 산속으로 진입해 곳곳에서 측정을 하고 있었는데, 역시 소리가 났던 모양이다.

"어라? 나무 자르고 있네?"

"뭐라고? 나무를? 듣고 보니 그렇군. 체인톱 소리가 나네."

"이 주변에서 지금 누가 작업을 하고 있나?"

누군가 나무를 자르고 있나 싶었는데, 돌이켜 생각해보면 본인들은 산림관리서에 소속된 사람들이다. 바로 이상하다는 생각이 들었다.

"아닌데. 오늘 이 근처에서 작업하기로 한 사람이 없는데."

"그럼 뭐지? 저 소리는?"

"저건… 틀림없이 체인톱인데."

결국 왜 그곳에서 체인톱 소리가 나는지 도무지 알 수 없었다. 이 이야기를 기억하고 있던 쓰키타 씨는 아니 지역의 너구리 이야기를 듣고 조금은 납득한 모양이었다.

*

산에서 일어난 신비한 사건이 때로는 따스하고 다정한 마음을 환기시키는 경우도 있다. 쓰키타 씨의 아드님이 초등학생 시절, 아버지를 따라 산에 갔을 때의 일이다.

"우리 아들요? 매일같이 소프트볼을 해서 제법 체력이 좋았거든요. 얼마나 걸을 수 있을까 싶어서 산에 데리고 갔었지요. 그런데 제법 잘 걷더라고요. 그래서 능이버섯을 캐기로 하고 산속 멀리, 꽤 깊은 곳까지 들어갔어요."

능이버섯을 많이 따고 나서 이번엔 아들과 같이 다른 장소로 향했다. 삼나무 숲 아래로 펼쳐진 평지였는데, 이전엔 뽕나무밭이었던 곳이다. 쓰키타 씨의 어린 시절엔 거기까지 뽕잎을 따러 가는 것이 자신이 해야 할 중요한 일이었다. 그 시절에 비해 부쩍 커버린 삼나무와 이젠 황폐해져버린 뽕나무밭이 극명한 대비를 이룬다. 그곳을 아들에게 보여주고 싶었다. 자신이 어린 시절에 아버지와 산에서 어떤 일을 해왔는지 아들에게 이야기해주면서 걷고 있는데, 그러던 중 묘한 일이 벌어졌다.

"내가 순간적으로 내가 아닌 것 같더라고요. 뭐라고 표현해야 할지 모르겠네요. 설명하기 너무 어렵지만, 지금 내 뒤를 걷고 있는 것이 오히려 진짜 내가 아닐까 싶은, 그런 느낌이 들더군요."

산길을 아들과 둘이서 걷고 있노라니 갑자기 앞에서 걷고 있는 자기의 몸이 다른 사람의 것처럼 느껴졌다. 그럼 자기는 어디로 갔단 말인가?

"뒤에 있는 거지요. 뒤에서 걷고 있는 것이 진짜 나일 거라는 생각이 들더라고요. 뒤를 돌아보면 아들이 아니라 내가 거기에 있을 거라는 느낌이었어요."

그러나 쓰키타 씨는 뒤를 돌아보지 않았다. 뒤를 돌아보면 필시 자신의 모습이 있었을 것이다. 아들과 거의 비슷한 연령의 과거 자신의 모습으로.

"정말이지 너무 신기한 느낌이었어요. 왜 그런 희한한 감각에 빠졌는지… 그때 느낀 것은 아버지였지요. 아버지가 내가 되고, 내가 아들이 된 거예요. 주위 경치도 어쩐지 느낌이 달랐어요. 어릴 적 숲이나 뽕나무밭이었지요. 아버지가 살아 돌아오신 느낌이 들었어요."

그런 감각에 사로잡혔던 것은 이제까지 없었다. 스스로를 길러준 산에 대한 고마움, 그리고 작고하신 아버지에 대한 마음이 그리운 정경을 소생시켰을지도 모른다.

산괴(山塊)에 꿈틀거리는 것

야마가타(山形)현에는 남쪽으로 이데(飯豊)연봉(連峰), 북쪽으로 아사히(朝日)연봉(連峰)이라는 산괴(山塊, 산줄기에서 따로 떨어져 있는 산의 덩어리-역주)가 존재한다. 각각에 아니 마타기 문화가 남아 있는 마을도 있다. 오구니(小国)정의 오타마가와(小玉川) 지역과 쓰루오카(鶴岡)시에 과거 존재했던 아사히(朝日)촌 지역이 그런 곳이다.

오타마가와 지역에 사는 마에다 도시하루(前田俊治) 씨는 최근 유턴해서 돌아와 현재는 오타마가와 지역의 마타기 교류관 등에서 일하고 있다. 마에다 씨의 아버님은 지역을 대표하는 저명한 마타기였다.

"이 지역 산에 대해 우리 아버지보다 잘 아는 사람은 없었지요. 신기한 이야기는 들어본 기억이 없네요…. 할머니는 옛이야기 '가타리베(語り部, 전문적인 이야기꾼-역주)'였어요. 책으로 나왔을 정도였지요. 그것도 거의 기억나지 않아요."

딱히 이야기할 만한 내용이 없다는 마에다 씨에게 아니 지역의 여우 이야기를 하자,

"아, 여우요? 말씀처럼 그건 빛이 나는 모양이더군요. 집 앞이 학교 운동장인데요, 한밤중에 여우가 자주 나타나곤 했지요. 캄캄한 밤이지만 분명히 빛이 나더군요, 여우는."

*

현재 오구니(小国)를 대표하는 베테랑 마타기인 후지타 에이치(藤田栄一) 씨도 여우 이야기를 해주었다.

"여우한테 홀리는 바람에 알몸으로 계곡에 빠졌다거나 생선을 도둑맞았다는 이야기는 자주 듣지요. 개인적으로 그런 경험은 거의 없지만⋯ 다마신덴(玉川新田) 쪽에서 애가 없어진 적은 있었어요."

오구니에 있는 각 마을은 이데연봉에서 흘러내려오는 다마(玉)강을 따라 오밀조밀 형성되어 있다. 후지타 씨가 살고 있는 지역에서 조금 내려간 곳에 있는 다마신덴에서 반세기 정도 전에 일어난 일이다.

그날 산에서 일을 마치고 아버지가 돌아와보니 집 주변이 소란스러웠다. 무슨 일인가 싶어서 모여든 사람들에게 물어보니 네 살이 된 자신의 딸이 사라졌다는 게 아닌가. 밭일을 하던 어머니 바로 곁에 있었을 텐데, 그런 딸이 홀연히 자취를 감춘 것이다.

"그렇게 멀리까지는 가지 않았을 거야. 날이 저물기 전에 찾을 수 있어."

눈물에 잠겨 있는 어머니한테 기다리고 있으라고 하고, 마을 사람들이 일제히 찾기 시작했는데⋯.

"좀처럼 찾을 수가 있어야지요. 없어진 시간에서 더듬어 따져봐도 틀림없이 근처에 있을 것 같았는데. 강에 떨어지기라도 한 게 아니라면."

시간이 흐르면 흐를수록 최악의 사태가 모두의 머릿속을 스쳐 지나간다. 이미 어둠이 내려앉은 마을은 무거운 분위기로 뒤덮여 있었다.

"그러다가 강가로 찾으러 갔던 사람들이 다행히 아이를 발견했지 뭐예요. 근데 믿기 힘든 곳에서 아이를 찾았어요."

여자아이는 강 건너편 숲에서 발견되었다. 그곳으로 가기 위해서는 통나무 다리를 건너야 하는데, 다리라고 해봐야 통나무 하나를 걸쳐놓았을 뿐이라 성인들도 좀처럼 건너기 어려운 다리였다. 그런 곳을 아직 잘 걷지도 못하는 어린아이가 혼자서 갈 수 있었을까? 다들 입을 모아 말했다.

"야, 이건 정말… 여우가 데리고 가준 게 틀림없어."

＊

상류부에서도 거의 같은 시기에 비슷한 사건이 일어났다. 다마신덴 지역에서 행방불명이 된 아이와 나이까지 엇비슷한 그 여자아이는 평소 이상한 이야기를 하곤 했던 아이였다.

"내 뒤에는 여우가 있어."

그런 말을 입버릇처럼 달고 살던 여자아이는 부모가 일 때문에 매일 바빠서 마음이 쓸쓸했던 모양이다.

그랬던 아이가 갑자기 마을에서 자취를 감추었다. 역시 마을 전체가 크게 걱정하며 산속까지 모조리 수색했는데, 여자 아이의 모습이 묘연해져서 찾을 수 없었다.

"그래서 법인(法印)님에게 사정해 그 아이가 있는 곳을 찾아달라고 했지요."

법인님이란 야마부시(山伏), 즉 수행자(슈겐샤[修験者], 슈겐도[修験道]를 수행하는 사람-역주)를 말한다. 법인님은 수인(手印, 손이나 손가락으로 맺는 표상-역주) 자세를 취하고 주문을 외우더니 여자아이가 어디로 갔는지에 대해 점을 쳤다.

"법인님이 말씀하신 곳은 물가였어요. 말씀하신 곳의 특징을 곰곰이 생각해보니 얼른 떠오르는 데가 있었어요. 거기로 가봤더니 실제로 거기 있었던 거지요."

어두운 숲의 계곡 근처에서 아이는 태연한 모습으로 우두커니 서 있었다. 부모가 자주 집을 비워 쓸쓸해하곤 했던 아이, 그런 아이를 위해 여우가 친구가 되어준 거라고 마을 사람들은 생각했다. 50년 정도 전에 일어난 사건이다.

*

후지타 씨는 아버지에게 들었던 신기한 이야기를 기억하고 있었다.

"옛날에 아사히촌 쪽에서 마타기가 왔거든요. 그리고 이곳에서 사냥을 하러 산에 올라갔다고 하더라고요. 그때 이야기지요."

산타(三太)라는 이름의 사내는 동료 몇 사람과 오구니에 있는 산에서 곰을 찾고 있었다. 며칠 동안 산막에서 지내면서 산을 헤매고 다니던 어느 날, 산타는 머리가 아프다는 핑계를 대고 혼자 산막에 남왔다.

"전에 미리 발견해두었던 곰 동굴을 혼자 보러 갔던 모양이더군요. 만약 곰이 있으면 혼자 독차지하려고 했던 거지요. 예상대로 곰이 있었기 때문에 확실히 자기 것으로 한 다음에요."

제법 큰 곰의 숨통을 끊은 산타는 동굴에서 어떻게든 그 곰을 밖으로 꺼내려고 했는데, 혼자서는 도저히 감당이 안 되었다. 게다가 꾀병을 부렸기 때문에 동료들이 돌아오기 전에 산막으로 돌아가야 했다. 결국 그날은 포기하고 곰의 동굴을 뒤로한 채 산막으로 돌아와 동료들이 돌아오길 기다렸다. 그다음 날도 산타는 다시 머리가 아프고 배가 아프다며 혼자 산막에 남는다. 동료들이 산으로 올라간 다음 어느 정도 시간이 흐르자 산막을 살짝 빠져나가 곰의 동굴로 다시 향했다.

"거기서 곰의 쓸개만 꺼냈어요. 그게 크거든요. 그래서 그것만 들고 먼저 돌아가려고 했지요. 산막에서 재빨리 돌아가 혼자 다 차지하고 싶었던 거예요."

산막을 뒤로하고 산타는 산길을 걷기 시작했다. 그때였다.

"산타, 게 섰거라!"

뒤에서 커다란 목소리로 산타를 불러 세우는 소리가 들렸다. 놀란 산타가 뒤를 돌아보면 아무도 없다. 동료들이 쫓아오는 줄 알고 순간적으로 간이 철렁했지만, 자기가 잘못 들었나 싶어서 다시 또 걷기 시작했다. 그러자,

"산타, 게 섰거라!"

다시 자기 이름을 부르는 소리에 놀라 그 자리에 멈춰서버린다.

"아아, 이건 필시 산신님께서 노하신 거라는 생각이 들었겠지요. 역시 혼자서 독차지하려던 심보가 잘못된 것이었다는 생각이 들어 돌아와 동료들에게 사과했다고 해요."

이것은 거의 민화 그 자체다.

*

오구니의 오타마강에서 가장 유명한 여우 이야기를 하나만 하면 다음과 같다.

어떤 사람이 산에서 나는 '고비'를 캐러 들어갔다가 저녁이 다 되어도 돌아오지 않았다. 걱정스러워진 마을 사람들이 산으로 찾으러 가자 그 사람은 마을에서 그리 멀지 않은 곳에서 금방 발견되었다.

"그 사람이 잎사귀를 엄청나게 많이 모으고 있었던 거예요. 본인은 그것을 이불 삼아 거기서 아예 잘 작정이었던 모양이에요."

여우에게 홀려 누구네 집 이불 속으로 들어가려고 했나 싶었는데,

"아니, 그게 아니었어요. 엉뚱한 곳에서 길을 잃었다고 생각했다더군요. 다 포기하고 아예 노숙을 할 작정으로 잎사귀들을 모으고 있었다더라고요. 바로 저기 있는 산에서요. 역시 여우에게 홀렸던 거예요."

쓰루오카(鶴岡)시 아사히(朝日) 지역

오구니(小国)에서 일단 동해 쪽으로 돌아나와 북쪽으로 올라가다 다시 산 쪽으로 돌아 들어가면 과거에 존재했던 아사히촌에 도착하게 된다. 이곳은 마타기로 인연이 깊은 오쿠미오모테(奥三面)와 산괴를 사이에 두고 접해 있는 곳에 있다. 그 깊숙이에는 수수께끼에 싸인 거대어 '다키타로(タキタロウ)'가 산다는 오토리(大鳥)호수가 있다. 그곳에 사는 베테랑 마타기, 구도 도모오(工藤朝男) 씨의 이야기다.

"도깨비불요? 본 적 있지요. 어린 시절 논에서 봤어요. 농구공 정도 되는 불덩이 네다섯 개가 허공에 날아다니고 있었는데, 우리 할머니가 '저게 도깨비불이란다'라고 가르쳐주셨지요. 그리고 또 있어요. 여우는 아니지만 이 부근에는 '사기꾼 너구리'라는 게 있어요."

숨통을 끊었다고 생각해 너구리 가죽을 벗길 준비를 하고 있는데, 죽었다고 생각했던 너구리가 눈 깜짝할 사이에 도망가버렸다는 것이다.

"그야말로 잠을 자지도 않으면서 잠든 척하는 '꾀잠(일본어 표현을 직역하면 '너구리 잠자기'-역주)'이네요."

"아, 그렇지요. 그런 표현이 있지요. '꾀잠(너구리 잠자기)'. 그런데 이미 가죽까지 벗겼는데 다시 벌떡 일어나 갑자기 사람에게 달려들면서 도망쳐버리는 녀석도 있거든요. 이런 것을 '입 다문 너구리'라든가 '사기꾼 너구리'라고 부르지요."

가죽까지 벗겨진 채 산으로 도망가버리는 짐승의 모습, 상당히 무섭다.

*

"여우에게 씐 곰이란 것도 있지요."

"곰에게 여우가 들린 건가요?"

'여우 들린 곰'이란 특별한 종류의 곰을 말한다. 마타기가 곰을 발견해 따라가는데 좀처럼 잡을 수 없다. 거의 잡을 뻔했는데 결국 놓쳐버렸다. 그리고 다음 날에도 곰의 모습을 확인하고 쫓아가는데 다시 또 놓쳐버린다. 수일간 마타기들이 필사적으로 뒤쫓았는데 총구를 겨누는 순간 그 모습이 사라져버리는 것이다. 마치 숲에 빨려 들어간 것처럼….

"그런 곰이 종종 있어요. 도저히 잡을 방도가 없지요. 그럴 때 '여우 들린 곰'이라고 표현해요."

이 경우 여우는 곰에게 빙의한 것일까? 아니면 마타기에게 빙의한 것일까?

*

구도 씨에게 뱀 이야기를 물어보자 이런 말을 했다.

"뱀요? 뱀이라면 근처에 사시던 할아버지가 2m 정도 되는 것을 잡아 그걸 질질 끌고 온 적이 있었어요. 딱히 그것 때문에 뱀의 앙화를 입거나 하지는 않았고요. 그건 그렇고 뱀이 고함을 지른다는 것은 아시나요?"

뱀이 고함을 지른다는 것은 무슨 말일까.

"가지카자와(鰍沢)라는 곳에 아주 큰 뱀이 있거든요. 그 뱀은 마치 사람이 코를 고는 느낌으로 큰 소리를 지른답니다."

뱀이 운다는 이야기는 어딘가에서 들어봤는데 이것과 비슷할까?

*

마타기 민박집 아사히야(朝日屋)의 여주인(이른바 '오카미[女将]'-역주) 한테서는 산이 소리를 내며 크게 진동하는 신기한 현상에 대해 들었다.

"산이 엄청난 소리를 낸다니까요. 숲속 나무도 큰 소리를 내며 흔들리는 경우가 있지만, 바람이 전혀 불지 않는 상황에서도 소리가 나는 경우가 있어요."

바람이 불지 않았는데 산에 있는 나무들이 크게 흔들리며 격한 소리를 낸 적이 있었다고 한다. 너무 불길한 사건이어서 이게 도대체 무슨 일인가 싶었는데, 얼마 지나지 않아 근처 마을에서 불이 났다. 신기한 산의 움직임, 그것은 역시 뭔가를 알려주기 위한 전조였던 것일까.

*

바람이 불지 않았는데 대나무 숲이 소리를 냈다는 이야기는 아사고(朝来)시에 사는 요시이(吉井) 씨에게도 들었다. 산은 마치 살아 있는 존재처럼 때때로 그 의지에 따라 어떤 형태로든 움직이는 모양이다.

"수령이 200~300년 정도 되는 나무는 바람이 불더라고요. 나무를 벨 때요."

구도 도모오 씨에 의하면 이때 부는 바람은 큰 나무가 쓰러질 때 발생하는 그것과 전혀 이질적이다. 나무가 땅으로 쓰러져 넘어지면 밑둥치 부근에서 문득 한 줄기 바람이 분다. 심지어 제법 강한 바람이라고 한다.

"이때 부는 바람에는 주의해야 해요. 위험하거든요. 까딱하다 바람에 날아가버릴 수도 있으니까."

가파른 산에서는 몸이 허공에 뜰 정도로 센 바람을 맞으면 위험하다. 그런데 이 바람은 경사면에서 허공을 향해 세차게 부는 돌풍과 다른 형태일까.

"글쎄 그런 바람이 아니라니까요. 이렇게 깎아지른 곳에서 갑자기 불거든요. 역시 나무의 생명을 끊어버렸기 때문 아닐까요? 이건 참 신기한 바람이지요."

＊

아사히 지역에서 가장 잘 알려진 여우 이야기를 마지막으로 하나

해보자.

"마을에서도 베테랑으로 알아주는 마타기가 사라진 적이 있었어요."

엄동설한에 일어난 사건이었다. 아침부터 토끼 사냥을 나선 마타기 팀이 몇 마리의 토끼를 잡아 마을로 돌아왔다.

"오늘은 참말로 재미있었네."

"그러게. 거기선 한동안 사냥을 안 했으니 뭐가 있긴 있을 거라고 생각은 했는데."

설피(겨울철에 눈 위를 걸을 때 신바닥에 덧대어 신는 것-역주)를 벗겨낸 후 오늘의 연회장이 된 동료의 집으로 막 향하려던 참이었다.

"앗, 잠깐만. 어라? 나 무선을 어디에 떨어뜨린 모양이네."

"트랜시버(Transceiver, 근거리 휴대용 소형 무전기-역주)?"

"맞아."

"마지막에 어디서 썼어? 폭포 아래 부근?"

"그렇지, 그 부근일 듯. 내 얼른 찾아올 테니 먼저들 가 있게나."

그렇게 말하더니 다시 설피를 달고 산으로 되돌아갔다. 그러나 그는 결국 연회장에 나타나지 않았다.

다음 날 인근에서 일하는 마타기들까지 합세해 대규모 수색 작업이 진행되었지만, 어디로 갔는지 도무지 추적할 수 없었다. 헬리콥터까지 동원된 수색이 이후로도 며칠간 이어졌지만 모든 게 헛수고였다.

"날씨가 나빴거든요. 하룻밤에 60cm나 눈이 쌓일 정도로 궂은 날

씌였지요. 그 지경이 되면 어쩔 수 없어요."

그해는 유달리 눈이 많이 내렸다. 도저히 찾을 수 있는 상황이 아니었다. 이럴 때는 눈이 녹기를 기다리는 수밖에 달리 방도가 없었다. 그리고 5월, 나무들에 새싹이 하나씩 나오기 시작할 즈음에야 비로소 그가 발견되었다.

"그런데 정말 바로 근처였거든요. 마을의 바로 옆."

그는 모든 사람들이 깜짝 놀랄 정도로 가까운 곳에 있었다. 류색을 등에 지고 총을 어깨에 걸친 자세로 모두를 기다리고 있었다. 그가 무언의 귀가를 한 후, 사모님은 이렇게 물었다고 한다.

"토끼는 있었나요? 류색 안에 토끼를 넣었던 모양이던데."

사모님은 동료한테 그가 토끼를 잡아 류색에 넣었다는 이야기를 들었던 모양이다. 그것을 확인했던 것이다.

"그런데 류색 안에 토끼가 들어 있지 않았던 거예요. 그 이야기를 듣고 사모님은 역시 여우의 소행이라고 생각했지요."

류색 안에 있던 토끼를 노린 여우. 그는 그런 여우에게 홀려 길을 잃었다. 그러던 차에 하필 악천후가 겹쳐 최악의 사태에 직면했다. 사모님은 그렇게 생각했던 것이다. 모든 사람의 추앙을 받던 마타기가 마을에서 이토록 가까운 곳에서 조난했다는 것이 도무지 이해가 되지 않았을 것이다. 사모님만이 아니라 마을에 사는 모든 사람들도 같은 생각을 했다.

"물론 토끼는 여우가 아니라 족제비 같은 것들이 훔쳐갔을지도 모르지요. 그날은 날씨가 너무 나빴어요. 하지만 정말로 바로 옆이었거든요. 마을에서 정말 가까운 곳이었는데."

이것은 10년 정도 전에 일어난 사건이다.

데와(出羽) 3산(三山)

아사히촌에서 북쪽으로 향하면 하구로(羽黑)산, 유도노(湯殿)산, 갓(月)산 등 이른바 데와(出羽) 3산에 다다른다. 오래전부터 산악 불교가 번성했던 슈겐도(修驗道)의 성지 데와 3산은, 한편으로는 엽사에게도 소중한 사냥터였다.

쓰루오카시 '엽사 모임' 아사히분회에 소속된 이토 가즈오(伊藤一雄) 씨는 산에서 겪은 신기한 체험은 전혀 없다고 한다.

"여우 이야기는 분명 들어본 적이 있긴 해요. 여우에게 홀려 벌거벗은 채 돌아다녔다는 이야기 같은 거요. 하지만 개인적으로는 딱히 이렇다 할 경험이 전혀 없군요."

"그런 것은 없으시군요…, 유부라면 오이나리상(일본 전역에 8만 개정도 있는 이나리[稲荷] 신사[神社]에 대한 친숙한 명칭-역주)에게 공양하지만…."

이나리 신사에 유부를 바치는 것은 많은 거리에서도 자주 발견하는 흔한 풍경인데….

"아니요, 그게 아니라 산에서 길을 헤매지 않으려고 오이나리상에게 공양하는 거랍니다."

여기저기에서 발견할 수 있는 이나리 신사는 본래 '상업 번성'을 기원하는 신사다. 그런 이나리 신의 권속이 바로 여우라서 빨간색 '도리이(신사의 경내로 들어가는 입구를 나타내는 관문으로, 교토의 후시미이나리[伏見稲荷]가 유명-역주)'와 세트로 자주 발견된다. 하지만 여우 자체는 결코 신이 아니다. 이나리다이묘진(稲荷大明神)에게 아무쪼록 잘 부탁해달라고, 권속인 여우에게 유부를 바치는 것이다. 그런데 여기서는 여우에게 홀려 산에서 길을 잃는 일이 없도록 공양을 드리고 합장을 한다는 것이다. 처음 듣는 이야기라서 흥미로웠다.

*

데와 3산 근처에는 몇 개의 '즉신불(即身仏)'이 존재한다. 그중 하나인 신뇨카이상인(真如海上人)이 진좌하고 있는 다이니치보류스이지(大日坊瀧水寺, 야마가타현 쓰루오카시에 있는 진언종 사원-역주) 인근에 사는 엔도 다다유키(遠藤忠征) 씨를 방문했다. 엔도 씨는 대대로 바로 이 데와 3산에서 숯을 굽거나 사냥을 하면서 생업에 종사해온 '산사람(山人)'이다.

"도깨비불은 분명 본 적이 있네요. 농구공이라고요? 크기가 그 정도였는지는 잘 모르겠어요. 숲속을 가로질러가는 것을 몇 번이나 보긴 했지요. 산새가 갑자기 푸드덕 날아오르는 것을 도깨비불로 착각했을 뿐인지도 모르지만요. 그런데 사람 목소리는 자주 들었어요."

엔도 씨는 총을 쏘는 위치에 자리를 잡고 사냥감을 기다리고 있을 때 뒤에서 사람의 목소리가 들린다고 한다. 상당히 험준한 사냥터여서 그리 간단히 일반인이 들어올 리 없다. 하지만 틀림없는 사람이 말하는 목소리가 들리는 것이다. 신경이 쓰여 뒤를 돌아보면,

물론 아무도 없다. 정신을 다시 가다듬고 사냥감을 기다리고 있으면….

"또 이야기 소리가 들리는 거예요. 뒤에서요. 듣고 있으면 때때로 웃기까지 해요. 그러다 고함 소리가 들리기도 하고, 누군가의 이름을 부르기도 하지요. 그런 일은 자주 있었어요."

참으로 소란스러운 산속이다.

"옛날부터 여우한테는 철포를 쏘지 말라고 하더군요. 잡아서 숨통을 끊어버린 여우를 끌고 돌아오는데 엽사가 끌고 왔던 지점까지의 집이 모조리 화재로 불타버린 적도 있었거든요. 아쓰미(溫海) 쪽이었어요. 이 위에 있는 다무기마타(田麦俣)에서도 있었어요. 그래서 여우는 쏘면 안 된다고요."

*

다무기마타(田麦俣)는 로쿠주리고에카이도(六十里越街道, 야마가타현 쇼나이[庄内] 지방과 내륙을 잇는 길. 쓰루오카에서 야마가타로 이어지는 험준한 산길로 1,200년 전부터 생겨나 산악신앙이 성행했던 곳-역주)의 중요 지점에 위치해 있다. 예로부터 여행자들이 하룻밤 묵었던 곳이었으며, 다층 민가로도 유명한 산간 지역이다. 어느 날 밤 로쿠주리고에카이도를 따라 엄청난 빛의 행렬이 지나가는 것이 보인 적이 있다.

도대체 이 시절에 어디에서 온 행렬인지 궁금해서 마을 사람들이 구경하러 몰려들었다. 그런데 이 행렬은 도무지 가까이 다가올 기미가 보이질 않는다. 참으로 이상한 일이었다. 혹시 도깨비불 아니냐며 다들 의아해했는데 그렇게 생각하자마자 그 행렬이 순식간에 자취를 감춰버렸다. 그리고 다들 집으로 돌아오자 집 안에 있던 먹거리들이 모조리 없어졌다고 한다. 그래서 역시 이것은 여우의 소행일 거라고 모두가 납득했다는 것이다.

매사냥 명인의 체험

20년 정도 전, 잡지 취재 과정에서 매사냥 전문가를 알게 되었다. 마쓰바라 히데토시(松原英俊) 씨라는 분이었는데 요코하마에서 다무기마타로 이주해 종횡무진 산속을 내달리는 삶을 살고 계셨다.

그런 마쓰바라 씨의 이야기다.

"여기서 여우 이야기를 자주 듣곤 하는데, 신기한 것은 전혀 없다고 생각합니다. 세상의 모든 일은 반드시 설명이 가능해요. 도깨비불도 반딧불이일 거예요."

마쓰바라 씨는 산속에서 홀로 노숙을 하거나 폐가에서 하룻밤을 지낼 때도 전혀 두려움을 느끼지 않는 사람이다. 무서움을 많이 타는 나로선 매우 특이 체질을 가진 분으로 여겨진다. 목을 맨 사람의 시신을 발견하면 그 시신 근처에 신분을 특정할 수 있는 뭔가가 있는지를 냉정하게 찾아낼 수 있는 사람이다.

"난 도깨비니 뭐니 하는 것들을 일절 믿지 않거든요. 전혀 두려워할 것 없습니다. 물론 신기하다고 생각하는 일이 종종 있지만, 그것들도 결국 설명하려 들면 전부 설명이 되거든요. 산속에서의 목소리요? 들어본 적 있지요. 뭐라고 생각하세요? 그건 결국, 예컨대 이동 판매 확성기라든가 알림 방송이 산 아래 여러 곳에서 전해져오기 때문일 겁니다. 그러니까 바로 곁에서 말하고 있는 것처럼 들리는 게 아니겠어요? 신기한 일은 전혀 없습니다. 전부 설명할 수 있어요."

*

마쓰바라 씨는 매사냥 전문가로 다무기마타에서 20년 이상 거주하고 있다. 앞서 언급했던 것처럼 혼자 산에 오르는 것은 일상다반사다. 그런 마쓰바라 씨가 자식을 데리고 산에 올라갔을 때의 이야기다.

"뿔매 둥지를 발견해서 그걸 아들에게 보여주고 싶었어요. 상당히 험준해서 거의 절벽에 가까울 정도로 가파른 땅에 커다란 삼나무가 있는데 거기에 뿔매가 둥지를 틀었거든요."

자일(등산용 밧줄-역주)을 사용해 경사면에 매달린 채 둘이서 뿔매 둥지를 관찰하다 보니 주변이 어두워지기 시작했다. 디딜 곳이 마땅치 않아서 어두워진 다음에 이동하면 위험하다. 그래서 급히 내려오기 시작했는데 주변이 너무 급격하게 어두워지는 것이었다. 아직 절벽을 미처 다 내려오지도 않았는데 완전히 암흑 상태가 되어버렸다. 손전등으로 주변을 비추어본들 칠흑같이 캄캄한 숲속이다. 간신히 절벽과 근처의 초목만 보이는 최악의 상황이었다.

"위에 있는 아들에게 '괜찮니? 절대로 떨어지면 안 돼. 여기서 떨어지면 큰일 나. 손을 놓치면 안 돼'라고 말하면서 조금씩 이동하고 있었어요. 그랬더니 '아앗' 하는 소리가 들려서."

놀란 마쓰바라 씨가 고함을 쳐보지만 답변이 없다. 손전등으로 주위를 비춰보았지만 아무것도 보이지 않는다. 그런 생각은 꿈에도 하고 싶지 않았지만, 행여나 싶어서 발 주위로 자욱한 어둠 속으로도 소리를 질러본다. 그러나 답은 없다.

"떨어졌구나 싶었지요. 걱정스러웠어요."

그래서 30m의 자일을 이중으로 겹쳐 절벽 아래로 내려가기로 했다. 간신히 내려가기는 내려갔는데 주위는 완전히 캄캄절벽이었기 때문에 본인이 지금 어디에 있는지 전혀 알 수 없었다. 이런 높이에서 떨어졌다면 작은 상처로 끝날 문제가 아니어서 한시라도 빨리 발견해야 한다고 생각했다. 마쓰바라 씨는 초조해졌다.

"불러도 대답은 없고 어디에 있는지도 모르겠고, 마음이 약해지더라고요."

주위를 둘러보고 있는데 약간 위쪽 덤불 속에서 빛나는 것이 보였다.

"아들에게도 손전등을 건네주었기 때문에 단박에 그것이라는 생각이 들었지요."

과연 생각대로 불빛이 보였던 주위에 아들은 드러누워 있었다. 머리는 찢어져 있었고, 얼굴은 피투성이다. 앞니도 몇 개나 부러진 상태였고, 아무래도 팔도 골절된 모양이다. 발은 괜찮은 것 같아서 어떻게든 부축해서 자력으로 하산할 수 있을 것 같았는데 역시 무리였다. 전신타박상으로 도저히 움직일 수 있는 상태가 아니었기 때문이다. 결국 마쓰바라 씨가 구조를 요청해 소방대의 들것에 들려 간신히 하산했다.

"나중에 아들에게 물어봤거든요. 손전등을 썼냐고."

아들의 대답은 '아니'였다. 도저히 그런 게 가능한 상태가 아니었다는 것이다. 그렇다면 그 빛은 도대체?

"글쎄요, 이런 이야기를 하면 중상을 입은 자식을 뭔가가 지켜주려고 했다는 식으로 생각할 것 같지요? 하지만 그렇지 않지요. 그 빛은 반딧불이입니다. 그때 주위에도 반딧불이가 많이 날아 다니고 있었다니까요."

반딧불이가 발하는 빛은 손전등의 불빛과 상당히 다르다. 하물며 주위에 온통 반딧불이가 있었다면 어째서 그중 하나만 보고 아드님이 계신 곳이라고 생각했을까. 사실은 마쓰바라 씨 본인도 납득할 수 없지 않을까?

*

마쓰바라 씨는 '산 사나이'다. 이런저런 곳에서 산을 타지만 돈이 드는 산막에서는 거의 묵지 않는다. 텐트, 노숙, 그리고 이미 폐가가 된 산막이 마쓰바라 씨가 언제나 묵는 곳이다.

"한참 전에 기타간토(北関東, 간토 지방의 북부로 군마현, 도치기현 등-역주)에 있는 산에 올라갔거든요. 거기에는 오래된 산장이 거의 폐가 상태로 방치되어 있었기 때문에 항상 거기서 자곤 했지요."

폐가 산장에 도착해서 들어가려고 하는데 문이 열리지 않는다.

"이상해서 살펴보니 갈고리가 걸려 있는 게 아니겠어요? 아무나 마음대로 들어가지 말라고 조처를 취한 것이겠지요."

그곳에서 잘 예정이었던 마쓰바라 씨는 어떻게든 들어갈 수 있는 곳이 있는지 산장 주위를 살펴보았다. 그런데 창문 하나가 열려 있었다.

"천만다행이라고 생각해 창문으로 들어가 가장 안쪽 깊숙이에 있는 방에서 침낭을 펼쳤지요. 주변은 완전히 캄캄해져 있었으니까요. 침낭 속으로 들어가 양초를 세워놓고 책을 읽기 시작했거든요."

몇 시쯤이었는지는 확실치 않다. 마쓰바라 씨는 문득 어떤 소리가 들려 읽고 있던 책에서 눈을 들었다. 입구 쪽에서 들려오는 소리였다.

'삐그덕, 삐그덕, 삐그덕'

"누군가의 발소리였지요. 아, 정말 난감하네, 라고 생각해서…"

"난감하다는 말씀은?"

"내 집이 아닌데 맘대로 들어와 자고 있던 상황이었으니까요. 불법 침입이잖아요. 역시 나 같은 자가 가끔 있었기 때문에 입구에 갈고리가 걸려 있었을 테니까요. 그래서 필시 관리인이 조사하러 온 거라고 생각했지요."

'삐그덕, 삐그덕, 삐그덕'

발소리는 점점 마쓰바라 씨가 있는 가장 안쪽 방을 향해 다가온다. 양초를 끄고 들통이 났을 때 뭐라고 변명을 할지 머리를 굴리면서 몸은 점점 굳어지고 있는데….

"방 앞까지 오더니 그대로 다시 그냥 돌아가는 게 아니겠어요? 천만다행이라고 가슴을 쓸어내렸지요. 정말이지 이런 일이 생기면 기가 약한 사람은 분명 도깨비라고 말하겠지요. 그게 괴담이 되는 게 아닐까요."

분명 그럴지도 모른다. 그러나 정적 가운데 갈고리가 걸린 문짝을 소리 없이 열고 들어왔다가 소리 없이 다시 걸고 나가는 것이 과연 가능할까. 어째서 한밤중에 일부러 확인하러 올 필요가 있었을까. 나로서는 도무지 이유를 알 수 없다.

*

전혀 무서움을 느끼지 않으며, 신기한 일도 죄다 설명이 된다는 마쓰바라 씨에게도 이해가 가지 않는 일이 있다고 한다.

"재미있는 소리는 다양하지요. 대부분 동물 소리지만요. 너구리나 어치는 남들 흉내를 잘 내거든요. 자주 산속에서 애기 울음소리가 들리는데 그건 어치 소리겠지요? 나무를 자르는 소리요? 아, 너구리라면 흉내를 내겠지요. 자주 있는 일이라고 생각한다니까요. 하지만 도무지 알 수 없는 소리를 들은 적이 한 번 있었어요."

평소처럼 산에 혼자 올라갔을 때의 일이었다. 한 번도 들어본 적 없는 소리가 마쓰바라 씨의 발걸음을 멈춰 세웠다. 너무도 신기한 소리였다. 동물의 울음소리나 누군가의 작업음도 아니었다. 동물도 인간도 자연현상도 아니다. 과거에 경험한 적이 없는 묘한 소리였다.

"비할 데가 없는 소리였어요. 참으로 신비로운 소리여서."

산에 정통한 사람조차 그 정체를 전혀 파악할 수 없는 소리였다.

소리의 정체를 알아내려고 마쓰바라 씨는 덤불 안으로 들어갔다.

"소리가 나는 쪽으로 다가가려고 하는데 그게 안 되는 거예요. 가까워지지 않더라고요. 신기하다고 생각하면서 걸어갔더니 소리가 점점 작아지다 더 이상 들리지 않더라고요."

결국 수수께끼 같은 소리의 정체는 확인할 수 없었다.

*

마쓰바라 씨의 친구 중에 마찬가지로 산에 정통한 분이 계셨다. 그런데 친구분은 마쓰바라 씨와 반대로 엄청나게 신비스러운 체험을 자주 한다고 한다.

"이유는 모르겠지만 그 친구는 도깨비를 자주 본다고 하더라고요. 난 그런 건 있을 수 없다고 생각하지만요."

그런 친구분 이야기를 두 개 정도 들어보자.

그가 몇몇 친구들과 산에 올라갔을 때의 일이다. 어느 계곡의 언제(堰堤, 호수의 범람이나 바닷물 유입을 막는 구축물-역주)에서 낚시를 하게 되었다. 날씨도 화창했고 바람도 불지 않는 온화한 날이다.

같이 기분 좋게 낚싯대를 잡고 느긋해하고 있는데, 급작스럽게 공기가 바뀌는 것을 감지할 수 있었다. 딱히 날이 흐려진 것도 아니었다. 숲에서 갑자기 냉기가 불어 닥친 느낌도 아니었다. 하지만 묘하게 뭐라 형용할 수 없는 오싹한 감각에 사로잡혔다. 어라? 감기 기운인가? 그런데 주변에 있던 친구들 모두 하나같이 묘한 표정을 짓고 있다.

"이상하지 않아? 불쾌한 느낌이 들지 않았어?"

"응~뭔가… 이상한 느낌이네, 이건."

잘은 모르겠지만 다들 묘한 감각에 사로잡혀 있다는 사실은 틀림없는 듯하다.

"이봐, 저것 봐!"

그때 한 친구가 고함을 질렀다. 그가 응시하고 있는 방향으로 전원이 눈길을 돌린다. 호수 저편에서 어떤 물체가 조금씩 가까이 다가오는 것을 알 수 있었다.

"뭐지…?"

모든 사람이 그 자리에서 얼어붙어버렸다. 그 뭔가가 서서히 모습을 드러냈기 때문이다. 여자의 모습이었다. 눈을 크게 뜨고 입을 열고 머리를 흔들면서 헐떡대는 모습으로 이쪽으로 향하고 있다.

"우와아아아—앗!!"

일제히 고함을 지르더니 전원이 기겁을 하면서 삽시간에 도망갔다고 한다.

*

조금 전에 나온 이야기는 여러 친구들과 함께 체험한 이야기지만, 그는 혼자서도 이런저런 일들을 겪고 있다.

야생 조류 관찰원이기도 한 그가 산속에서 야생 조류를 조사하고 있을 때의 일이다. 숲속에서 야생 조류를 찾아다니고 있는데 문득 어떤 소리가 났다.

'부스럭, 부스럭'

순간적으로 동물일까 싶었다. 설마 곰인가 싶어서 긴장했는데, 잘 들어보니 인간의 발소리가 틀림없었다. 누구든 들어올 수 있는 장소다. 실제로 산나물을 캐러 온 사람과 만나는 경우도, 드물긴 하지만 아예 없지는 않았다.

'버석, 버석'

확실히 들리는 것은 풀숲 사이를 걷는 소리다. 하지만 사람의 모습은 전혀 보이지 않는다.

"참 이상하네? 바로 근처까지 왔을 텐데."

그는 소리가 나는 쪽을 계속 응시하고 있는데 아무것도 보이지 않는다. 발소리를 들어보면 아이가 아니라 어른이다. 당연히 어른의 모습이라면 풀숲 사이로 보일 것이다. 하지만 그에게는 아무것도 보이지 않는다. 그저 '버석, 버석' 하는 발소리가 자기 주변에서 움직이고 있을 뿐이다. 너무 이상해서 몸을 잔뜩 긴장시키고 가만히 그 자리에 멈춰서 있자, 그 발소리가 자신을 추월해 가버렸다. 조금씩 멀어지는 수수께끼의 발소리를 들으며 그는 식은땀이 흘러내리는 것을 느꼈다.

"그런 게 어디 있겠어요? 아니라고 생각해요. 그건 아마 동물의 발소리였겠지요'라고 말했더니 '아니, 그건 단연코 인간의 발소리였어'라며 그 친구가 계속 우겨대는 거예요."

그 어떤 것에도 두려워하지 않는 마쓰바라 씨의 감성이 조금은 부러울 뿐이다.

나라(奈良)현 야마나카(山中)·요시노(吉野)정

나라(奈良)는 교토로 도읍이 옮겨진 이후에도 '남도(南都)'로 번성을 누린 땅이다. 남북조 시대에 고다이고(後醍醐) 천황이 남조를 열었던 요시노(吉野)정(町)은 수렵이 성행했던 지역이기도 했다. 요시노정 '엽사 모임' 회장인 시모나카 아키요시(下中章義) 씨는 요시노산의 메인 스트리트에서 가게를 경영하고 있다.

"신기한 일? 별로 들은 게 없는데…. 무섭다고 느끼니까 별것도 아닌 것이 희한하게 보이는 게 아닐까요?"

시모나카 씨는 야마나카에서 무서운 일이나 신기한 사건을 직접 당해본 적이 없다고 한다. 아니 지역의 사토 쇼이치(佐藤正一) 씨나 시만토의 아사다 미쓰요시(麻田満良) 씨와 비슷한 체질이신 모양이다.

"겁을 많이 집어먹는 사람들이 이런저런 헛것을 보는 게 아닐까요? 개도 마찬가지랍니다. 옛날에 개랑 사냥을 갔을 때 개가 '멍멍멍!!' 하고 갑자기 짖어댄 적이 있었어요."

어두컴컴한 숲속에서 개는 뭔가를 향해 계속 짖어댄다. 무슨 짐승이라도 있나 싶었는데, 개의 느낌을 보면 그런 것은 아닌 모양이었다. 개는 분명히 뭔가에 잔뜩 겁을 집어먹으면서 짖어대고 있었다.

"도대체 뭐지 싶어서 잘 살펴보았더니 사람의 그림자 같은, 거무스름한 뭔가가 나무 부근에 있었어요. 정체를 알 수 없는 것이라 불쾌했지요."

그래서 시모나카 씨는 신중하게 경사면을 내려가서 그 물체에 다가갔다.

"한번 맞춰보세요. 그게 대체 뭐였다고 생각하세요? 검정색 우비였어요. 아마 산림 작업원이 망가진 비옷을 나무에 걸어두었다가 그대로 두고 간 게 아닐까요? 그런 것도 보기에 따라서는 유령으로 보인다고요. 실제로 개도 계속 짖어댔으니까요."

그런 시모나카 씨도 때론 신기한 감각에 사로잡히는 경우가 있다고 한다.

"산에서는 낮에도 느닷없이 문득 쓸쓸해지는 순간이 있어요. 뭐라 형용할 수 없는 묘한 느낌이 들지요. 도대체 왜 그런 느낌이 드는지 나중에 곰곰이 생각해봤더니, 그곳이 실은 남녀가 동반 자살을 했던 곳이더라고요. 딱히 유령이 나왔다거나 하지는 않았지만 그런 사실을 알고 있었기 때문에 그렇게 느낀 거라고 생각해요."

그러나 시모나카 씨는 정작 본인이 거기에 있을 동안에는 그곳이 동반 자살 사건이 일어난 장소라는 사실을 떠올리지 않았다. 집에 돌아와 곰곰이 생각해보니 사연이 있는 곳이었다.

*

"우리 아버지에게 신기한 일이 한 번 있었어요."

사냥철에 생긴 사건이었다. 시모나카 씨의 아버지는 개를 끌고 동료들과 몰이 사냥에 나섰다. 몰이꾼 역할을 맡아 개와 함께 사냥감을 쫓고 있는데, 어지간해서는 산속에 있을 법하지 않은 물체를 발견했다.

"이건 뭐지…?"

물체는 조금 떨어진 광엽수림 경사면에 있었다. 뭔가 꺼림칙한 느낌이 든 아버님은 몰이꾼 코스에서 벗어나 정체불명의 물체에 다가간다. 거의 수 m 앞까지 다가간 곳에서 발걸음을 멈췄다.

"세상에나, 이건 뭐지? 살아 있나? 이봐! 이봐!"

아버지가 말을 건넨 상대는 경사면에 웅크린 채 꼼짝도 하지 않고 있는 사람이었다. 앞뒤 정황을 미루어 짐작해봤을 때 자살한 시체라고 판단되었다. 아버지는 무선을 손에 들었다.

"누구 듣고 있나? 내가 지금 엄청난 것을 발견해버렸거든. 좀 와서 도와줄 수 없을까?"

그 '엄청난 것'의 의미를 헤아린 동료는 모이기는커녕 혼비백산하여 부리나케 산에서 내려가버렸다. 어쩔 수 없이 아버지도 일단 산에서 내려간 다음 동료들에게 전후 사정 설명을 하고 경찰에 연락을 했다. 잠시 시간이 흐른 후 경찰관, 몇몇 동료들과 함께 다시 산으로 올라갔는데….

"거기까지 갔는데 아무것도 없었다더군요. 아버지는 엄청나게 가까이까지 가서 봤기 때문에 잘못 봤을 리 없다고 말했고요."

그렇다면 아버지가 본 것의 정체는 대체 뭐였을까?

"사람 아니겠어요? 거기 사람이 있던 것은 사실이겠지요."

시모나카 씨의 생각은 이러하다. 실제로 그 경사면에는 사람이 있었을 것이다. 아마도 법을 어기고 올가미를 설치하려던 인간이 아버지가 다가오자 숨으려고 했던 것이다. 그러나 모습이 고스란히 노출되는 바람에 당황해서 아예 꼼짝도 하지 않았던 것이다. 그런 상황이다 보니 아버지는 자살한 시체로 착각했다는 이야기다.

과연 그런 일이 가능할까?

실제로 사람이 거기에 있었다면 어떤 흔적이 반드시 남기 마련이다. 경사면을 올라가거나 내려가면 디딘 흔적이 확연히 보인다. 하물며 올가미를 설치하려고 했다면 더더욱 분명히 흔적이 남았을 것이다. 하지만 현장에는 아무것도, 정말로 아무것도 남아 있지 않았다.

"이 근처에서도 자주 그런 이야기를 듣긴 하지요. 여우든 너구리에게든 속았다는 이야기요. 하지만 그런 것은 대부분 두려움에 빠진 인간의 착각일 뿐이에요. 그게 아니라면 신앙심이 깊은 사람이거나 지나치게 순수한 사람이지 않을까요."

'쓰치노코'는 뛰어오른다

과거 존재했던 니가타현의 이리히로세(入広瀬, 현재의 우오누마[魚沼]시)촌은 '아니 마타기'의 수렵 문화가 여전히 남아 있는 땅이다. 그곳 산중에서 숯을 굽던 아사이 다모쓰(浅井保) 씨는 84세까지 현역 엽사로 왕성하게 활약하며 철포를 지고 곰을 쫓던 '슈퍼맨 노인네'다.

"신기한 일? 그런 건 잘 모르겠고, 무서운 거라면 당연히 눈사태지. 표층 눈사태는 무시무시하거든."

아사이 씨는 토끼 사냥 때 본인이 말하는 가장 무시무시한 '표층 눈사태'에 휘말린 적이 있다고 한다.

"위험하니까 들어가면 안 되는 곳이라는 건 알고 있었는데."

토끼를 찾다 보니 자기도 모르게 눈사태가 일어날 법한 곳으로 발을 들여놓아버렸다. 한동안 경사면을 나아가고 있는데….

'버석'

응? 뭔가 소리가 났다. 순간적으로 놀라 그 자리에 멈춰 서자, 발 주변이 움직이기 시작했다. 그리고 몸이 가라앉으면서 급격히 굴러떨어지기 시작했다.

"도무지 뭐가 어떻게 된 건지 알 수가 있어야지. 엉망진창이 되어 어디가 위인지, 어디가 아래인지 아무것도 모르겠더라고."

시간이 얼마나 흘렀는지도 짐작할 수 없다. 다행히 의식은 잃지 않았기 때문에 필사적으로 몸을 움직이면서 살기 위해 저항을 계속했다. 얼굴 주위로 우연히 좁은 공간이 생겨 거기서 숨을 쉰 다음 눈을 떴다.

"파랬어. 눈에 뒤덮여 있는데 하얗지 않고 파랗게 보이더라고."

아사이 씨는 아마 얼굴이 하늘로 향해진 상태에서 눈에 파묻혔을 것이다. 마침 날씨가 좋아서 두꺼운 눈의 층을 통해 햇살이 파랗게 비친 모양이다.

"동료들에게 구출되고 보니, 아무것도 가지고 있지 않았어. 철포도 륙색도 모조리 없어졌지. 겨우 철포만 5월이 되어 눈이 녹은 다음 찾았고."

*

산속에서 일어난 신기한 일 따윈 모르겠고, 다른 사람 이야기도 들어본 적 없다는 아사이 씨. 그런 그가 입을 열었다. 마침 한참 숯을 굽고 계시던 와중이라 이쯤에서 이야기를 마무리 지을까 생각하던 참이었는데….

"쓰치노코라면 이 근처에 있는데."

"쓰치노코요?"

"우리 집 주변에도 있고, 저 위쪽에서는 뛰어오르기도 한다더군."

아사이 씨의 댁은 스키장 너머에 있는데 과거엔 민박집을 경영했다. 그래서 손님들에게 제공하기 위해 곤들매기를 연못에서 기르고 있었다고 한다.

"언제였는지는 기억나지 않지만 우리 할멈이 그 연못 근처에서 봤다더군. 동그스름하다던데, 맞아, 맥주병에 꼬리뼈가 나 있는 느낌이라더군."

차마 뱀이라고는 말하기 힘든 어떤 생명체를 발견한 할머니는 이것이 바로 '쓰치노코'라고 확신했다. 그리고 큰 소리로 아사이 씨를 불렀다.

"내가 갔을 때 쓰치노코는 이미 도랑으로 도망쳐버린 뒤였지. 콘크리트 뚜껑이 한 50kg 정도는 되거든, 도무지 들 수가 있어야지. 그때 놓친 게 참 아쉬웠어. 현상금이 걸려 있었거든."

아사이 씨가 숯을 굽는 산막 주변은 쓰치노코의 운동장인 모양이다. 튀어서 날아오르는 모습을 봤다는 사람이 한둘이 아니다.

"난 아직 직접 본 적은 없지만. 근데 그 녀석은 통통 튀면서 가는 모양이더군. 이 주변에서는 옛날부터 쓰치노코를 흙살무사라고 불렀지. 몇 번이나 본 사람도 있다니까."

*

쓰치노코에 관한 이야기는 매사냥 장인인 마쓰바라 씨나 요시노정의 시모나카 씨에게도 들었다. 두 분은 쓰치노코라고 짐작되는 생명체를 실제로 바로 가까이에서 본 적이 있었다.

"쓰치노코는 본 적 있어요. 뱀이 사냥감을 꿀꺽 삼킨 후 잔뜩 부풀어진 모습을 하고 있지요. 뱀은 제법 큰 사냥감이라도 턱 관절을 이완시켜 통째로 먹어버리니까요. 그런 모습이 마치 맥주병 같은 형태로 보이는 거지요."

두 분은 완전히 똑같은 이유로 쓰치노코의 비밀을 설명해주었다.

*

아사히촌의 마타기인 구도 도모오 씨는 쓰치노코가 실제로 존재한다는 설을 긍정한다.

"그건 짚을 부드럽게 하려고 내리칠 때 쓰는 도구랑 완전 똑같이 생겼지요."

구도 씨는 이 밖에도 몇몇 사람들로부터 쓰치노코의 존재를 인정한다는 이야기를 들었다. 이것이 단순히 거대한 사냥감을 통째로 삼킨 뱀인지는 확신할 수 없다. 그러나 산에 살다 보니 뱀에 대해서도 익숙한 사람들이 유독 쓰치노코를 뱀과 전혀 다른 생물로 인식하는 이유는? 아울러 사냥감을 통째로 삼켜 잔뜩 통통해진 상태로 뛰어오르거나 민첩하게 도망치는 게 과연 가능할까?

최근엔 더 이상 화제에 오르지도 않게 된 쓰치노코지만 산에서는 여전히 건재한 모양이다.

다리 없는 사람

과거에 존재했던 이리히로세촌의 아사이 다모쓰 씨 집에서 조금 내려온 곳에 오시라카와(大白川) 마을이 있다. 그곳에서 민박집을 경영하는 아사이 후지오(浅井藤夫) 씨는 40세 무렵부터 사냥을 시작했다. 약간 늦은 출발이었다.

깊은 산속까지 혼자 가서 산나물이나 버섯을 채취하는 그는 곰을 만나는 경우가 많았다. 그래서 자신의 몸을 지키기 위해 총을 휴대한 상태로 파트너인 개와 산을 활보하게 되었다.

"나는 제법 깊숙이까지 들어가는데요. 아직은 길을 잃어버린 적이 없고… 딱히 신기한 일은 없었네요. 어린 시절 '아즈키아라이(小豆洗い, 소리를 내며 강가에서 팥을 씻는 요괴-역주)'에 대한 이야기는 부모님께 자주 들었지만요."

그의 집에서 겨우 200m 정도 떨어진 개천 가에 커다란 나무가 있었는데, 거기 아래에 아즈키아라이가 산다는 것이다.

"밤에 그 주변에 가면 아즈키아라이에게 잡혀 먹으니 밤엔 바깥출입을 하지 말라고 귀에 못이 박히도록 들었어요. 하지만 부모님은 정작 본인들이 급한 볼일이 생기면 한밤중이라도 거기를 지나가더라고요. 그땐 오히려 그게 더 신기했어요."

실은 이 아즈키아라이 이야기는 아사이 다모쓰 씨에게도 들었다.

"아즈키아라이가 있는 곳에 올가미를 장치해두었다가 족제비를 잡는 거지. 한 마리에 3,000엔 정도 하지 않았나? 용돈벌이로 쏠쏠

했지."

역시 어른들은 팥을 씻는 것만으로는 두려워하지 않는 모양이다.

*

"그러고 보니 뱀이라면 있을지도 모르겠어요."

아사이 후지오 씨가 생각해낸 뱀 이야기다.

민박집 손님을 위해 고사리정원 조성을 구상했을 때였다. 산에 가까운 밭의 경사면을 예초기로 베고 있는데, 눈앞 풀숲에서 뱀이 얼굴을 내밀었다.

"하필 경사면이어서 치켜든 뱀의 머리가 거의 내 얼굴 근처까지 왔거든요."

커다란 뱀이었다. 심지어 지나치게 거대한 사이즈였다.

"그게 머리를 높이 치켜들고 나를 노려보았어요. 무슨 볼일이라도 있냐는 거만한 느낌으로요. 정말 엄청나게 큰 뱀이었어요. 머리통이 이 정도, 아니 이 이상은 되었지요, 아마."

그가 주먹을 불끈 쥐어 보여준다. 체구가 건장한 사내의 튼실한 주먹이다. 그 이상으로 뱀의 머리통이 컸다는 말인가. 무엇보다 놀랐던 것은 뱀의 형태였다.

"정말로 입이 양옆으로 쫙 늘어난 상태에서 볼이 잔뜩 부풀어 올라 있지 않겠어요? 그야말로 만화를 찢고 나온 뱀 같은 느낌이었지요."

이쪽으로 덤벼들 것 같은 기색은 없었지만 그 거대함 때문에 그는 위협을 느꼈다.

"정말 너무너무 무서운 나머지 예초기로 동체 주변을 확 잘라버렸지요."

잔뜩 치켜 올려진 거대한 뱀의 머리가 순식간에 저 멀리로 날아가버렸다. 예초기의 엔진이 멈추자 섬뜩한 소리가 들린다.

'데굴 데굴 데구르르르…'

머리가 날아간 동체가 경사면에서 비틀거리며 떨어지는 소리였다.

"한없이 계속해서 데굴데굴데굴 소리가 나면서 풀숲으로 떨어져가더라고요. 정말 너무 소름이 끼쳐서 그 자리를 벗어났지요."

가능하면 그 자리엔 두 번 다시 가고 싶지 않았지만 작업을 중단할 수도 없는 노릇이어서 얼마 후 예초 작업을 재개하기로 했다. 그런데 생각하면 생각할수록 태어나서 그토록 거대한 뱀은 도무지 본 적이 없었다. 공포심보다 호기심 쪽이 거대해진 아사이 후지오 씨는 풀을 자르면서 그 사체를 찾았는데….

"아무리 찾아도 없더라고요. 그 주변 풀을 모조리 자른 다음 찾아봐도 어디에도 없었어요."

예초기로 절단되었을 머리, 그리고 천천히 아래로 끊임없이 떨어져간 동체는 도무지 발견되지 않았다.

"너무 신기했어요. 왜 못 찾는 건지 이해가 안 가더라고요. 생각해보면 그게 어쩌면 여기 터줏대감이었을지도 몰라요. 만약 그렇다면 심각하지요. 앙화를 입게 되지 않을까 싶어서요."

"그러고 나서 무슨 일이 생겼나요? 나쁜 일이나 흉한 사건 같은 거요."

"아니요, 아무 일도 없었어요."

아무 일도 없었다는 말은 그 뱀이 아직 죽지 않았다는 말일지도 모른다.

　　　*

아사이 후지오 씨가 27세 때 할머니가 돌아가셨다. 그러고 나서 얼마 지난 봄날, 어머니가 밭에서 작업을 하고 있는데 부스럭거리는 소리가 나는 게 느껴졌다.

"정확히 밭의 위쪽 산에 누군가가 들어와 있는 거예요. 거긴 우리가 산나물을 캐는 곳이거든요. 대체 누가 들어왔나 싶어서 어머니가 보셨지요."

그것은 언젠가 본 적이 있던 그림자였다. 사람의 그림자였다. 산나물 채취용 지게를 등에 지고 걷는 모습이 영락없이 이미 돌아가신 할머니였다. 부스럭거리면서 발밑의 풀을 밟으면서 걷는 할머니의 모습이 뭔가 묘했다.

"그건 돌아가신 할머니였는데, 어머니 말로는 다리가 없었다고 해요."

다리 없이도 걸을 수 있다니, 과연 산에 사는 사람은 뭐가 달라도 다르다. 산나물 채취하는 계절에는 역시 좀이 쑤셔 가만히 있을 수 없었던 모양이다.

*

"제 아내도 다리 없는 사람을 본 적이 있어요."

민박집이 바쁜 시기에 일어난 일이다. 예년에 이 시기엔 보통 근처에 사는 고등학생을 아르바이트로 고용했다. 바쁜 하루가 끝나고 모두 함께 저녁밥을 먹고 나자 주위는 완전히 어둠에 휩싸여 있었다. 밤길에 차마 혼자 집에 가라고 할 수도 없는 노릇이라, 사모님은 고등학생을 차에 실어 약간 떨어진 집까지 바래다주었다. 그런 다음 돌아오는 길에 강 반대편 산길을 달리고 있을 때였다.

"산 쪽으로 난 길 중간에 마을 묘지가 있거든요. 그 옆을 지나가려고 하는데 누군가 서 있던 모양이더라고요."

칠흑 같은 어둠에 휩싸인 산속 묘지, 그리고 거기에 서 있는 사람의 그림자. 이미 그것만으로도 빙고다.

"도대체 누가 있나 싶어 쳐다보니, 세상에, 하반신이 없는 사람이 있었다더라고요. 그 일이 있고 난 다음, 마누라는 그 길로 절대 다니지 않지요."

지나치게 거대한 도깨비불

후쿠시마현의 다다미(只見)정은 아니 지역에서 이주해온 마타기들이 수렵 기술을 전해준 곳이다. 이곳에서 임업 관련 회사를 경영하는 와타베 다미오(渡部民夫) 씨는 40년에 걸친 사냥 경력을 자랑하는 베테랑이다. 그런 와타베 씨에게 들은 이야기다.

"여우라고요? 그런 이야기를 확실히 자주 듣기는 해요. 할머니가 계속해서 똑같은 곳을 맴돌다가 집에 돌아오지 못했다는 이야기도 있지요. 깊은 산속에서가 아니라, 바로 저기, 마을 안에서 그러다가 집에 못 돌아왔다는 거예요. 도깨비불은 모르겠네요. 저는 본 적 없어요."

와타베 씨도 혼자 제법 깊은 산속까지 올라가는 사람인데, 무섭다거나 신기하다고 느낀 일은 거의 없다고 한다.

＊

"승냥이 이야기는 들어본 적 있어요."

선배 엽사에게 들었다는 이야기다. 쇼와 시대 초기에는 산막을 만들어놓고 깊은 산속까지 들어가 곰을 쫓는 게 보통이었다. 밤에는 누추한 산막에서 램프 불빛에 의지에 간단한 식사를 한다. 그것은 그것 나름으로 즐거운 한때였다고 한다.

"어라? 뭐지 저건?"

누군가가 말하자 모두 귀를 기울였다. 멀리서 뭔가가 짖는 소리가 들렸다. 개가 짖는 소리 같기도 했지만, 워낙 깊은 산속이라 여기까지 개가 올라왔을 거라고는 도저히 생각할 수 없었다.

"승냥이군."

승냥이란 늑대를 부르는 이름이기도 하다. '일본늑대'는 1905년(메이지 38년)에 나라현 히가시요시노(東吉野)촌에서 포획된 것을 마지막으로 자취를 감췄고, 현재는 멸종된 것으로 파악되고 있다. 그러나 근년에도 지치부(秩父)에 있는 산속에서 목격되는 등 그 존재에 대한 소문은 끊이지 않고 있다. 그런데 쇼와 초기의 다다미 산속에서는 그 짖는 소리가 멀리서 빈번하게 들렸다고 한다.

물론 그 옛날 마타기들이 말했던 승냥이와 일본늑대가 일치하는지에 대해서는 의견이 갈리고 있다. 하야치네(早池峰, 이와테[岩手]현에 있는 해발 1,917m의 산-역주) 산속 깊은 곳에서 활동하는 베테랑들도 승냥이를 본 적이 있다. 그 사람들이 말하기를 개와는 전혀 다른 자태였기 때문에 보자마자 이것이야말로 '일본늑대'일 거라고 확신했다고 한다.

*

앞서 도깨비불을 본 적이 없노라고 말했던 와타베 씨가, 실은 그보다 더 말도 안 되는 것과 마주친 적이 있다.

"이리히로세(入広瀬) 쪽에서 한밤중에 돌아올 때였어요. 오전 2시

무렵, 다고쿠라(田子倉)댐(후쿠시마현 미나미아이즈군 다다미정에 있는 댐-역주)의 위쪽 고개가 있잖아요? 그곳을 막 지나고 나서였어요."

계절은 한여름 무렵이다. 귀가가 너무 늦어져 캄캄한 산길을 걷고 있는데, 와타베 씨는 묘한 풍경과 마주쳤다.

"마침 왼쪽에 커다란 산이 보이는데, 거기에 빛이 보이더라고요. 도깨비불요? 아니, 그런 게 아니었어요. 산의 경사면이 빛나고 있더라고요. 크기는 200m 이상 되었을 거예요."

농구공 크기의 도깨비불과는 비교가 되지 않을 정도로 거대했다. 계절이 한여름이었으니 반딧불이일 수도 있겠지만, 반딧불이 무리가 그토록 넓은 범위에 걸쳐 있었다고는 보기 어렵다.

"그건 대체 뭐였을까요. 역시 UFO였을까요?"

천하의 와타베 씨도 이건 모르는 모양이다.

다다미정의 엽사는 현재 절체절명의 상황에 놓여 있다. 2011년 원자력발전소 사고 이후 곰 고기는 식용과 유통이 금지된 상태이기 때문이다. 먹든 이용하든 곰에게 총을 쏘는 데는 이유가 있기 마련이다. 그것이 엽사의 희열, 그리고 자부심으로 이어진다. 위험이 동반된 산행은 살아 있다는 증거이기도 했다. 그러나 지금은 그저 유해 동물을 제거하기 위한 사냥에 나설 뿐이다. 드럼통으로 된 올가미에 사로잡힌 곰을 총으로 쏜 후 폐기한다. 거기에는 곰을 쏠 때의 자부심도 희열도 존재하지 않는다. 이리하여 해마다 사냥을 접는 사람들이 늘어나고 있다.

산에서 나올 수 없다

나가노현 동부에 있는 가와카미(川上)촌은 군마현이나 사이타마현, 그리고 야마나시현의 경계에 접해 있는 고지대에 위치해 있다. 야쓰가타케(八ヶ岳, 최고봉이 해발 2,899m에 이르는 거대 화산-역주)에 가까워서 한겨울에는 영하 20℃를 밑도는 경우도 드물지 않는 혹한의 땅이다. 엽사가 많은 지역이기도 하다. 이곳 명산품인 고원 채소를 재배하면서 3대에 걸쳐 사냥에 종사하는 이데 후미히코(井出文彦) 씨의 이야기다.

"계속해서 몰이꾼을 해왔던 사람이라면 신기한 경험을 했을 거라고 생각해요. 산은 그런 곳이지요."

가와카미에 사는 엽사 중에서도 최고의 실력을 자랑하는 이데 씨는 20년 정도 전에 산에서 나올 수 없게 된 적이 있다고 한다.

혼자서 사냥터로 진입했을 때의 일이다. 다음 날 진행될 예정인 사냥 준비를 하며 사냥감의 발(발자국 흔적)을 미리 살펴봐두려고 했다. 산을 한번 둘러본 후 발(발자국 흔적)을 여러 차례 확인하고, 다음 날 사냥을 어떤 식으로 할지 고심하고 있었다. 어디에서부터 개를 풀어 사냥감을 쫓아야 그 강 상류 근처에서 잡을 수 있을까. 이데 씨는 머릿속에서 얼추 한번 시뮬레이션을 끝내자 마을로 돌아오기로 했다.

"어라? 이상하네?"

조금만 더 가면 임도에 세워둔 차가 보일 텐데 아무래도 이상했다. 조금 전 지나친 곳을 다시 걷고 있는 느낌이었다.

"이런 말도 안 되는 경우가 있나."

주위를 확인해보니 평소 익숙한 산 그대로다. 평소와 다른 점 따윈 전혀 없었다. 익숙한 경치가 펼쳐져 있을 뿐이었다. 차를 세운 곳이 바로 저편이라는 사실을 확신하고 걷기 시작하는데….

"그런데 도저히 차를 세워둔 곳이 나오지 않는 거예요. 도무지 어디가 어딘지 모르겠어서 결국 다시 원래 출발했던 곳으로 돌아와버리게 되지요. 참 신기했어요. 몇 번을 시도해봐도 그 모양이라 결국 포기했어요."

한밤중도 아니었고, 눈보라가 치는 날도 아니었다. 극히 평범한 한낮에 일어난 사건이다. 심상치 않은 사태에 이데 씨는 무선을 집어 들었다. 동료들에게 자신을 데리러 와달라고 부탁해서 간신히 하산할 수 있었다.

"어째서 그리 되었는지 지금도 도저히 이해가 안 가요. 여우요? 아, 그러고 보니 그러네요. 이런 것을 두고 여우에게 홀린다고 하는지도 모르겠어요."

전형적인 링반데룽(Ringwanderung, 등산자가 방향 감각을 잃고 같은 지점을 계속 맴도는 등산 조난 용어-역주) 같기도 하지만 한밤중이나 짙은 안개 속에서 일어난 일이 아니다. 익히 알고 있는 곳에서, 딱히 악조건 상황도 아닌데 링반데룽에 빠졌을까? 그렇게 생각하기도 어렵다.

가와카미촌의 동쪽 산속에는 '요바리 계곡'이라는 이름을 가진 곳이 있다. 여기는 앞서 언급했던 아니 지역의 '너구리 계곡'과 마찬가지로 신기한 장소로 인식되고 있다. 오른쪽으로 구부러져야 하는데 이유 없이 왼쪽으로 가버리거나, 자기 이름을 누군가가 멀리서 외치고 있다는 느낌이 든다고 한다.

*

"집에 들어온 짐승은 사람의 영혼을 가지고 나간다고 할머니한테 들은 적이 있어요."

이야기를 해준 나카지마 하쓰메(中嶋初女) 씨는 가와카미촌의 민화를 모으시는 분이다. 나카지마 씨는 결혼 후 시어머니가 동물의 침입을 이상하리만큼 두려워했던 것을 지금도 기억하고 있다.

"12년 정도 전의 일이었지요. 시어머니가 엄청나게 겁에 질려 저한테 오셨어요. '저걸 당장 내쫓아버려. 집 안에 들이면 안 돼. 저건 사람의 영혼을 가지고 나가니까'라고 말씀하셨지요."

영혼을 가지고 나간다니. 느닷없이 뒤숭숭한 이야기를 들은 나카지마 씨도 덜컥 겁이 났다. 그러나 시어머니가 그런 이야기를 하는 마당에 그 말을 거역할 수도 없다….

"정말 너무너무 무서워서 그게 뭐였는지도 모르겠어요. 산달인지 족제비인지…. 어쨌든 의자 위에 올라가 긴 빗자루로 여기저기 아무 데나 마구 찔러대고 휘저었지요."

결국 그 뭔가의 정체는 알 수 없었지만, 집에서는 일단 나간 듯하다. 마침 이 시기에 나카지마 씨 댁에서는 시아버지가 병에 걸려 누워 계셨다. 시어머니는 어떤 작은 동물에 빙의해 집 안에 들어와 앓고 있는 사람의 영혼을 가지고 가버린다고 생각했던 모양이다. 시어머니는 상당히 미신을 믿는 사람으로, 발끝과 꼬리 끝이 하얀 고양이도 질색을 하며 싫어했다.

"꼬리 끝과 네 발이 하얀 고양이는 재앙을 초래한다고 하셨지요. 아이들이 얻어온 고양이를 너무 싫어했어요. 내다버리라고 난리를 치셨지요."

*

가와카미촌에서 동쪽으로 향해 나아가다 미쿠니고개(三国峠, 니가타현과 군마현의 경계인 미쿠니산맥에 있는 고개-역주)를 넘으면 사이타마(埼玉)현의 지치부(秩父)로 빠져나갈 수 있다. 겨울철에는 폐쇄되는 고개다. 그런데 이 고개를 넘기가 어지간히 어려워 상당한 난관이 되기도 하는 산악지대다. 이 일대에는 지금도 일본늑대가 살고 있다고 믿는 사람들이 있다. 그 바람에 지치부 지방에서 일본늑대의 사진을 찍었다고 때아닌 소동이 일어난 적도 있었다.

"여기서는 '승냥이님'이라고 부르지요. 승냥이님이 몸을 푸실 때가 다가오면 팥밥을 바치러 산에 올라가기도 해요. 승냥이님의 새끼를 원해 일부러 암캐를 끌고 가 산속에 한동안 묶어두기도 하고요. 그게 오늘날 '가와카미견'이라는 견종이 되었겠지요."

나라현 히가시요시노(東吉野)촌에서 마지막 일본늑대가 포획된 이후의 사건이다. 쇼와 초기까지 승냥이가 짖는 소리가 멀리서 들렸다는 다다미 지역의 이야기와 연계시켜 생각해보면 멸종 시기는 정설보다 좀 더 늦은 시기였을지도 모른다.

가와카미촌에서 산을 넘으면 나오는 지치부 지역의 미쓰미네(三峯) 신사에는 일본늑대의 모피가 보관되어 있다. 그것이 포획된 날짜도 실은 히가시요시노촌에서의 포획일보다 좀 더 이후의 일이다.

*

가와카미촌의 베테랑 엽사 이데 후미히코 씨의 이야기를 하나 더 들어보자.

15년 정도 전에 이데 씨는 도시락을 들고 개와 함께 산으로 놀러 간 적이 있다. 물론 놀러 갔다고는 해도 그냥 하이킹을 하러 갔던 것은 아니다. 개의 훈련을 겸한 산행이었기 때문이다. 제법 깊숙한 곳까지 올라갔을 때의 일이다. 갑자기 커다란 소리가 나서 이데 씨는 깜짝 놀랐다.

"덤프차였어요. 덤프차가 바로 가까이에서 달리는 소리가 나더라고요."

제법 깊은 산속이다. 이런 곳까지 덤프차가 들어오다니, 무슨 큰 공사라도 시작된 것일까? 이데 씨는 일단 그렇게 생각했다.

"정말 대단한 곳까지 들어와 공사를 하네? 그 당시엔 그렇게 생각했지요."

산속에서는 별반 이상하다는 생각을 하지 않다가 이데 씨는 귀갓길에 올랐다. 그런데 도저히 납득이 가지 않는다.

"생각하면 할수록 희한했어요. 그런 곳까지 올라갈 수 있게 길이 나 있을 리 만무하고요."

그곳은 보통 사람이 간단히 올라갈 수 있는 곳이 아니었다. 그런데도 덤프차가 요란하게 오간다고? 묘했다. 물론 공사 이야기도 들어본 적도 없었다. 너무 신기해서 이데 씨는 다시 그 장소로 되돌아가보았다. 덤프차의 진입로를 확인해보기 위해서였는데….

"아무것도 없는 거예요. 다시 가보니까요. 덤프차가 지나갈 수 있는 길 따위는 애당초 없었으니 공사 같은 게 가능하지도 않았을 거예요. 아무것도 없더라고요."

이것은 과연 너구리의 소행일까?

*

이데 씨는 집에서도 신기한 소동을 겪은 적이 있다. 어느 날 오후에 일어난 일이다. 거실에서 가족들과 쉬고 있는데….

"엄청난 소리가 들렸어요. 뭐가 막 흔들리면서 쿵쾅거렸지요. 처음엔 지진인가 했어요."

그러나 지진은 아니었다. 움직이는 것은 미닫이나 문짝 등 건물에 달려 있는 것들뿐이었다. 방을 포위하듯 격한 소리는 한동안 이어졌다.

"도대체 이건 뭐지 싶어서 매우 놀랐어요. 조금 있다가 도쿄에서 연락이 왔지요."

도쿄에 있는 병원에 입원 중이던 가까운 사람이 세상을 떠났다는 연락이었다. 거실에 있던 가족들은 임종 시각을 듣고 납득했다. 앞서 일어난 불가사의한 현상은 이를 알려주러 왔던 것이다.

*

가와카미촌에서는 도깨비불에 관한 이야기를 거의 들어보지 못했다. 그러나 다른 지역 예를 이야기하다 보니 어느 엽사가 어린 시절 겪었던 사건을 떠올려 말씀해주셨다.

"아, 그러고 보니 그런 것이라면 산에서 본 적이 있어요."

"농구공 정도의 크기였나요?"

"글쎄요, 대략 그 정도였을까요. 꼬리가 있었어요."

"꼬리요?"

그가 그것을 발견한 것은 초등학교 저학년 때였다. 친구와 놀러 갔다가 돌아오는 길에 문득 산을 보니 언뜻 빛나는 것이 보였다. 시각은 해 질 무렵으로 주위가 어둑어둑해지기 시작할 즈음이었다. 어슴푸레한 가운데 가볍게 하늘거리며 허공을 나는 모습은 마치 영화에 나오는 불덩이처럼 꼬리를 끌고 있었다.

"저건 대체 뭘까 싶었는데 지금 생각해보니 도깨비불이었을지도 모르겠네요."

원래 가와카미촌에는 도깨비불에 관한 이야기가 드물기 때문에 날아다니는 신기한 빛을 봐도 그것이 도깨비불이라는 고유명사로 이어지지 않았을 것이다.

종교 수행자의 충고

　도치기(栃木)현의 유니시(湯西)강(현재 닛코[日光]시)은 규슈에서 도호
쿠 지방에 걸쳐 수없이 존재하는 '헤이케이오추도마을(平家落人集落,
헤이케이 패잔병 생존자 마을-역주)' 중 하나다. 상세히는 모르겠으나 '겐
페이 합전(源平合戰, 중세 초기 양대 무사 세력이었던 겐지와 헤이시 세력 간의
대격돌-역주)'의 패배 속에서 간신히 목숨을 구한 헤이케이(헤이시) 가
문 측 사람들이 단노우라(壇ノ浦)에서 동해 쪽으로 흘러들어갔다가
마지막에 도착했던 곳, 이유는 알 수 없으나 그 종착역이 바로 기타
간토(北関東)의 깊은 산속이라는 말이 된다. 유니시강은 산이 험준
하고 눈도 많이 오는 지역으로 대대로 마타기에게 전수되었던 수렵
방식이 남아 있는 곳이기도 하다. 수렵이 성행했던 지역에는 이런
'오추도(패잔병 생존자-역주)' 전승이 많은데, 이는 과연 우연이라고 할
수 있을까. 이런 유니시강에서 현역 최고령 엽사인 나카야마 가쓰
라(中山桂) 씨의 이야기다.

　"여우에게 홀렸다는 이야기는 엄청나게 많지. 산에 버섯을 따러
갔다가 돌아오지 못한 사람도 있고. 마을과 산 사이를 계속 맴돌면
서 거의 하루를 돌아오지 못했다더군. 이건 아주 근처에 있는 산에
서의 이야기지. 도깨비불? 도깨비불은 묘지에 나오는 그걸 말하는
건가? 여기서는 허공에 날아다니는 것을 '불구슬'이라고 하지."

　나카야마 씨는 젊은 시절 도깨비불도 아니고 불구슬도 아닌 뭔가
와 조우한 적이 있다.

"지금은 불가능하지만 옛날에는 밤에 날다람쥐 사냥을 하러 산에 오르곤 했다네."

한밤중에 하는 날다람쥐 사냥, 요컨대 야간 사냥이다.

나카야마 씨는 어느 가을 밤, 친구와 둘이 야간 사냥에 나섰다. 낙엽으로 가득한 만추의 숲은 별빛이 희미하게 쏟아지는 고요한 공간이었다. 야간 사냥의 첫 단계는 둘이서 회중전등으로 나무 위를 비추며 사냥감을 찾는 것에서 시작된다. 날다람쥐가 있으면 눈알에 손전등이 순간적으로 반짝 빛나며 반사하기 때문에 대략 어디에 있는지 알 수 있다.

"이봐, 저기 있네."

"어디? 그럼 이번엔 자네가 쏘게나. 내가 전등을 들고 있을 테니."

이렇게 두 사람은 밤의 숲을 거닐며 여덟 마리의 날다람쥐를 잡을 수 있었다.

"자네, 아직 탄알 있나?"

"아니, 없지."

"그럼 이제 그만하고 돌아가지."

시각은 오전 2시였고, 가지고 있던 탄알도 바닥이 났다. 이쯤에서 마치는 게 좋겠다며 두 사람은 산에서 내려오기 시작했다. 그 도중에….

"어라? 저건 뭐지?"

친구가 손가락으로 가리키는 쪽으로 나카야마 씨가 시선을 돌리자 푸른빛이 보였다. 산 위쪽에서 움직이면서 서서히 이쪽으로 향해 다가오는 것이 보인다.

"빛, 이네…."

그 빛은 산 위에서 계곡 쪽으로 내려간다. 그러나 직진으로 똑바로 내려오는 것이 아니라 주변의 나무 사이를 마치 바느질하듯 누비는 동작을 보이며 내려온다. 여태까지 봤던 불구슬과는 확연히 양상이 달랐다.

"엄청나게 컸지. 파랗게 빛이 나고. 이 정도쯤 되었을까."

나카야마 씨에 따르면 1m 정도의 크기였다고 한다. 그런 빛이 약 20m 높이에서 허공에 둥둥 뜨면서 가까이 다가오는 것이다. 놀란 이유는 크기만이 아니라 그 밝기 때문이었다.

"주위가 온통 나무며 잎사귀까지 파랗게 변하는 거야. 그런 빛이 자꾸만 가까이 다가왔던 거지. 탄알이 없으니 총으로 쏠 수도 없고, 정말 무서웠어."

거의 바로 머리 위까지 온 수수께끼의 푸른빛이 두 사람을 비췄다. 서로가 서로에게 파랗게 보였을 무렵, 두 사람은 서로 손을 마주잡고 눈을 꼭 감은 채 부들부들 떨고 있었다.

"무서워서 눈을 뜰 수도 없었지. 그냥 둘이서 서로 손을 꼭 붙잡고 있을 수밖에."

조금 시간이 흐르자 주위가 어두워지는 것을 느낄 수 있었다. 놀라서 조금씩 눈을 뜨자 그 푸른빛은 자신들을 지나쳐 산의 더 아래쪽으로 내려가고 있었다.

"그건 아직까지도 모르겠어. 도대체 뭐였을까? 어쩌면 그거야말로 UFO가 아니었을까 싶지만."

    *

유니시강은 자동차 문화를 영위하고 있는 오늘날에서는 자칫 불편하기 짝이 없는 산골짜기라고 간주되곤 하지만, 옛날엔 그렇지 않았다. 산속이 실은 최단 코스가 되었고, 다양한 사람들이 그 길을 오고갔다.

"군마현 방면으로 향하는 사람도 이 산을 넘어서 갔거든."

지도에서 확인해보니 정말로 군마현으로 향하는 최단 코스는 산을 넘는 길이었다.

78년 전 어느 해 질 녘, 많은 사람들이 오고가는 유니시강에서 홀로 유랑하는 종교 수행자가 그 모습을 드러냈다. 수행자는 하룻밤 머물 곳을 찾아 어느 엽사 집 앞에 섰다. 사연을 들은 엽사는 친절하게 수행자를 집으로 안내해 소박하게나마 정성껏 대접했다. 마침 그 집에서는 '오시치야(お七夜, 아이가 태어난 지 7일째 되는 날)'를 맞아 단란하게나마 축하의 자리를 마련하고 있었다. 그런데 엽사에게는 근심거리가 있었다. 갓 태어난 아이가 젖을 제대로 **빨지** 못했기 때문이다.

"태어난 지 아직 7일밖에 안 되었는데 혹시 몸이 너무 허약한 게 아닐까요?"

질문을 받은 수행자는 젖을 **빠는** 아이의 얼굴을 한동안 물끄러미

바라보더니 아이의 이름을 물었다.

"그 수행자가 말하기를 이 아이는 몸이 약해서 무사히 클 수 없다는 게야. 오래 살려면 이름을 바꾸라고 하기에 '게이조'인지 하는 최초의 이름을 '가쓰라'로 바꿨다더군."

이리하여 수행자의 충고로 이름을 바꾼 아기는 78세가 되어도 산속을 종횡무진 뛰어다니며 직접 쏴서 잡은 곰의 숫자가 머지않아 100마리가 된다는 것이다.

"덕분에 너무 건강해서 골치가 아플 정도구만."

과거 산속에는 다양한 인연이 있었던 모양이다.

III 영혼과의 해후

돌아오지 않는 자

산에 가면 공기가 상쾌하고 경치가 좋아 대부분의 사람들이 기분이 좋아진다. 숲속을 거닐면 수많은 생명에 에워싸여 활력을 얻고 치유된다고 느끼기도 한다.

실제로 많은 동물, 식물, 곤충 그리고 미생물이 엄청나게 존재하는 곳이 바로 산이다. 그리고 그것은 동시에 엄청나게 많은 죽음 역시 존재한다는 증거다. 생과 사는 항상 같은 숫자다. 그 속에 포함되는 인간 역시 마찬가지로 삶과 죽음을 안고 있는 존재다.

이제부터 시작될 여러 편의 이야기는 이름과 장소를 밝히지 않도록 하겠다. 불과 몇 년 전에 일어난 일이었고, 유족분들이 현지에서 아직 살아 계시기 때문이다.

*

가을도 깊어갈 무렵, 도호쿠의 어느 지방에서 두 남성이 버섯을 따러 산에 올랐다. 그곳은 자신들이 사는 곳에서 무려 40km 이상 떨어져 있었지만, 매년 버섯을 따러 가는 곳이기에 익히 알고 있는 산이었다.

아침 일찍 현장에 도착한 두 사람은 커다란 폭포로 향하는 임도 어느 지점에 차를 세워놓고 계곡을 지나 건너편 경사면으로 사라졌다. 그러나 당일치기로 돌아올 예정이었던 두 사람은 아무리 시간이 흘러도 산에서 내려오지 않았다.

다음 날 걱정스러워진 가족들이 해당 지역 경찰서에 연락하고 자신들도 현지로 향했다.

"항상 다니던 산이어서 괜찮을 것 같지만 그래도 걱정은 되는군."

"그 뭐냐, 다리를 다치거나 해서 어딘가에서 철야를 하고 있겠지. 걔들은 괜찮을 거야."

고조되는 불안감을 애써 잊으려는 듯, 다들 조금이라도 밝은 이야기를 꺼내며 행동거지도 애써 침착하게 하고 있었다.

현지에 도착하자 해당 지역 경찰과 산에 대해 정통한 엽사들이 이미 모여 있었다. 항상 두 사람이 자주 가는 장소를 전해주고 나자 가족들로서는 수색이 진전되기를 기다리는 수밖에 달리 방도가 없었다.

정보는 그날 안으로 전달받았다. 커다란 폭포로 향하는 임도 중간에 그들의 것으로 추정되는 차가 세워져 있다고 한다. 가족들은 이젠 괜찮을 거라고 확신하고, 차를 확인하러 서둘러 그곳으로 향한다.

"아, 맞아요. 틀림없이 우리 차가 맞아요."

좁은 임도에 아슬아슬하게 차가 서로 스쳐 지나갈 수 있는 스페이스가 있었고, 거기에 낯익은 차가 세워져 있다.

"그렇다면 여기에서 계곡을 향해 내려간 것이로군요. 그럼 가볼까요. 우릴 기다리고 있을 테니까요."

다부진 현지 엽사들의 믿음직스러운 등을 응시하며 가족들은 오로지 기도하는 심정이었다. 그들의 모습이 반대편 경사면의 너도 밤나무 숲으로 사라져도 가족들은 좀처럼 그 자리를 떠나려고 하지 않았다.

"여기서 마냥 기다리고 있을 수도 없으니 일단 숙소로 돌아가자."

가족들은 내키지 않는 발걸음으로 못내 아쉬워하며 마을로 내려 갔다.

어둠이 내린 후에야 엽사들은 산에서 내려왔다. 그러나 두 사람의 모습은 보이지 않는다.

"어떻게 된 거지요?"

다그쳐 묻는 가족들에게 연배의 엽사가 말했다.

"제법 깊숙이까지 가봤지만 아무것도 발견하지 못했어요. 계곡에 떨어졌을지도 모르니 내일 인원을 더 늘려 위와 아래에서 찾아봐야 겠어요. 그러니 너무 걱정하지 마셔요."

그렇게 말하고 나서 엽사들은 자기 집으로 돌아갔다. 남겨진 가족들은 같이 돌아갈 기대에 부풀어 있던 참이라 낙담했고, 개중에는 그 자리에서 주저앉아버린 사람도 있었다.

다음 날도, 그리고 그다음 날도 수색은 이어졌다. 가족들도 두 사람 정도 현지에 남아 수색 상황을 살폈다. 아름다웠던 단풍도 시들어가더니 이윽고 그것마저 거의 다 지고 말았다. 언뜻언뜻 흩날리던 눈발이 언제 산 정상을 휘감아버려도 이상하지 않을 것이다. 폭설이 내리는 계절이 성큼 다가오고 있었다. 더 이상의 수색이 이미 어려워지고 있었던 것이다.

눈이 많이 오기로 유명한 현지의 산은 익숙한 엽사라도 호락호락 들어갈 수 있는 곳이 아니다. 늦은 봄 이후 눈이 녹기 시작하는 5월 초순까지는 도저히 산속 깊숙이까지 들어갈 수 있는 상태가 아니다.

행방불명자 가족들은 아직 눈이 사라지지 않았는데도 현장에 와서 현지 엽사들과 이야기를 나누고 있었다. 3월의 해금일부터는 계류 낚시를 즐기는 사람들이 찾아온다. 그들이 가장 먼저 산에 올라가는 무리들이다. 가족들은 그런 사람들에게 보여줄 요량으로 직접 만든 포스터를 역이나 료칸, 길거리 정류장에 붙이러 돌아다녔다. 거기엔 산에서 두 사람이 나란히 찍었던 사진이 게재되어 있었다. 평소 두 사람이 산에 갔을 때의 스타일을 보여주는 사진이었다. 이게 가장 알아보기 쉬울 거라고 가족들은 생각했다.

그러고 나서 수년이 흘렀다. 결국 그들은 산에 들어간 채 돌아오지 않았다. 행방불명이 되고 나서 2년 동안은, 매주 주말마다 가족들이 찾아와 엽사들과 산으로 수색하러 갔던 것을 나도 여러 번 봤다. 붙여진 포스터 속의 두 사람의 모습이 점점 바래져간다. 어느 사이엔가 그것마저 없어졌고, 매주 오가던 가족들의 모습도 더 이상 볼 수 없었다. 할 수 있는 만큼은 했다는 생각이, 그런 생각이 드는 시간이 이미 지나갔을 것이다.

수색에 매주 합류했던 엽사들은 이상하다는 듯이 말했다.

"그렇게 깊숙이까지는 가지 않았을 텐데. 잎새버섯을 노린 것은 아니니까 상당히 가까울 거라고 생각했는데 전혀 찾을 수 없더라고. 보통은 무슨 단서가 있는데."

눈에 파묻혔다면 봄이 왔을 때 눈이 녹으면서 혹여 하류로 떠내려 갔을지도 모른다. 그래도 신발이나 비닐로 된 바구니는 썩지 않고 남기 마련이다. 모든 것이 하류까지 흘러가버렸을 가능성이 없진 않지만 좀처럼 생각하기 어렵다. 심지어 혼자가 아니라 둘이다. 혼자 가는 산행은 위험하지만 두 사람이라면 좀 더 안전성이 확보되기 마련이다. 두 사람이 동시에 꼼짝 못 할 사태에 휘말려버린 것일까. 도대체 그들은 마지막으로 무엇을 봤을까. 그것에 대해서는 아무도 모른다.

죽은 자의 미소

가을의 즐거움은 역시 버섯이다. 특히 광엽수 숲은 다양한 버섯
이 넘쳐나는 보고다. 매년 이 시기를 기대하는 사람이 적지 않다.

요코하마에 사는 어느 부부는 고향을 떠난 지 40년 가까운 세월
이 흘렀지만, 매년 이 시기에 버섯을 따러 고향으로 들르는 것이 여
전히 두 사람의 소중한 이벤트였다. 따라서 차로 무려 8시간 정도
걸리는 길쯤은 이미 익숙한 노정이었다.

"할머니 말씀으로는 올해 '참바늘버섯'이 아주 많다더군."

"여름이 더워서 그런가?"

일본어로 '브나카노카(ブナノカ)'라고 불리는 참바늘버섯의 정식
명칭은 '브나하리타케(ブナハリタケ, Mycoleptodonoides aitchisonii)'라고
하는데 쓰러진 나무에서 군생하는 버섯이다. 새하얀 개체가 숲속에
서 한층 빛나 보이는 어여쁜 버섯이다. 조림으로 해서 먹으면 맛이
그만이다.

해 질 무렵 두 사람이 본가에 도착한 당일에는 친지들과의 흥겨운
술자리가 기다리고 있었다. 즐거운 시간을 보내고 모처럼 본가에서
푹 쉬었다.

다음 날 아침 부부는 준비를 마치고 산으로 향했다. 북측 경사면
계곡 길로 들어가기 시작했다가 어느 정도쯤에서 숲속으로 진입했
다. 좋아하는 버섯 산행 코스다. 30분 정도 걸려 능선 길로 나왔다.
누워 있는 나무에 걸터앉아 흐르는 땀을 닦고 페트병에 담긴 차로

한 모금 입을 축였다.

"올 단풍은 별로 예쁘지 않네."

"9월 들어서도 계속 더웠으니까."

버섯 산행은 당연히 버섯을 채취하는 것이 최대 목적이지만, 이렇게 부부끼리 오붓하게 산에 오르는 것도 즐거운 시간이었다.

능선 길에서 반대 경사면으로 내려가던 도중, 부부는 참바늘버섯의 군생지를 발견했다.

"이봐, 여긴 제법 있군."

"정말 그러네. 대단하네. 할머니 말씀대로네."

두 사람은 정신없이 나무에서 참바늘버섯을 따기 시작한다. 참바늘버섯은 하얀 산호처럼 여러 겹으로 겹쳐져 자라난다. 수분을 듬뿍 머금은 단단한 스펀지 같은 버섯이다. 채취한 다음에는 세게 누르면서 자루에 넣는다. 제법 거칠게 다뤄도 무방한 버섯이다. 부부는 이곳에서 딴 것만으로도 상당한 양의 참바늘버섯을 얻을 수 있었다. 이후 몇 군데 더 찾아보았지만 그다음에 발견한 곳에서는 약간의 양밖에는 딸 수 없었다.

"자, 슬슬 오늘은 이만 돌아갈까?"

오후 2시가 지났을 무렵 산에서 내려가기로 했다. 정오 무렵부터는 거의 딸 수 없었지만, 그래도 류색에는 거의 하나 가득 참바늘버섯이 들어 있었다.

"아, 무겁네. 제법 양이 되겠어, 이건."

"여보, 당신 괜찮아? 허리도 안 좋으면서."

"이 정돈 끄떡없어! 버섯을 지고 나서 외려 더 좋아졌구만!"

가볍게 서로 이야기를 주고받으며 두 사람은 하산하기 시작했다.

조금만 더 가면 계곡가로 나갈 수 있는 곳까지 왔을 때다.

"이봐, 저거, 저기에도 있네."

남편이 가리키는 쪽을 보자 분명 참바늘버섯처럼 보이는 버섯이 보였다.

"이제 됐지 않을까? 이 정도 땄으면? 지금도 엄청 많아."

"무슨 소리 하는 거야. 차까지는 30분도 안 걸릴 텐데. 기어라도 갈 수 있으니 괜찮아."

이리하여 부부는 마지막 버섯 따기를 시작했던 것이다.

그곳에 있던 참바늘버섯은 따도 따도 줄지 않았다. 엄청난 군생지였기 때문이다. 두 사람의 륙색에 눌러 담을 수 있는 만큼 눌러 담은 후 가지고 왔던 커다란 비닐봉지에 대량의 참바늘버섯을 넣었는데도 버섯은 아직 지천으로 남아 있었다.

"아까워 죽겠네."

"어쩔 수 없지. 우리 다음에 온 사람이 따겠지."

부부는 가득 찬 륙색과 거대한 비닐봉지를 껴안고 차로 향했다.

이변이 일어난 것은 차를 세워둔 임도로 가는 곳까지 거의 다 왔을 무렵이었다.

"이봐, 더 이상 움직이지 못하겠어."

그렇게 말하더니 남편이 자리에 주저앉아버렸다. 이런 일은 처음이었다.

"무슨 말이야? 기어서라도 갈 수 있다더니."

"이거 참 야단났네. 몸이 전혀 움직이지 않네. 사람 좀 불러줘."

지금까지 한 번도 본 적 없는 남편 모습에 비상사태를 감지한 사모님은 차가 있는 곳까지 달려가서 그대로 마을로 내려갔다.

그러고 나서 두 시간 정도 지나 몇 명의 소방대원과 함께 사모님이 돌아오자 그곳에 남편의 모습은 없었다. 이상했다. 전혀 움직일수 없다던 남편은 대체 어디로 가버린 것일까.

"설마…."

사모님이 소방대원을 안내한 곳은 아까 남편과 같이 갔던 참바늘버섯 군생지였다. 다들 숨죽여 어두컴컴해진 숲속을 응시해보니 누워 있는 사람의 모습이 보였다.

"이게 대체 무슨 일이지…."

가까이 다가간 소방대원 중 한 사람이 중얼거린다.

미처 다 따지 못한 참바늘버섯 군생에 둘러싸여 남편은 숨을 거둔 상태였다. 비닐봉지에서 엄청난 양의 참바늘버섯이 넘쳐 나와 몸이 마치 하얀 꽃에라도 파묻힌 모양새였다.

"웃고 있는 거야?"

그러고 보니 분명 평온하고 만족스러운 표정이었다. 소방대원들이 남편의 유해를 들어 올리자 새하얀 참바늘버섯이 우수수 떨어졌다.

"저, 죄송하지만, 그 버섯을 가지고 가주실 수 있을까요?"

자기 남편이 죽은 마당에 지금 버섯이 문제가 아닐 텐데, 사모님은 침착한 표정으로 말하는 것이었다.

"아니, 하지만 사모님….."

"이 사람이 마지막까지 최선을 다해 모았으니 가지고 가주셨으면 좋겠네요. 부탁드려요."

서로 얼굴을 마주 보면서 단원들은 사방으로 흩어진 참바늘버섯을 주워 봉지에 담아 남편의 몸과 함께 마을로 향했다.

"정말 해괴한 이야기지. 그 판국에 버섯이라니. 하지만 결국 모조리 잘 가지고 내려왔다더군."

근처에 사는 사람의 이야기다. 가지고 돌아온 엄청난 양의 참바늘버섯은 소방대원이나 이웃 사람들이 골고루 나눠 가졌다.

마중 나오는 사람

그날은 마을에 경사스러운 일이 있어 C 씨는 가까운 친구들의 집을 돌아다니며 연신 술을 마시고 있었다. 술집도 없는 산속 마을에서는 이렇게 각 집을 돌아다니며 2차, 3차로 술판을 벌이는 것이 예로부터의 습관이었다. 밤도 상당히 깊어졌을 무렵, C 씨는 친구들에게 업혀 자기 집으로 돌아왔다.

"어머나, 어머나. 이렇게 마시다니, 정말 못 말린다니까. 여보, 정신 좀 차려요. 정말… 히로시 씨, 정말 미안해요."

사모님은 남편을 데리고 온 히로시에게 감사하다는 말을 전하고, 술이 떡이 된 남편을 가까스로 이불 근처까지 끌고 갔다.

한밤중의 일이다. 사람이 이야기하는 소리가 들려 아내의 눈이 떠졌다.

"어머? 누가 왔나? 설마 또 술 마시러 나가는 건 아니겠지?"

남편의 친구가 술 마시자고 찾아온 게 틀림없다고 생각하며 아내는 자리에서 일어난다. 그런데 막상 일어나 보니, 이미 남편의 모습은 이불에서 사라져 있었다.

"어머나? 벌써 어디 나간 거야?"

조금 화도 나고 이참에 가만두지 않겠다며 벼르고 현관까지 갔는데, 어라? 남편의 신발은 그대로 있었다. 하지만 현관은 열려 있었고, 바깥으로부터 차가운 바람이 들어오고 있다.

"신발도 안 신고 나간 거야, 이런 술주정뱅이 같으니라고!"

뒤를 쫓듯 바깥으로 나간다. 달빛이 쏟아지는 가운데 마을의 모습이 한 손에 잡힐 듯이 보였다. 하지만 한밤중이다. 친구 집을 찾아갈 수도 없는 노릇이다. 한참을 서 있었지만 춥기도 해서 집에 다시 들어가려고 했을 때, 문득 해괴한 것을 발견했다.

"뭐지, 이건?"

현관 옆에는 아담한 화단이 만들어져 있었다. 거기에는 할머니가 정성껏 길렀던 꽃들이 심어져 있을 것이다. 그런데….

"어째서 아무것도 없는 거지?"

희한하다고 여겨져 다시 살펴보니 대부분의 꽃이 뿌리째 뽑혀 있었다.

"누구지? 누가 이런 짓을 한 거야?"

놀라는 동시에 분노가 치밀어 올랐지만, 곰곰이 생각해보면 해 질 무렵까지는 틀림없이 꽃이 피어 있었다. 그런 사실이 뇌리에 떠오르자….

"설마 그 인간이…."

아무리 술에 취했다고는 해도 이런 난폭한 짓을 할 사람은 아니다. 누구보다 잘 알고 있다. 하지만 이건 아무리 봐도 조금 전에 뽑힌 것처럼 보인다.

"그 인간이 한 짓이라면 절대로 용서 못 하지."

결국 아침까지 기다렸지만 남편은 끝내 돌아오지 않았다.

아침이 밝고 나서 조금 지난 후, 마을 전체가 소란스러워졌다. C 씨가 발견되었기 때문이다.

"너무 놀랐어. 논 한가운데 누가 있는 것 같더라고. 한참을 살펴보니 사람이 누워 있는 게 아니겠어? 깜짝 놀라 도와주러 가봤더니 C 씨더라고."

C 씨는 이제 막 써레질을 마친 자기 논 안에서 엎드린 자세로 반쯤 논에 묻혀 쓰러져 있었다. 물론 이미 숨은 멎어 있었다. 맨발에 잠옷 차림이었다. 그런데 손 안에는 꽃을 가득 꼭 쥐고 있었다. 그것은 할머니가 정성을 쏟아 꽃을 피웠던, 그 화단의 꽃이었다.

"그건 여우 때문이라고 말하는 사람이 많지만, 난 그렇게 생각하지 않아."

이렇게 말하는 사람은 C 씨를 집까지 바래다주었던 히로시 씨다.

"그때 C 씨는 현관 앞에서 넘어진 거야. 상당히 취한 상태였거든. 그때 머리를 부딪친 거지. 난 확실히 봤거든. 그것 때문에 머리가 이상해져서 해괴한 일이 생긴 거야. 여우 때문이 아니라니까."

*

이와 비슷한 이야기는 다른 지역에도 있다.

역시 술을 마신 주민이 행방불명이 되어 난리가 났고, 다들 찾아봤더니 마을 외곽에 있는 저수지에 들어가 있었다. 그 사람은 다행히 살아 있긴 했지만 그를 끄집어낸 사람들은 매우 놀랐다고 한다. 그의 입 언저리가 새빨개져 있었기 때문이다. 누군가가 립스틱을 발라놓은 게 분명한데 누가, 대체 무슨 이유로 그렇게 했는지 전혀 알 수 없다. 물론 본인은 립스틱은커녕 저수지에 들어간 것조차 기억하지 못한다.

*

앞에 나온 이야기와 마찬가지로 한밤중에 느닷없이 사람이 없어지는 예는 각지에서 들을 수 있었다. 대부분은 술이 개입되어 있지만 개중에는 가슴 아픈 사고도 있다.

어느 마을에서 중학생이 한밤중에 갑자기 집에서 사라졌다. 집 주변을 뒤졌지만 어디에서도 그 모습을 찾아볼 수 없었다. 다음 날 아침이 되어 소방대와 학교 관계자가 모여 일제히 수색에 나섰다. 엄동설한의 산속, 집 주변에는 제법 눈이 쌓여 있었는데 거기에는 분명한 흔적이 있었다. 발자국이었다. 그 발자국을 따라가보니 가까운 숲을 관통해 계곡으로 이어지고 있었다.

"한밤중에 이런 곳을 걸어서 갔던 거야? 회중전등도 없이?"

"이봐, 이건 여우의 소행이 아닐까?"

발자국을 따라가면서 서로 소곤거리는 단원들도 있었다.

계곡 근처까지 오자 계곡 주변 도로를 따라 상류를 향해 걸어간 발자국이 한동안 이어진다. 그리고 빨간색으로 칠해진 큰 다리 쪽으로 향하고 있었다.

"다리를 건너 산으로 올라갔나?"

"그건 아니겠지. 한밤중이잖아. 아무리 그래도 설마 산에 올라갔겠어?"

그 생각대로였다. 중학생의 발자국은 큰 다리 중간 정도에서 멈춰 있었다.

"설마⋯."

다리 난간에 쌓인 눈은 그곳만 유독 손으로 털어낸 흔적이 남아 있었다. 다리 아래를 살펴보았지만 아무것도 보이지 않는다. 그러나 다리에서 뛰어내린 것이 분명했다. 계곡 안을 집중적으로 수색한 결과 중학생의 유해는 조금 내려간 폭포 근처의 용소에 가라앉아 있었다. 잠옷 바람에 맨발, 집을 나올 때 신고 있었다고 생각되는 샌들은 눈 속에서 발견되었다.

"그런 추운 겨울밤, 샌들만 신고 보통은 안 나간다니까. 게다가 잠옷 바람이라니. 유서도 없고 학교에서도 딱히 문제가 없고. 그럼 왜⋯."

이유는 누구도 알 수 없다. 어쩌면 본인조차 모를지도 모른다.

내비게이션의 책략

개인적인 일이라 송구스럽지만 산에 올라가면 역시 때때로 신기한 일을 겪는다. 이른바 영감도 없고, 뭔가가 보이는 체질도 전혀 아니다. 그런 부류의 경험과는 오히려 인연이 먼 쪽이다…. 산만 아니라면.

취재 때문에 단바사사야마(丹波篠山, 효고현 동쪽에 있는 시-역주)를 방문했을 때의 일이다. 아침부터 사냥터 취재가 진행되었고, 저녁 무렵에 해산하게 되었다.

"호텔까지 가는 길, 아십니까?"

현지 엽사가 물었지만 내비게이션이 있으니 괜찮다고 답했다. 그러냐고 하더니 모두 순식간에 사라져버렸다. 재료를 보관해두는 헛간에 아무도 없다. 어둠이 깔리기 시작한 헛간에서 내비게이션 스위치를 튼다. 그제야 생각이 났다. 호텔 이름이나 전화번호를 써둔 프린트를 그 호텔에 두고 왔다. 아뿔싸. 심지어 호텔의 이름조차 도저히 생각이 나지 않는다.

"어라? 뭐였더라? 그 호텔 이름이…."

한동안 생각해보았지만 한 글자도 떠오르지 않았다.

난처하네. 일단은 아사고(朝来, 효고현 북쪽에 있는 시-역주) 중심지까지만 진입할 수 있으면 어떻게든 될 거야. 그렇게 생각하며 내비게이션 지도를 펼친다. 맨 처음 눈에 들어온 것은 소방서였다.

"일단 여기까지 가면 길을 아니까 괜찮겠지."

목적지를 아사고 소방서로 설정하고 완전히 어둠이 내린 현도(県道)로 나가 달리기 시작했다.

'다음 교차점에서 오른쪽입니다. 그다음은 직진입니다.'

네네, 알겠습니다. 내비게이션의 분부대로 어두운 길을 달린다. 도착 시간을 확인하자 1시간 정도면 도착할 듯했다.

"오늘은 정말 긴 하루였어. 역시 힘들군. 빨리 호텔에 들어가 맥주나 마셔야겠다."

아침에 호텔을 나와 어느덧 12시간이 지나고 있었다.

'다음 교차점에서 왼쪽입니다'

왼쪽? 어라? 현도는 직진인데….

'다음에서 오른쪽입니다'

내 머릿속에서는 현도를 직진하면 아사고 방면으로 나아갈 거라고 생각했는데 내비게이션은 왼쪽으로 돌라고 한다. 방향으로 치자면 틀린 말은 아니기 때문에 지름길이라도 있나 싶었다. 일단 내비게이션의 지시에 따른다. 달리고 있는데 농로인 것 같다. 좌우로 논이 펼쳐져 있다.

'다음에서 오른쪽입니다. 그다음 왼쪽입니다.'

농로 옆에 있는 강을 건너 왼쪽으로 구부러지자 작은 마을로 들어갔다. 이렇다 할 빛도 없고 상당히 후미진 곳이다. 그 앞을 다시 한 번 왼쪽으로 구부러져 나아가자 점점 길이 좁아지는 것을 알 수 있었다. 옆은 계곡이다. 삼나무 숲 안으로 들어가자 제법 경사가 급해지더니 도로 폭도 더 좁아진다.

"이상하네, 임도로 들어와버렸네."

'잠시 이 길로 쭉 직진하세요'

내비게이션의 지도를 확인해보니 분명 방향은 아사고 시내를 가리키고 있는 것 같았다. 반신반의하며 5분 정도 나아간다. 비포장 임도는 차가 살짝 스쳐 지나가는 것도 힘겨울 정도로 폭이 좁아지고 있었다.

"정말 이상하네. 분명히 이상해."

너무 이상해서 일단 차를 멈추고 내비게이션을 확인해본다. 이 길이 어디로 이어지는지 확대해도 어디로 가는지 모르겠다.

문득 불길한 느낌이 들어 그대로 후진한다. 아주 조금 여유가 있는 곳에서 수차례 핸들을 돌려 간신히 유턴을 했다. 칠흑 같은 임도에서는 오로지 차량 라이트만 믿고 운전해야 한다. 그 라이트에 안개 덩어리가 문득 쏴아~ 하며 숲속으로부터 흘러온다. 이것도 매우 섬뜩한 모양새로 차에 부딪치는 것이다. 양손에 소름이 돋는 것을 알 수 있었다.

"침착해, 침착하라고."

스스로에게 몇 번이고 말하고 또 말해본다. 바로 옆은 가드레일조차 없는 계곡이다. 여기서 떨어지면 도대체 누가 도와준단 말인가.

작은 마을을 빠져나온 후 논으로 나와 애당초 달리기 시작했던 현도로 돌아왔을 때는 진심으로 마음이 놓였다. 가슴을 쓸어내리는 동시에 내비게이션의 스위치를 껐다. 내비게이션에서 유턴해서 돌아가라고 끊임없이 음성이 흘러나오고 있었기 때문이다.

현도를 통해 아무 일 없이 금방 아사고로 가는 길을 알 수 있었다. 그대로 무사히 호텔에 도착했다.

호텔방에 들어오자 급히 들이켜던 맥주도 마시다 말고 일단 컴퓨터를 켰다. 도대체 그 길이 어디로 향하는지 확인해보고 싶었기 때문이다. 인터넷 지도를 꺼내 확대해간다.

"이게 현도잖아. 고메리(コメリ, KOMERI, 전국적인 규모의 대형마켓 체인점-역주)가 여기니까 그 직전에서 왼쪽으로 들어갔다는 말인데…."

지도상으로 아까 갔던 길을 더듬어본다. 농로에서 마을, 기억하고 있는 지명과 분명히 일치한다. 여기가 틀림없다. 왼쪽으로 계곡, 이 부근부터 임도로 들어갔는데…. 그 위는…?

지도를 확대하면서 스크롤해가다 보니… 막다른 지점? 그곳은 700m 정도 되는 산의 정상이었다. 물론 어디에도 빠져나갈 수 있는 길은 없었다.

시바촌에서

미야자키(宮崎)현의 시바(椎葉)촌은 야나기타 구니오(柳田國男)가 민속학의 전체적인 윤곽에 대해 착상을 얻은 곳이다. 이 때문에 촌에는 '민속학 발상지'라는 기념비가 세워져 있다. '요카구라(夜神樂, 조상신을 모셔놓고 밤새도록 봉납하는 가쿠라[神樂]-역주)'나 현지 엽사들의 예법을 보면 이 지역에는 오래전 일본이 간직했던 모습이 여전히 남아 있음을 느낄 수 있다.

나는 시바촌을 두 번에 걸쳐 방문했는데, 어째서인지 그때마다 내 비게이션이 묘해진다. 첫 번째는 후쿠오카 공항에서 빌린 렌트카로 방문했을 때다. 취재를 마치고 시바촌에서 좀 더 미야코노조(都城, 미야자키현에서 두 번째로 인구가 많은 주요 도시-역주) 방면으로 이동하기 시작했다. 촌의 중심에서 멀어지자,

'다음에서 오른쪽입니다.'

산속이기 때문에 길은 단순하다. 삼거리 교차점을 오른쪽으로 돌아 다리를 건너 좁다란 산길을 구불구불 올라간다. 도중에 바로 그 '민속학 발상지'라는 기념비가 있었기 때문에 잠깐 구경을 하고 나서 계속 전진했다.

'한동안 직진입니다.'

분명 그럴 것이다. 급경사면에 매달려 있는 형국의 임도에 또 다른 루트가 있을 리 없다. 달리면서 잠깐 계기판을 보자 가솔린이 별로 남아 있지 않았다.

"음…, 산까지는 넘을 수 있겠지만…."

내비게이션으로 도착 시간을 확인해보니, 어라? 묘하다. 출발하고 나서 20분 이상 지났을 텐데 도착 예정 시각에 전혀 변화가 없는 것이다. 이상하기 그지없다. 그러고 보니 내비게이션도 한동안 침묵하고 있다. 설마…. 조금 있으면 무슨 말이든 나오겠지 싶어서, 그러고 나서도 계속 달리기를 무려 20분.

"응? 이건 뭐지?"

결정적인 사실을 알아차렸다. 내비게이션의 화면이 거의 작동하고 있지 않은 것이다. 현재 위치를 알려주는 포인트가 미세하게 움직이는 정도다. 화면은 10분 전과 전혀 변함이 없다. 그렇다고 위성 시스템이 작동하지 않은 것도 아니다. 이대로 직진하면 위험하다고 느껴져 그대로 돌아 나왔다. 다리 부근까지 돌아오자 내비게이션이 정상적으로 작동하기 시작해 결국 무사히 미야코노조에 도착했다.

*

다음은 구마모토 공항에서 렌터카로 시바촌을 향했던 때다. 가장 후미진 곳에 있는 '마에(尾前) 마을'의 민박집을 등록했는데 촌에 들어오고 나서 조금 시간이 흐르자 아무것도 없는 곳에서 갑자기 안내 화면이 멈춰버렸다.

"잉? 여긴 어디지?"

민가가 두어 채 정도 있을 뿐, 사람의 그림자라곤 보이지 않는다.

어찌 된 것인지 영문을 알 수 없다. 일단 차에서 내려 잠깐 서 있자 경트럭이 다가왔다. 짐칸에 개를 싣고 있는 엽사였다. 그에게 민박집이 있는 곳을 물어보았다. 완전히 정반대로 와버렸다는 사실을 알게 되었다. 민박집에 도착해 그 사실을 여주인(이른바 '오카미[女将]'-역주)에게 이야기하자….

"어머나, 그러셨어요? 다른 손님들도 자주 그렇게 말씀하신답니다. 내비게이션도 무용지물이라고요. 찾으시다가 중간에 전화가 걸려와 여기가 어디에 있냐고 항상 물어보곤 하시지요."

텐트 주변에는

이것도 개인적인 이야기라서 말씀드리기 송구하다. 나는 아니 지역 마타기 취재를 사반세기 이전부터 계속 해오고 있다. 처음엔 취재비도 없는 상태로 텐트를 치고 산속에서 자곤 했다.

자주 이용했던 것은 아라세(荒瀬) 마을에서 아니 스키장으로 향하는 길의 중간 부근이었다. 이 라인은 아니 광산의 중심이었다. 스키장 주변까지 많은 갱도가 있었다. 지금도 채굴 현장의 지명이나 도롯코열차(소형 화물차-역주) 궤도 흔적을 여기저기서 발견할 수 있다. 예컨대 광산에서 나오는 다량의 잔토가 골짜기를 메운 흔적이 있으며, 그 부근이 제법 넓은 공터를 이루고 있다. 이곳은 종종 창포원에서 이벤트를 실시할 때 임시 주차장으로 사용되기는 하지만, 이벤트 철을 제외하면 아무도 찾지 않는 한적한 장소라고 할 수 있다.

어느 가을 날 평소처럼 그곳에 텐트를 친 다음 취재에 나섰다. 저녁 무렵까지 일을 하고 야영장으로 돌아와 밤에는 모닥불을 피워놓고 소주를 데워 마시곤 했다. 밤 9시가 지나면 텐트에 기어들어가 취침 태세에 돌입하는 것, 이것 역시 일과였다.

딱딱한 땅바닥에 얄팍한 우레탄 매트를 깔아봤자 잠자리가 편할 리 만무하다. 기분 좋게 잠드는 경우는 거의 없다. 가끔씩 설핏 잠이 드는 정도다. 몇 시쯤이었을까? 무슨 소리가 나서 얕은 잠에서 깨어났다.

'부스럭 부스럭'

텐트 바로 옆에서 들리는 소리는 무슨 발소리 같았다.

"너구리라도 왔나? 뭐지?"

발소리는 내 머리 쪽으로 돌아 들어오더니 갑자기 멈춘다? 그러더니 코 고는 소리가 들리는 것이다. 완전히 동물이다. 어떤 동물일까? 신경이 쓰인다. 곰이라면 사양하고픈 심정이다…. 그래서 손전등과 '나가사(마타기가 쓰는 도끼)'를 들고 텐트 바깥으로 나갔다. 텐트 주변이나 풀숲을 둘러보았지만 아무것도 없다. 다시 텐트 속으로 기어들어가 얕은 잠이라도 청해본다.

'부스럭 부스럭'

다시 들리는 소리에 눈이 떠졌다. 텐트 안은 상당히 밝아져 있었다. 아무래도 동이 튼 모양이다. 어슴푸레한 가운데 눈을 감자….

'부스럭 부스럭, 콩콩, 깔딱깔딱'

어젯밤과는 달리 소리의 종류가 상당히 다양하다. 듣고 있노라니 어떤 그림이 떠오르기 시작했다. 필시 근처 사는 사람들이 개를 데리고 산책하러 온 것이리라. 낯선 텐트가 쳐져 있기 때문에 무슨 텐트인지 정탐하러 다가온 모양이다. 몸이 아직 찌뿌둥해서 그냥 계속 누워 있고 싶기는 했지만, 역시 일어나 제대로 인사를 드리는 편이 나을 것이다. 침낭에서 기어 나와 텐트 바깥으로 나간다.

밝아진 공간에는 아무도 없었다. 신기하다. 내가 나오는 것에 놀라 갑자기 사라진 기미도 전혀 느낄 수 없었다. 아무리 생각해봐도 조금 전까지 틀림없이 이 풀숲에 개와 사람이 있었는데….

*

    이듬해 초여름의 일이다. 히타치나이(比立內)강 강변에 텐트를 치고 있었다. 그곳은 마을에서 조금 떨어진 곳으로, 임도에서 전혀 보이지 않고 사람들도 거의 내리지 않는 한적한 곳이었다. 그러나 주위가 어두워지면 매우 찾기 어려운 곳이다. 밤에 웃토 온천에 다녀오거나 할 때는 강변으로 어떻게 내려가야 할지, 입구를 발견하느라 무척이나 애를 먹는다.

    텐트에서 지낸 지 3일 정도 지나면 피로가 극에 달한다. 아무리 지쳐도 딱딱한 땅바닥 위에서는 숙면을 취할 수 없기에 피로는 계속 축적될 뿐이다. 평소처럼 모닥불을 끄고 침낭 속으로 들어갔다. 얼마나 시간이 흘렀을까. 어슴푸레한 텐트 속에서 문득 위를 올려다본다.

    "지금 몇 시일까? 아직도 아침이네."

    이런 생각을 하고 있을 때였다.

    '우지직 우지직!'

    커다란 소리에 깜짝 놀랐다. 그와 동시에 뭔가가 양어깨를 단단히 움켜쥔 것이다. 놀라서 살펴보니 머리에서 텐트를 뚫고 커다란 손이, 그래 맞아 오니(鬼), 오니의 손이 양쪽 어깨 깊숙이 파고든 것이다.

    "우웃!"

    너무나 놀라 목소리도 안 나온다. 뭐지 이건? 도대체 뭐란 말이야! 필사적으로 그 손을 떼어내려는데 힘이 엄청나서 도저히 벗어날 수 없다.

'질질, 질질'

그 손은 나를 텐트 바깥으로 끄집어낼 생각이다. 손발을 버둥거리며 필사적으로 저항하지만 전혀 통하지 않는다. 이대로라면 위험하다. 야단났네. 나는 온몸에 힘을 넣어 고함을 쳤다.

"우와아아아아아아앗!!"

순간적으로 오니의 손이 느슨해진다. 나는 순식간에 떨쳐내고 뛰어올랐다.

텐트 안에서는 거칠게 토해내는 내 숨소리와 강물 소리밖에 들리지 않았다.

"오니, 오니의 손은…."

나를 텐트 밖으로 끄집어낼 기세였던 그 오니의 손은… 사라지고 없었다. 오니의 손은 고사하고 큰 구멍이 뚫려 있어야 할 텐트도 원래대로였다.

"꿈… 꿈이었던 거야? 지금 이게?"

상황을 전혀 파악할 수 없다. 분명히 텐트가 굉음과 함께 찢어져 오니의 손이 튀어나왔는데, 세상에, 그 모든 게 꿈이었단 말인가….

꿈이었을지도 모른다. 그러나 어깨를 움켜쥐었던 오니의 손은 그 감촉으로 한동안 남아 있었다. 이 사건 이후 나는 텐트에서 자는 것을 포기하고 차 안에서 자게 되었다. '차박'으로 바꾼 다음에는 아무리 깊은 산속에서 자도 신기한 일은 두 번 다시 겪지 않았다.

환상 속 순백의 산

'세상을 등지고 숨어 지내는 마을(가쿠레자토[隠れ里])'이나 이른바
'마요이가(迷い家)'의 이야기는 『도노모노가타리(遠野物語)』(야나기타 구
니오[柳田國男]가 1910년 발표한 이와테현 도노 지방에 전해 내려오는 일화나 전
승을 기록한 설화집-역주)로 유명하다. 산속에서 헤매다가 갑자기 낯선
마을이나 부잣집에 들어가게 되는 이야기다.

이와 비슷한 이야기는 미야기현의 시치가슈쿠(七ヶ宿)정에서도 들
었다. 중심지에서 민박집을 경영하는 할머니가 어린 시절에 겪었던
사건이다.

학교에서 돌아와 근처에 사는 친구와 함께 놀러 나갔다. 행선지
는 산이다. 마을이 애당초 산속에 있었기 때문에 당연하다면 당연
한 일이다. 봄에는 신록 속에서 뛰놀며 꽃을 따기도 하고, 장딸기를
찾으러 다니기도 한다. 여름엔 강에서 몸이 차가워질 때까지 헤엄
치며 놀고, 가을엔 머루를 왕창 입에 넣고 나무 열매를 모으러 여기
저기를 쏘다닌다. 그것이 산속 마을 아이들의 일상이었다.

그날도 평소처럼 익히 잘 알고 있는 임도를 거쳐 산에 올라가고
있는데, 갑자기 눈앞에 개방된 공간이 펼쳐졌다.

"어라? 이런 곳이 있었나?"

그곳은 산속인데도 묘하게 밝았다. 시치가슈쿠에서는 보기 드물
게 평탄하고 드넓은 공간이었다. 마치 학교 운동장 같기도 했다. 그
런데 무엇보다 놀란 것은….

"주위에 있는 산이 완전 새하얀 거예요. 눈이 내린 것도 아닌데 너무 하얗게요. 세상에, 나무가 한 그루도 나 있지 않더라고요. 그런 경치는 처음 봤어요."

신기하기 그지없는 광경이었다. 그러나 아직은 어린아이들이다 보니 재미있는 장소라고만 생각하고 친구와 함께 해가 저물 때까지 놀았다.

"여긴 우리만의 비밀 장소로 삼자. 다른 사람들에게 말하기 없기."

기쁨에 들뜬 나머지 돌아오는 길에 그렇게 서로 약속을 하고 각자의 집으로 돌아왔다.

밤에 이불 속에서 다시 떠올려보았다. 생각하면 생각할수록 신기한 곳이라고 여겨졌다. 어째서 나무가 한 그루도 없었던 걸까. 어쩜 그토록 하얗고 밝은 산이 있을까. 그리고 무슨 까닭에 그토록 기분이 좋았던 것일까. 지금까지 살아오면서 가장 신기하고 즐거운 경험이었다. 빨리 아침이 되었으면 좋겠다. 빨리 방과 후가 되었으면 좋겠다. 그렇게 생각하면서 그날 밤은 잠을 청했다.

다음 날 평소와 마찬가지로 학교에 갔다가 평소처럼 수업이 끝났다. 친구와 서로 눈짓으로 만날 약속을 한 후 집으로 뛰어가 가방을 내던져버리고 다시 만나 함께 산으로 향했다.

"어라? 이상하지 않아?"

"응, 그러네, 여기가 아니었나?"

두 사람은 어제 갔던 그 임도를 거쳐 산으로 올라갔는데 평소 익숙한 그 모습일 뿐이었다. 두 번 정도 돌아와 확인했는데 틀림없이 어제와 동일한 임도를 통해 산으로 오르기 시작했다. 분명 어제는 여기에서 올라가 20분 정도 걸었더니 새하얗고 쾌적한 공간이 나왔다. 그런데 오늘은 평소와 마찬가지로 울창한 숲이 펼쳐져 있을 뿐이었다.

"그때 딱 한 번뿐이었어요. 그토록 하얀 산에 갈 수 있었던 것은. 도대체 어찌 된 영문인지는 모르겠지만 엄청나게 즐거웠어요. 가능하면 한 번이라도 더 놀아보고 싶었지요."

환상 속 순백의 산에 불과하지만, 소녀들이 즐거운 한때를 보냈던 것은 분명한 사실이다.

왜지? 좌우가 반대?

갑자기 자기 손의 왼손과 오른손의 구별이 가지 않는다. 그런 일이 생기면 제법 혼란스러울 것이다. 산속에서는 있을 수 없는 그런 일들이 종종 일어나는 모양이다.

나스(那須)고원의 노인에게 들은 이야기다.

노인은 30대 무렵에 사냥을 자주 했는데, 총이나 칼에 대한 단속이 점점 엄격해지는 '총도법(銃刀法)'에 염증을 느껴 그만두고 말았다. 그러나 계류 낚시는 지금도 계속하고 있다. 85세가 된 지금도 홀로 깊은 산속까지 들어가는 철인적인 '산사람'이다.

이런 분이 자신의 선배 격인 분과 함께 산에 올라갔을 때의 일이다. 평소 자주 다니는 산길을 걷고 있는데 묘한 일이 일어났다. 원래는 오른쪽으로 향해야 할 곳을 선배가 왼쪽으로 가려고 했던 것이다.

"거긴 반대쪽이잖아요."

다른 길이라고 말해주었는데도 선배는 전혀 이야기를 들으려 하지 않는다. 선배가 우겨대니 어쩔 수 없이 뒤를 따라갔다. 한참 걸어가자 전혀 다른 곳으로 나왔다. 그제야 선배는 자신의 잘못을 비로소 알아차렸다.

"내가 대체 어떻게 된 거지? 좌우가 반대로 보였던 것 같은 기분이 드네…."

항상 다니는 길에서 오른쪽으로 꺾어야 할지, 왼쪽으로 꺾어야 할지를 혼동해버린다. 조난 패턴 중 가장 많은 경우다. 본래 가야 할 방향과 전혀 다른 쪽으로 발을 내딛는다. 그것도 강한 확신 속에서 말이다.

그러나 경험자에게 물어보면 이는 결코 낯선 곳에서나 시야 확보가 어려울 때만 일어나는 일은 아니다. 마을에서 그다지 멀지 않은, 오히려 자주 가서 익숙한 곳에서 그런 일이 발생한다. 그래서 경험자는 하나같이 여우에게 홀렸다고 말하는 것이다.

*

실은 나도 이런 '좌우 반전' 상태를 경험한 적이 있다. 어린 시절 우리 집 근처에서 딱 한 번 그런 경우를 당했다. 그때 느꼈던 불가사의한 감각은 지금도 확실히 기억하고 있다. 집으로 향해서 분명 가고 있는데, 눈에 비치는 경치가 어쩐지 묘하다. 꼼꼼하게 주위를 살펴보았더니 마치 거울에 비춰진 것처럼 경치가 반대였다. 오른쪽에 있어야 할 교회가 왼쪽에 있는 것이다. 이대로 앞으로 가다 과연 집에 도착할 수 있을지 문득 불안감이 엄습했지만, 옆에서 걷고 있던 부모님은 평소처럼 걷고 있다. 그리고 조금 시간이 지나자 집이 보이기 시작했다. 그제야 주위 경치가 평소와 똑같은 경치로 돌아와 있었다. 아무리 생각해도 알 수 없는 불가사의한 사건이었다.

그때 만약 내가 혼자였다면 어떻게 되었을까? 그 사건이 어쩌면 여우에게 홀려버린 귀중한 체험이었을지도 모른다.

섬뜩한 방문자

이와테현 니노헤(二戸)시에 있는 조보지(浄法寺)정은 아오모리현의 닷코(田子)와 경계를 접한 산간 지대다. 일본 최대의 칠공예 산지이자, 도호쿠 지방에서 가장 오래되었다고 전해지는 고찰 덴다이지(天台寺)가 있는 곳이기도 하다.

이런 덴다이지 근처 시설에서 근무하는 A 씨의 이야기다. 여성인 그는 간토 지방에서 조보지로 이주해온 사람으로 이 지역에 친지는 없다. 맨 처음 이사 왔던 집은 숲속에 있었다고 해도 과언이 아닐 정도의 환경이었다. 그곳에 이제 막 살기 시작했을 무렵에 일어난 사건이다.

"무척이나 기분이 좋은 곳이었어요. 자연이 너무 근사했지요. 그런데 신기한 일이 벌어진 거예요. 한밤중에 갑자기 어린애 우는 소리가 났거든요."

거의 한밤중에 일어난 사건이었다. 자고 있는데 집 밖에서 우는 소리가 났다. 갓난아이가 우는 소리였다.

"고양이도 제법 갓난아이 소리로 우는 경우가 있긴 한데요…."

"아니요, 전혀 그런 느낌이 아니었거든요. 제법 엄청나게 울었는데, 도대체 심상치 않아서 깜짝 놀랐지요. 이런 한밤중에 왜 저렇게 심하게 울까 싶어서요."

상당히 오랫동안 아기의 울음소리는 계속 들려왔다. 너무 심했기 때문에 걱정스러워진 그는 다음 날 아침 근처 사람들에게 그 이야

기를 의논해보려고 했더니,

"그건 여우예요."

"여우라고요?"

그곳에 사는 사람들이 말하기를 마침 이 시기가 여우 어미가 새끼를 품에서 내놓는 시기라는 것이다. 어미 여우가 여우 굴에서 새끼 여우를 내치는 것이다. 필사적으로 돌아오려는 새끼 여우, 하지만 어미 여우는 가혹하게 내쫓는다. 이런 상황에서 나온 울음소리라는 말이다.

아닌 게 아니라 여우가 새끼를 독립시킬 때는 여우 굴로 돌아오려는 새끼 여우를 부모가 공격한다. 구슬피 우는 새끼 여우의 표정이 가엾어서 예로부터 민간 전승에서도 다뤄지고 있는 소재다. 그러나 실제로 새끼 여우가 독립을 할 때는 새끼를 몇 번 내쫓아버리면 어느새 새끼 여우가 사라져버린다. 한밤중에 갓난아이의 울음소리 같은 절규를 남기지는 않는다는 말이다. 에도 시대의 요괴도에는 '가와아카고(川赤子, 강 주변에 나타나는 갓난아이 형상의 요괴-역주)'나 '야마아카고(山赤子)' 등의 존재가 보이기 때문에 어쩌면 비슷한 종류일 것이다.

*

A 씨는 다양한 것들을 보거나 듣는 체질이지만, 가능하면 그것에 대해서는 입 밖에 내지 않으려고 하고 있다. 이유는 이상한 사람이

라는 소리를 듣기 때문에….

그런 A 씨의 이야기를 하나 더 들어보자.

어느 날의 일이었다. A 씨가 직장에서 아무 생각 없이 문득 밖을 내다보니 누군가가 웅크리고 있다. 도대체 뭘 하고 있나 싶어서 한동안 그 모습을 바라보았다. 그런데 아무래도 상태가 안 좋은 모양이다. A 씨에게서 보고를 받은 상사가 밖으로 나가자, 아닌 게 아니라 현관 앞에 한 여자가 웅크리고 있다.

"무슨 일이지요? 어디가 안 좋나요?"

고개를 끄덕이는 여자.

"어디 가던 길인가요?"

"네, 역 쪽으로."

"역이오? 아, 그럼 내가 마침 그쪽 방면에 가려던 참이니 차로 데려다줄게요."

친절한 마음에서 이렇게 말을 건넸는데 여자는 고개를 가로저었다.

"이상한 사람이네. 데려다준다고 해도 싫다고 하고."

허탈하게 돌아온 상사는 그대로 시가지로 내려갔다.

A 씨가 퇴근 전 하루 일을 마무리하고 있었는데, 문득 자기 등 뒤로 시선을 느끼고 뒤를 돌아보자 그 여자가 창문 너머로 이쪽을 물끄러미 응시하고 있다. 얼굴빛이 안 좋은 여자가 어쩐지 섬뜩했지만, 걱정스러운 나머지 A 씨는 창문을 열었다.

"왜 그러시지요?"

한동안 물끄러미 A 씨를 응시하는 여자.

"저, 역시 역까지 데려다주실 수 있을까요?"

'그럼 아까 태워달라고 했으면 좋았잖아'라고 A 씨는 생각했다. 당연하다. 하지만 여자의 얼굴빛이 너무나 나빴고, A 씨 본인도 어차피 자녀를 데리러 역에 가야 했다.

"그럼 타고 갈래요? 잠깐만 기다려주세요. 마무리를 좀 해야 해서요."

급히 일을 끝마치고 문단속을 한 다음 차에 올라탔다.

"와, 정말이지, 태우고 나서 바로 후회했다니까요. 엄청 이상했거든요, 그 사람."

조수석에 앉은 여자는 누군가와 계속 이야기를 하고 있었다. A 씨가 아닌 그 누군가와.

수일 후 A 씨는 그 여성과 다시 만났다. 그런데 지난번처럼 꺼림 칙한 느낌이 전혀 들지 않는다. 극히 보통 사람이었고, 굳이 말하자면 쾌활한 타입이라고 느꼈다. 그 사람이 말하기를….

"지난번에는 정말 죄송했어요. 제가 가끔 그렇게 되거든요."

"어떻게 되는데요?"

"소리가 들려요. 그때도 당신에게 데려다달라고 하라는 소리가 들렸지요."

제법 위치가 높아 보이는 고귀한 사람이 와 있었던 모양이다. 물론 A 씨에게는 아무 소리도 들리지 않았다.

*

조보지(淨法寺)정 주변에서는 정체를 알 수 없는 것을 '아몬코'라고 부른다. 아이가 말을 안 들으면 "자꾸 그러면 아몬코가 온다"라고 말하는데 대부분의 아이들은 그 소리만 들어도 기겁을 하면서 부들 부들 떤다고 한다. 오가(男鹿, 아키타현 오가반도 지방-역주)의 '나마하게 (아키타현 오가반도 주변에서 행해지는 연중 행사, 혹은 행사 때 나오는 신의 사자, 사도-역주)' 같은 느낌인데 확실한 형태는 없는 듯하다. 어쨌든 정체 를 알 수 없는 섬뜩한 존재다.

"이 아몬코란 것은 몽골에서 유래한 모양이더군요."

"몽골요? 몽골이 침략해왔다고 할 때의 몽골요?"

"맞아요. 잘은 모르겠지만 엄청나게 무서운 뭔가가 오는데, 그게 몽골 침략과 중첩된 것이겠지요."

정체를 알 수 없는 무시무시한 것, 그것들은 반드시 찾아온다…. 호러 영화 그 자체다.

덴카와(天川)촌 사건

나라현 덴카와촌은 요시노(吉野)정에서 약간 남쪽으로 내려온 곳에 위치한 산촌이다. 바로 옆으로 2,000m 가까운 산이 있고, 겨울에는 눈이 상당히 쌓이는 지대다. 오랜 역사를 자랑하는 곳으로 엔노 교자(役行者, 엔노오즈누[役小角])가 슈겐도(修驗道)를 열었던 땅으로 널리 알려져 있다. 그 중심지인 오미네(大峰)산 등산로 입구에는 아직까지도 '여인결계문(女人結界門, 여인 출입 통제를 알리는 문-역주)'이 있어서 이곳이 슈겐도의 장(場)임을 말해준다. 영험한 장소이기 때문에 일본뿐 아니라 세계적으로도 영성 계통의 사람들이 다수 방문한다고 한다.

"자주 오시는 손님도 여기에 들어오자마자 머리가 아파지거나 온몸이 조여지는 느낌이 드는 분이 계신답니다. 물론 우리는 그렇지 않지만요."

도로가와(洞川) 지역에서 료칸(旅館)을 운영하는 야나기야 레이코(柳谷禮子) 씨의 이야기다.

도로가와에는 오미네산 등산 '강중(講中, 신도회 회원-역주)'이 숙박하는 온천 숙소가 다수 존재한다. 중심에는 영험한 류센지(龍泉寺)가 있어서 오미네산을 참배하는 사람은 여기서 반드시 목욕재계하는 것이 관례다. 절의 입구에도 '여인결계문'이 있는데 거기서 몸이 급변하는 현상을 호소하는 사람도 많은 모양이다.

"히토다마(人魂)는 몇 번이나 보았지요. 도깨비불요? 아니요, 그런 표현은 쓰지 않지요. 이 주변에서는 오로지 히토다마라는 표현만 쓴답니다. 절 옆에 있는 묘지라든가 다리 위에서도 봤어요."

야나기야 씨가 가리킨 곳은 료칸 바로 옆이었다. 작은 계곡이 흘렀고, 그 위로 빨간 다리가 있었다.

"여긴가요? 이 바로 옆?"

"맞아요, 이 다리 위를 가볍게 날고 있었답니다."

계절을 확인해보니 반딧불이가 날아다니는 시기는 아니었다. 신비로운 불덩이가 유려한 자태로 사방에 날아다녔다고 한다.

*

도로가와 지역에도 여우와 관련된 이야기가 있다. 야나기야 씨에게 물어보았다.

"50년 정도 전에 있었던 이야기지요. 저보다 한 학년 위의 애였는데, 그 애가 사라진 적이 있었어요."

하루 일과가 끝나고 자기 집에서 저녁 식사를 마친 그는 자그마한 술집에 들렀다. 아무리 산속이라고는 해도 온천장이 즐비한 비교적 번화가다. 해가 저물어도 인적은 끊이지 않는다. 평소에도 그다지 폭음을 하지 않는 그는 평소대로 술을 잔으로 주문해 조금씩 홀짝거린 후 이웃 사람들과 한동안 이야기를 나누다 가게를 나갔다.

"그러고 나서는 행방을 알 수 없어요. 그래서 다들 여기저기 찾으러 다녔는데 결국 못 찾아서….".

그가 발견된 것은 이튿날 아침의 일이다. 아침에 가장 먼저 등교한 학생이 운동장에서 굴러다니는 사람의 모습을 발견했다.

"변사였지요. 사인도 잘 모르는…, 술을 원래 별로 안 마시는 사람이 어째서 그렇게 된 것인지. 역시 여우 때문이지 않을까 하고, 다들 말했지요."

*

근처에서 놀고 있던 남자아이가 갑자기 자취를 감춘 일도 있다. 마을은 당연히 발칵 뒤집혔다. 인근을 샅샅이 뒤졌지만 사라진 아이는 발견되지 않았다. 밤이 되어도 돌아오지 않아서 다들 불안해하면서 날이 밝기만 기다렸다. 이튿날에는 대규모로 수색을 시도했지만 결국 발견되지 않아 단념하는 분위기마저 감돌기 시작했다.

"이틀이 지나도록 돌아오지 않다가 사흘째 되는 날 제법 깊은 산속에서 발견되었어요. 믿을 수 없는 곳이었지요. 어째서 그런 곳까지 갔는지…. 그것도 여우 때문일 거라고 생각해요."

산나물을 캐러 갔던 할아버지가 행방불명이 되는 일도 결코 드물지 않다. 단순히 길을 잃은 경우겠지만, 그곳 사람들은 이것 역시 여우 탓이라고 느끼는 모양이다. 찾을 때 외치는 소리가 무척이나 흥미롭다.

"돌리도~ 돌리도~."

돌리도, 요컨대 돌려달라고 마을 사람들이 산을 향해 외치면서 찾는다. 도대체 누구를 향해, 무엇을 향해 돌려달라고 말하는 것일까.

*

"그러고 보니 ○○언니가 사라진 적이 있었지?"

야나기야 씨의 따님은 어린 시절 근처에 살던 사람이 갑자기 사라진 사건을 기억하고 있었다. 역시 마을 전체가 발칵 뒤집혀 찾으러 다녔지만 좀처럼 발견되지 않았다.

"어디로 간 건지 아무 데도 없다고 주위에서 아주 난리가 났던 것을 기억하고 있어요."

결국 그 아이는 발견되었다. 그것도 마을 안에서.

"집과 집 사이에 있는 좁다란 골목길에서 혼자 우두커니 있는 거예요."

모두가 필사적으로 사방을 찾아다니던 마을 안이었다. 마치 에어 포켓에 들어가 있는 것 같았다. 사람들이 사방으로 자기를 찾으러 다니는 통해 계면쩍어 오히려 나오지 못한 것인지, 아니면 무슨 일이 있었던 것인지. 결국 확실한 것은 아무것도 밝히지 못한 채 끝나 버렸다.

"그건 여우, 너구리의 손을 탔던 것이겠지요."

야나기야 씨가 말하는 '손을 타다'란 접촉한다는 의미다. 도로가 와에서는 15년 정도 전에 '손을 탔던' 사람이 있었다. 성인 여성인데 어느 밤을 경계로 행방이 묘연해졌다. 다시 온 마을 사람들이 나서

서 사방을 찾아다녔지만 좀처럼 그 모습이 발견되지 않는다.

"며칠인가 지나서 발견된 곳이 촌의 외곽에 있는 다리 밑이었어요. 그것도 좀처럼 생각할 수 없는 곳이었거든요⋯. 다들 여우 손을 탄 거라고 말했지요."

돌아오는 사람

니가타현 우오누마(魚沼)시 오시라카와(大白川) 마을에 사는 아사이 마사코(浅井正子) 씨는 민화(民話) '가타리베(語り部, 전문적인 이야기꾼-역주)' 활동을 하고 있다.

"옛날엔 그렇잖아요. TV도 없으니 할 일이라곤 '이야기'밖에 없었지요. 우리 할머니가 매일 여러 이야기를 해주셔서 그것을 듣곤 했어요. 하지만 잘 들어보면 똑같은 이야기인데도 어제와 조금 다른 거예요. '할머니, 어제 이야기랑 조금 다르잖아'라고 말하면 '그럼 이제 이야기 안 할란다'라고 하시는 거예요. 당황해서, 이젠 절대 그런 말 안 하겠다고 빌고 얼른 다른 이야기를 해달라고 졸랐지요. 이렇게 해서 또 할머니 이야기를 듣는 거예요."

20년 정도 전의 일이다. 아사이 씨의 지인이 버섯을 따러 갔을 때의 일이었다. 오토바이를 타고 평소 가던 곳까지 갔다가 임도에 오토바이를 세워놓고 산으로 들어갔다. 눈이 많이 내리는 산촌에서 이런 '네마가리 버섯(특정 계절에만 나는 히메타케[姫竹]-역주)'은 봄이 가져다주는 소중한 선물이다. 전골이나 조림 요리에 빼놓을 수 없고, 당장 현금으로 바꿀 수 있는 값진 수입원이기도 하다.

아이들도 간단한 '버섯 채취'를 하다가 실은 자주 길을 잃곤 한다. 아래 방향만 보면서 덤불 속을 이리저리 다니다 보면 방향 감각을 잃게 되어버리기 때문이다. 그러나 이때는 달랐다.

"그 사람이 길을 잃었는데 도저히 집에 돌아올 수 없게 되었다고 하더라고요. 산속 여기저기를 엄청 헤매다가 결국 말도 안 되는 곳이 나와서 아주 큰일을 호되게 겪었다더라고요. 그건 역시 여우에게 홀린 게 아닐까 하는 이야기였지요."

"버섯을 따러 갔다가 길을 잃는 경우가 자주 있긴 하지요."

"아니, 그게 아니라요. 산속에서 아직 낮이었는데, 갑자기 주위가 칠흑 같은 어둠에 휩싸였대요. 그래서 갑자기 앞이 안 보이는 바람에 길을 잃었던 모양이에요. 그 사람이 점심밥으로 먹으려고 유부조림을 가지고 갔거든요. 역시 그런 것을 가지고 산에 올라가니까 여우가 오는 거예요."

가까스로 마을까지 되돌아올 수 있었던 그 사람은 훗날 오토바이를 가지러 다시 산으로 올라갔다고 한다.

*

아사이 씨는 다섯 살 때 아버지를 여읜 탓에 아버지에 관한 기억이 거의 없다고 한다.

"너무 어려서 아버지에 대해서는 기억이 나지 않지요. 하지만 어머니나 할머니가 하신 말씀은 아직도 기억이 나요."

아버지가 돌아가시고 나서 조금 시간이 흘렀을 무렵이다. 이로리(囲炉裏) 가장자리에서 어머니, 할머니 등 가족들과 함께 저녁밥을 먹고 있는데 현관 문을 여는 소리가 났다. 그리고 뭔가가 순간적으로 어떤 소리를 냈다.

"아, 우리 짜짜(아버지)가 돌아왔구나."

"그러게, 돌아온 것 같네."

두 사람의 대화가 신기하게 여겨져 아직도 기억이 난다고 한다. 돌아가신 아버지는 산속에서 숯을 굽는 분이셨다. 작업을 마치고 돌아오면 언제나 도시락이 든 지게를 현관 부근에 철퍼덕 내려놓곤 했다. 아사이 씨는 어려서 잘 몰랐지만 어머니나 할머니에게는 아버지의 그런 동작이 분명히 느껴진 모양이었다.

아버지를 잃고 나서 가족들은 무척이나 어려운 생활을 하게 되었다. 분명 아버지 역시 아이들 걱정을 했을 것이다.

*

후쿠시마현의 히노에마타(檜枝岐)촌은 오제(尾瀬)로 가는 입구로 수많은 사람들이 방문하는 유명 관광지다. 여기도 예로부터 수렵이 성행했던 지역으로 마타기 기법이 '아니 지역'으로부터 전해져왔다. 히노에마타촌에서 민박집을 경영하는 호시 후미(星フミ) 씨의 이야기다.

"지금은 사람들이 엄청 많이 오지만 우리 어린 시절에는 등산객이라곤 거의 없었거든요. 누가 등산하러 오면 간만에 보는 외지인이라 다들 졸졸 따라다니곤 했어요."

눈이 많이 내리는 한적한 산간 마을이다 보니 신기한 빛들이 사방으로 날아다녔던 모양이다. 주민들은 그것을 '빛구슬'이라고 불렀다. 소문에 의하면 '빛구슬'이 하나씩 나타날 때마다 누군가가 꼭 죽는다고 했다.

"근처에 양을 기르던 헛간이 있었어요. 양가죽을 얻을 수 있었지요. 그 헛간에 빛구슬이 날아다니는 것을 보러 갔었더랬지요. 그러고 나서 얼마 후 거기 살던 아이가 강물에 휩쓸려 죽었거든요. 정말이지 얼마나 무서웠는지 몰라요. 어쨌든 어린 시절에는 사람이 죽는 것이 엄청 무서웠어요. 그래서 화장실도 한밤중에는 혼자 갈 수 없어서 반드시 아버지나 어머니를 깨워서 함께 가곤 했답니다. 지금은 집이 밝아서 아무도 화장실 따위를 두려워하지 않지만요."

호시 씨가 어린 시절엔 아직 수도가 없어서 집 곁을 흐르는 수로까지 가서 일삼아 물을 길어와야 했다. 하지만 그 수로에 사람이 떠내려가 죽는 바람에 이후로는 무서워서 물을 길러 갈 수 없게 되었다고 한다.

*

10년 정도 전에 일어난 일이다. 호시 씨 집 근처에 사는 사람이 교통사고를 당했다. 반대 방향에서 오는 차와 부딪쳐 차는 완전히 부서졌다. 차의 파손 정도를 감안하면 틀림없이 중상을 입을 수밖에 없는데, 그 사람은 거의 전혀 아무 데도 다친 데가 없었다.

얼마 후 경찰과 소방관이 와서 사고 처리가 시작되었는데 신기한 이야기를 하는 사람이 있었다.

"나머지 한 사람은 어디 갔어요?"

사고를 바로 지척에서 보고 있던 사람이다. 그 이야기를 듣고 경찰관이 운전수에게 물었다.

"동승자는 구급차를 탄 건가요?"

"동승자요? 아니, 그런 사람 없는데…. 전 혼자 탔거든요."

"아니지요, 타지 않았나요? 조수석에 또 한 사람 탔거든요?"

한낮에 바로 지척에서 사고를 발견한 사람은 조수석에 또 한 사람이 타고 있던 것을 확실히 봤다.

"그제야 이해가 된 거예요, 그 사람이 누군지. 아, 우리 아버지였구나 싶었겠지요. 그 사람의 아버지가 돌아가신 지 아직 시일이 얼마 지나지 않았거든요. 역시 아버지가 지켜준 거라고 생각했던 거지요."

*

바로 최근에 일어난 사건이다. 호시 씨의 지인 중에 남편분이 일찍 세상을 떠나 아들과 둘이서 지내던 부인이 있었다. 그런데 그분이 너무나 아끼는 아드님도 일찍 세상을 떠나버려 부인은 어찌할 바를 몰랐다. 그런 그분이 말하기를, 아드님이 세상을 떠난 후 계단이나 복도를 누군가가 걷는 소리가 나는 것 같았다는 것이다. 그분은 아들이 돌아왔다고 생각했을 것이다. 그렇게 생각할 수 있었던 것도 이런 사건이 있었기 때문일 것이다.

"그 아드님은 사진이 취미여서 카메라를 소중히 생각하셨지요.

그래서 불단에 카메라를 두었더니 그것이 움직였다더군요."

"움직여요?"

"맞아요. 렌즈가 움직였대요."

이것은 아마도 줌렌즈의 일안리플렉스카메라(약칭 SLR이라고도 하는 일안 반사식 카메라-역주)일 것이다. 줌을 활용하려는 것처럼 헬리코이드가 짧아지기도 하고 길어지기도 했다고 한다.

"그래서 저는 불단에 자주 합장을 해요. 오늘 하루도 아무쪼록 무사히 보냈으면 좋겠다고 생각하면서요. 손주에게도 불단에 공손히 합장한 후 바깥에 나가라고 말해요."

*

호시 씨의 아버님은 호시 씨가 세 살 때 산에서 돌아가셨다. 동료들과 사냥을 떠났을 때 사고를 당했다.

"야간 사냥하러 산에 갔다가 눈사태에 휘말려버려서요."

여기서 야간 사냥이란 날다람쥐를 한밤중에 총으로 쏘는 사냥을 말한다. 낙엽이 가득한 겨울 숲, 특히 보름달이 뜬 밤엔 야행성 날다람쥐를 총으로 쏘기에 안성맞춤이다.

그날 호시 씨의 아버지는 평소처럼 마을의 사냥팀 동료들 다섯 명과 밝은 시간에 산으로 향했다. 야간에는 산막에서 지내면서 며칠 동안 엄동설한의 숲을 뒤져 날다람쥐를 포획할 계획이었다. 그런데 산에 올라가 그다지 깊숙이까지 들어가지도 못한 사이에 표층 눈사태가 일행을 덮쳤다. 직격을 당했지만 한 사람만 멀리로 날아가 눈사태에 휘말리지 않고 경사면에 굴러 떨어졌다. 고요해진 숲에서 동료의 이름을 불렀지만 아무도 답이 없다. 혼자서는 아무것도 할 수 없다고 느낀 그는 도움을 청하러 마을로 황급히 돌아왔다.

"그러고 나서 마을 전체가 도우러 나섰다가 맨 처음으로 저의 아버지가 발견되었어요. 아직 날이 밝은 시간에 발견되긴 했지만 역시 너무 늦었지요. 나머지 분들도 찾긴 찾았지만 점점 어두워져서 그날 당일은 찾지 못했어요."

남은 사람들은 이튿날 전원이 이미 숨진 채 발견되었다. 같은 사냥팀 동료들인 데다가 나이도 비슷해서 아이들도 거의 비슷한 연령이었다. 그 사람들은 아버지의 기일이 당연히 같은 날이다.

"아버지의 동생인 작은아버지한테서 한참 나중에 들었는데요, 사고를 당한 날, 제가 이상한 행동을 했다더군요."

당시 세 살배기였던 호시 씨가 불단 앞으로 성큼성큼 다가가더니 선향 하나를 집어 들었다. 그것을 이로리까지 가지고 오더니 재 안에 세워놓고 합장을 했다는 것이다. 평소 불단에 합장을 하거나 선향을 올리는 일이 없던 꼬마 아이가 갑자기 묘한 행동을 한다며 작은아버지는 이상하게 쳐다보셨다고 한다. 그러고 나서 얼마 후 사고가 일어났다.

"느닷없이 그런 행동을 한 것은 뭔가를 알고 있어서가 아니겠냐며 작은아버지는 희한해했지만, 그런 걸 세 살짜리가 어찌 알았겠어요. 저는 전혀 기억이 나지 않거든요."

굳어지는 할아버지와 할머니

미야기현 무라타(村田)시는 자오(蔵王, 미야기현에 속한 지명으로, 슈겐도[修験道]의 신인 자오곤겐[蔵王権現]을 모신 신사가 있는 곳-역주)에서 가까운 한냉지다. 그곳에서 농업을 영위하는 사토 다미오(佐藤民夫) 씨는 신기한 빛을 보았다. 20년 정도 전에 일어난 일이다.

"해 질 무렵이었어요. 산 쪽에서 이 정도 되는 빛을 봤어요."

사토 씨가 '이 정도'라며 양손으로 보여준 크기는 가볍게 1m를 넘기고 있다.

"제법 크네요."

"주위가 밝아질 정도였거든요. 그게 어느 정도였을까요, 맞아, 그래요, 20m 정도 날아가더니 사라졌어요."

해 질 무렵으로 주위는 이제 막 어두워지기 시작하고 있었다. 거기에 나타난 거대한 빛구슬은 주변을 밝게 비출 정도의 조도(照度)가 있었던 모양이다. 칠흑 같은 어둠이 아닌데도 그만큼 주위가 밝아졌다는 것은 상당한 에너지를 가지고 있었기 때문이다. 이와 비슷한 크기의 빛구슬은 사토 씨의 할머니도 본 적이 있다.

"우리 할머니가 아침 일찍 채소를 출하하러 갔거든요. 새벽 4시 정도이지 않았을까요."

아직 해도 뜨기 전이다. 채소를 가득 담은 지게를 지고 출하장으로 걸어가고 있다가 묘지 옆으로 접어들었다. 익숙한 길이지만 역시 묘지를 지나니 기분이 좋을 리 없다. 단, 이날은 근처에 사는 사람 다섯 명과 같이 출하장으로 향하고 있었다. 같이 가는 사람이 많은 만큼 무섭다고는 느끼지 않았는데….

"이봐, 저거… 저거."

앞서 가던 옆집 할아버지가 갑자기 멈춰 서더니 굳어졌다. 뒤에 오던 할머니도 수다 떨던 것을 멈추고 할아버지 앞을 보고 놀랐다. 묘지 옆에 1m가 넘는 불덩이가 타오르며 날아다니고 있었기 때문이다.

"할아버지와 할머니들이 순간적으로 굳어져버려 그 자리에서 움직이지도 못했다더군요. 도깨비불요? 도깨비불은 거의 들어본 적이 없는데요. 이 주변에서는요. 여우에 홀린 이야기는 80대 이상 되시는 노인분들에게는 자주 있지요. 전부 다 술에 취한 사람 이야기지요. 하지만 우리 집 가계는 술을 안 먹어서인지 그런 경우는 전혀 없었어요."

술을 마시지는 않지만 사토 씨나 할머니, 그리고 근처에 사는 노인분들은 수수께끼의 거대 빛구슬과 조우한 적이 있다.

"일본은 화산이 많은 나라라 원래 '인' 광석이 많지 않나요? 지형이나 날씨 때문에 가스가 축적되었다가 어떤 순간에 타게 되는 게 아닐까요?"

'인'이 탄다는 것은 모든 사람들이 말하는 현상이다. 시골에서는 현재도 시신을 땅에 매장하는 지역이 있는데, 그런 곳에서는 매장된 시신의 뼈에서 '인'이 나와 타는 것으로 인식되고 있다. 여름철 습기가 많은 시기에 탄다고 하는데, 과연 자연적으로 발화해 커다란 불덩이가 될 수 있을까? 한곳에 모여 있던 인이 단단한 심지도 없이 훨훨 타오르면서 허공을 날아다닐 수 있을까? 인이 가연성 덩어리라면 순식간에 다 타버릴 것이다. 하지만 몇십 초나 공중을 떠다니면서 빛을 발하는 게 과연 가능할까? 어려울 것 같다.

무엇이 빛나는지 기실은 수수께끼지만 그런 것들이 존재한다는 것은 사실이다. 지역에 따라 여우의 소행으로 해석되거나 인간의 혼 그 자체, 혹은 불길한 전조 현상으로 파악되고 있다. 크기나 색, 나타나는 방식도 천차만별이다. 믿지 않는 사람은 전혀 그 존재조차 부정하는 불가사의한 현상이다.

*

사토 씨는 빛이 나는 신비스러운 덩어리를 본 적은 있지만, 그 밖의 신기한 일은 거의 경험한 적이 없다고 한다. 일본어로 '다마시이'나 '다마시'라고 불리는 영혼에 대해 묻자,

"그건 자주 듣지요. 지인 중에 예언이라고 해야 할지, 뭐랄까 불가사의한 것을 느끼는 사람이 있거든요."

그 사람은 사토 씨의 사모님의 친구다. 어느 날 그 친구분과 사모님이 같이 길을 걸어가고 있었을 때였다. 앞으로 똑바로 걷고 있던 친구가 갑자기 빙그르르 반원을 그리는 코스를 취했다.

"왜 그래?"

너무 돌발적인 행동을 하기에 사모님이 물었다.

"아니, 저기 말이야, 좀 무서운 것이 있어서…."

사모님은 지금 막 지나쳐온 길을 돌아보았다. 밝은 햇살이 내리쪼이는 극히 평범한 평소의 길이다. 물론 친구가 일부러 멀리 돌아온 곳에는 개구리 새끼 한 마리 없었다. 그 무서운 것이 과연 무엇인지는 굳이 묻지 않았다고 한다. 친구에게는 아무래도 '다마시'가 어디로 가는지 알 수 있는 힘이 있었던 모양이다.

역시 함께 걷고 있을 때 어느 집 앞을 지나쳐간다.

"여기, 이제 곧 불행이 생겨."

문득 이렇게 친구가 혼잣말을 하면 3일도 지나지 않아 그 집에 사는 누군가가 세상을 떠나는 것이다. 근처에 사는 이웃의 일이다. 중병을 앓는 사람이 있다면 당연히 사모님도 알고 있을 터인데 그런 기미는 없었다.

이런 일이 종종 있었기 때문에 사모님은 친구가 피했던 '무서운 것'이 무엇이었는지 굳이 묻지 않았던 것이다.

절과 '다마시'

이와테현의 니시와가(西和賀)정에는 마타기 마을로 유명한 사와우치(沢内)촌이 있다. 여기에 있는 헤키쇼지(碧祥寺)는 약 400년 전에 출가한 무사가 열었던 절인데, 수많은 마타기 자료를 모아놓은 박물관이 상당히 근사하다. 마타기와 각별한 인연이 있는 헤키쇼지의 이야기다.

"절과 인연이 깊은 '단가'분들 가운데 혹여 세상을 떠나는 분이 계시면, 그 소식이 미처 전해지기도 전에 대략 먼저 짐작할 수 있다고, 선대 사모님께서는 말씀하시곤 했지요. 아무도 없는데 마치 누군가 서둘러 오는 듯한 소리가 나면서 본당에 사람이 들어오는 기척이 느껴진다고 하시더라고요. 그러고 나서 조금 시간이 지나면 어느 분께서 돌아가셨다는 소식이 전해진다는 거지요."

일단 먼저 절에 보고를 드리는 것이 사와우지촌의 예법인 모양이다. 촌 안에는 훌륭한 절이 몇 개나 있다. 원래 신앙심이 다른 곳보다 독실한 지역이다.

"우리 할머니도 입원해 있을 당시 '빨리 불단이 있는 방으로 돌아가고 싶어'라고 몇 번이나 말씀하셨으니까요."

병원에서 숨을 거둔다면 그 시신이 미처 집에 도착하기 전에 '다마시'는 먼저 행동하는 모양이다. 이는 '다마시'의 귀환이기 때문에 친지들이나 관계자들에게 딱히 두려운 존재는 아니다. 그러나 아이들에게는 경이 그 자체다.

*

    사와우치촌에 있는 어느 절의 이야기다.

    "선선대(先先代) 무렵이었을 거예요. 뒤를 이을 후계자가 없어서 친척 중 차남 도련님을 양자로 맞아들이기로 했지요."

    차남 도련님이 초등학생이 되자 수행을 겸해 절로 들어왔다. 일상생활을 하면서 절의 생활에도 익숙해질 필요가 있었다. 먼 훗날 주지가 되실 몸이기 때문에 당연한 일이었다.

    절의 생활에 조금씩 익숙해지기 시작한 어느 날의 일이다. 절의 부엌에 주지와 둘이 있는데 갑자기 주지가 벌떡 일어섰다.

    "따라오너라."

    지시에 따라 향한 곳은 절의 본당이다. 근행을 할 시각도 아닌데 도대체 무슨 일인가 싶어서 의아해하고 있는데, 주지는 북을 치면서 염불을 외우기 시작했다. 이상하게 여기면서도 같이 합장하고 이제 겨우 외울 수 있게 된 염불을 외운다. 본당에 정적이 돌아와도 주지는 아무 말도 하지 않았다. 이상하다고 느낀 소년이 몰래 가족들에게 물었다.

    "그건 돌아가신 단가분의 '다마시'가 알리러 왔기 때문이에요."

    '다마시'… 평소에도 <u>으스스한</u> 느낌이 들던 절의 분위기를 한층 무겁게 만드는 단어였다. 공포심을 억누르며 소년은 자신의 역할을 다하려고 했으나….

    "보고야 말았던 거예요, '다마시'가 찾아오는 걸."

어느 날 누군가가 본당에 오는 기척을 느끼고 그는 뒤를 돌아보았다.

그날이 채 가기 전, 그는 황급히 절에서 뛰어나와 자신의 본가로 돌아갔다. 그리고 두 번 다시 절로 돌아오지 않았다. 절의 파장이 그 자신과 맞게 되어 '다마시'가 보였던 것일까?

＊

니시와가정 유다(湯田) 지역에 사는 다카하시 진페이(高橋仁平, 87세) 씨는 최근에야 사냥을 접은 베테랑 마타기다. 다카하시 씨의 할머니가 돌아가실 때의 이야기다.

"할머니가 임종이 가까워졌을 때, 이렇게 이불에서 손을 들고, 허공을 여기저기 쓰다듬는 것처럼 움직이셨어요."

불가사의한 이런 행동에 가족들이 할머니에게 다가가 묻자….

"어머나, 호시모치(干し餅)가 가득하네."

다소 기쁨에 벅찬 얼굴로 이렇게 중얼거렸다.

"호시모치요? 어디에요?"

'호시모치'란 추운 날씨를 이용해 만드는 북쪽 지방 특유의 전통 보존식이다. 발처럼 줄줄 매달린 호시모치는 계절을 알려주는 풍물시(風物詩)이기도 한데, 물론 할머니의 눈앞에는 아무것도 없다. 그런 이야기를 주고받다가 얼마 후 할머니는 영면하셨다.

"나중에 친척분들과 연락을 했거든요. 장례식이 시작되던 날 밤이었는지 그 이후였는지는 모르겠는데, 할머니 친구분과 이야기를 하다가 호시모치 이야기가 나와서 깜짝 놀랐답니다."

호시모치는 눈을 맞지 않도록 헛간 안이나 집 안 한쪽 구석에 매달아놓는 것이 보통이다. 할머니 친구분이 완성 직전의 호시모치 아래서 바느질을 하고 있는데, 느닷없이 머리 위에서 소리가 났다. 무슨 일인가 싶어서 올려다보니….

"매달아놓았던 호시모치가 소리를 내면서 흔들리는 거예요. 참 이상했지요. 바람이 부나 싶었는데 닫아놓은 방이라 바람이 불 리 없었거든요."

호시모치는 마치 누군가가 어루만지는 듯한 움직임을 한동안 했다고 한다.

"할머니가 돌아가시기 전에 말씀하신 그 호시모치는 그걸 말씀하신 거라는 것을 알았지요."

"그분은 자매분이라든가 친척분이셨나요?"

"아니요, 전혀요. 생판 남이지요. 친구긴 했지만."

할머니는 그 집의 호시모치가 어지간히 마음에 드셨던 모양이다. 이것은 돌아가시기 직전의 이야기로 정확히 따지고 들면 '다마시'의 소행은 아닐지도 모른다.

"다마시? 아, 그거라면 본 적이 있어요."

다카하시 씨가 본 '다마시'의 이야기는 경악 그 자체였다.

하늘을 나는 여자

1943년(쇼와 18년)에 일어난 일이다. 16세가 된 다카하시 씨는 마을의 청년회에 소속되어 있었다. 아직 전쟁이 끝나기 이전의 일이다. 모든 것이 군대식으로 엄격히 통제되고 있었다.

"훈련 같은 거였어요. 청년회 멤버들이 초등학교 강당에 모여서 기거했지요."

당시 초등학교에는 강당이 두 개 있었다. 서쪽 강당과 동쪽 강당이다. 그중 서쪽 강당에 청년회 멤버들이 모여서 활동하고 있었다.

"불침번이라는 게 있잖아요? 어느 날 밤, 잠을 자지 않으면서 불침번을 서는 담당이 되었지요."

친구와 둘이서 밤새도록 주위를 경계하는 불침번이 되었을 때였다. 다른 멤버들은 강당 안에서 이미 잠들어 있었다. 다카하시 씨와 친구는 졸린 눈을 비비면서 그저 아침이 오기만을 기다려야 했다.

"한밤중에 통로에서 덜컹거리는 소리가 나는 거예요. 아, 누가 변소 가는구나? 그렇게만 생각했는데, 아니 이 자식이 도통 나오질 않는 거예요."

앞서 언급했던 것처럼 이것은 이른바 군사 훈련의 일환이다. 설령 소변을 보는 일일지언정 제멋대로 행동하면 안 된다. 정식으로 신청하고 허락을 받은 후 가야 했다. 그래서 다카하시 씨와 친구는 그런 되먹지 않은 자를 찾아내려고 복도로 가기로 했다.

복도는 서쪽과 동쪽의 강당을 이어주고 있었다. 그 한가운데에

변소가 있었다. 어두컴컴한 가운데 변소를 향해 가고 있는데 화장실 문이 열리는 소리가 들렸다.

"아니나 다를까 맘대로 똥 싸러 갔던 거로구만. 대체 누구지?"

규칙을 어긴 자를 붙잡아 가만두지 않겠노라며 다카하시 씨와 친구는 의기양양하게 변소로 다가갔다. 그런데 안에서 나온 사람의 그림자를 보고 두 사람은 순간적으로 멈칫하여 그 자리에서 굳어버렸다.

"여자였던 거예요. 화장실에서 나온 사람이. 얼굴이 갸름하게 생긴 여자였는데 긴 머리를 뒤로 묶고 있었지요."

남자들만 있는 곳에서 여성이 변소에서 나왔기 때문에 화들짝 놀란 것이 당연했다. 그러나 놀라움은 즉시 공포심으로 변했다.

"다리가…. 하반신이 없는 거예요, 그 여자한테."

다리가 없는 여자는 그대로 복도를 가볍게 날아가면서 서쪽 강당 쪽으로 향한다. 얼이 빠진 상태로 바라보고 있던 다카하시 씨는 가까스로 제정신을 차리고 그 여자 뒤를 쫓아 강당으로 들어갔다.

"강당 안에서 다들 자고 있는데 그 위를 날아다니고 있더라고요, 그 여자가."

다들 잠든 조용한 공간에서 수많은 젊은이들의 위를 한동안 날아다니더니 여자의 모습은 자취를 감췄다. 다카하시 씨와 친구는 조금 전까지 밀려오던 졸음이 싹 달아나 공포에 덜덜 떨면서 아침을 맞이했다.

"아, 그거? 니들 봤어? 별거 아니야. 다들 알고 있어."

훗날 그 여자 이야기를 학교 관계자에게 하자 놀라는 사람은 아무도 없었다. 학교에서는 제법 유명한 존재로 모르는 사람은 외부인들뿐이었다.

"사연이 있는 것 같더라고요. 학교가 세워지기 전에 묘지가 있었는데, 그곳에 마침 생긴 것이 그 변소였다더군요."

오래된 묘지는 당연히 땅에 매장하는 형식이다. 연고를 확인할 수 없는 묘지도 다수 있었을 것이라 유골을 완전히 수습하지 못한 채 건물이 올라갔다는 이야기였다.

"학생들도 모두 알고 있어. 그래서 변소 한 군데만 깨끗하지."

"한 군데만요?"

"맞아. 그 여자가 들락거리는 곳은 정해져 있거든. 학교 사람들은 아무도 거긴 들어가지 않아. 그래서 새것처럼 반짝반짝 그대로지."

지금은 그 학교도 이미 허물어져 전용 개인 화장실을 가졌던 '하늘을 나는 여자'에 대해 아는 사람도 거의 남아 있지 않다.

*

다카하시 씨의 이야기를 또 하나 해보자. 앞서 언급했던 호시모치를 좋아하던 할머니는 산파였다고 한다. 그 할머니가 어느 날 온천에 들어가려고 유모토(湯本)까지 걸어서 가고 있을 때의 일이다. 좁은 산길을 걷고 있는데 앞쪽으로 사람의 그림이 보였다.

"누구지? 이런 곳에?"

가까이 다가가자 낯선 젊은 여자가 웅크리고 앉아 있었다.

"왜 그러세요? 어디가 안 좋은가요?"

어깨로 큰 숨을 쉬고 있는 여자가 신경 쓰여 말을 걸어보았더니,

"아이가, 아이가 태어날 것 같아서, 도와주세요."

아이가 지금, 여기서 태어난다고? 아무리 산파라 해도 무척 난처하다. 그래도 어떻게든 해줘야 한다. 할머니는 어찌 대처해야 할지 여러모로 고심하고 있었는데, 그 여자가 갑자기 크게 하품을 했다.

"근데 입을 벌리는 모습이 심상치 않았던 모양이에요. 더 놀란 것은 그 입안이었어요. 이빨이 죄다 송곳니였다더라고요."

그것을 본 할머니는 여우라고 생각해 부리나케 도망쳐버렸다. 이후에도 할머니는 이 사건을 몹시도 해괴하게 여겼다고 한다.

"자신이 산파인 걸 알고 그런 식으로 나왔던 거라고 생각한 거지요. 물론 그때가 밤은 아니었고요. 벌건 대낮이었고, 술도 먹지 않은 상태였어요."

*

아키타현의 아니 지역과 마찬가지로 니시와가정에는 여우와 관련된 이야기가 많다. 그중에는 이해하기 어려운 이야기도 있다.

다카하시 씨의 사냥 동료가 '지구라('쓰구라'라고도 말한다. 아이를 넣어두는 짚으로 된 바구니)'를 사러 요코테(橫手)까지 걸어갔을 때의 일이다. 그는 거금을 들여 산 소중한 물건을 등에 지고 가게를 나섰다.

"자네, 걸어서 돌아갈 작정인가? 오늘 안으로는 무리일걸세. 여기서 묵고 가면 어떤가?"

"난 마다키라구. 끄떡없어."

"천만에. 산을 넘을 때는 여우를 조심해야 해. 지난번에도 여우에게 홀려서 계곡에 떨어진 녀석이 있었다니까. 소중한 '지구라'를 잃어버리면 안 되지."

간만에 모처럼 나온 번화가다. 그는 도저히 참지 못해 가볍게 한 잔을 걸치고 나서 귀갓길에 올랐다.

"뭐라고? 지금 뭐라는 거야? 여우? 바보 같으니라고. 그런 거한테 내가 호락호락 당할 것 같애? 반대로 내가 잡아서 깔개를 만들어줄 테니 어서 나와보라고! 절대로 당하지 않을 테니까."

해도 완전히 저물어 어두워진 산길을 위세 좋게 걸으며 집까지 무사히 돌아왔는데….

"집에 무사히 도착하긴 했지만 '지구라'를 어깨에서 내리려고 하지 않더래요. 오히려 무서운 얼굴을 하고 화를 냈답니다. '너희들, 여우들이지? 나를 속이려 해도 어림없어!'라면서요."

가족들이 아무리 달래보아도 '너흰 여우들이야!'라고 날뛰며 난리를 친다. 그래서 가족들이 남자의 친구들을 몇 사람 불러와 간신히 남자를 가라앉히려고 했다.

"이 사람들은 여우가 아니야! 자네 가족들이야. 우리가 보증할 테니 안심하고 '지구라' 내려놓아."

이렇게 간곡히 친구들이 계속 타일러 간신히 사내는 지구라를 내

234

려놓고 감정을 가라앉혔다.

"이건 재미있는 이야기지요. 여우에게 당하지 않겠다는 생각이 지나치다 보니 가족들까지 믿을 수 없게 된 모양이더군요."

내가 생각하기로는 이 정도면 이미 홀려버린 거라고 할 수 있지 않을까 싶다. 당하지 않겠노라는 강한 의지를 오히려 역습의 기회로 삼아 속이려고 획책한 여우가 한 수 위이지 않았을까.

*

다카하시 씨는 이상한 소리에 대해서도 말해주었다.

"1947년(쇼와 22년) 무렵이었어요. 야마가타현 쪽 광산에서 한때 일했던 적이 있었지요. 당시 친구 아버지가 숯을 굽는 분이었는데, 그분이 묘한 말씀을 하더라고요."

숯을 굽는 아버지가 말씀하시기를 누군가가 한밤중에 나무를 벤다는 것이다. 숯을 굽는 산막 바로 옆인 것 같은데, 어디서 베고 있는지는 모르겠다고 계속 희한해하신다.

"그런 말도 안 되는 일이 있을 리 없잖아요!"

무릇 벌건 대낮에 해도 위험천만한 것이 벌목 작업이다. 그것을 한밤중에 하다니, 있을 수 없는 일이다. 다카하시 씨는 친구 아버지가 자다가 뭔가를 잘못 들은 게 틀림없다고 생각했다. 그래서 그 숯을 굽는 산막에서 소리의 정체를 확인하려고 산으로 올라갔던 것이다.

"산막에서 묵었는데요, 몇 시쯤 되었을까요. 진짜로 소리가 들려오기 시작했던 거예요. 쓱쓱, 쓰윽쓱, 콩콩콩콩…. 톱을 사용하거나 도끼를 휘두르는 소리였지요. 그러고 나서 싹뚝싹뚝 하더니 쿵 하고 쓰러지는 소리까지 확연히 들리더라고요."

아닌게 아니라 누군가가 나무를 베고 있는 모양이다. 하지만 그 소리는 신기한 울림이었다.

"그게 멀리서 나는 소리인지 가까이서 나는지, 도통 모르겠더라고요. 소리가 들리는 것은 분명한데 멀리서 들리는 것 같기도 하고 가까운 데서 나는 소리 같기도 하고. 소리 느낌이 진짜 희한했지요."

이건 인간의 소행이 아닐 거라고 생각한 다카하시 씨는 올가미를 설치하기로 했다. 올가미의 틀 안에 들어가면 누름돌을 달아놓은 천장 부분이 떨어져 사냥감을 덮쳐 포획하는 장치다. 다카하시 씨는 산막 근처에 이 올가미를 설치해놓고 한동안 지켜보기로 했다. 수일 후 장치해놓은 것이 떨어진 것을 발견하고 달려가보니….

"너구리가 걸려들어 있었지요. 엄청나게 큰 너구리였어요. 그렇게 큰 너구리는 본 적이 없을 정도로 컸지요."

올가미에서 삐져나올 정도로 거대한 너구리는 가죽을 벗겨 등받이로 쓰기로 했다.

"너무 훌륭한 너구리긴 했지만, 냄새가 심해서 고기는 물론 먹지 않았어요. 가죽도 냄새가 역해서 도저히 등받이로 쓸 수 없더라고요. 결국 버려버렸지요."

거대한 너구리가 사라진 탓인지 한밤중에 나무를 자르는 소리는 그 후 들리지 않았다고 한다.

다시 돌아오는 큰 뱀

뱀에 관한 이야기는 여러 개 수록했다. 원래 뱀이란 산촌에서는 친근한 생물이었던 모양이다. 좋든 싫든 사람들의 눈앞에 자주 나타난다. 특히 산간 지대에서는 뱀이 집 안으로까지 들어오는 경우가 결코 드물지 않다.

"그건 정말 신기한 생물이더군요. 유리창을 그대로 올라가더라고요. 그렇게 미끄러운 곳을 도대체 어떻게 올라갈까요?"

창문을 올라갈 정도니 나무를 타고 올라가는 것쯤이야 뱀에겐 식은 죽 먹기다. 후쿠시마현 난고(南郷)촌에 사는 쓰키타 레이지로(月田礼次郎) 씨는 새를 위해 정성껏 만들어놓은 둥우리 상자에 커다란 능구렁이가 기어들어 가려는 것을 발견했다. 그 둥우리 상자에 할미새가 이제 막 둥지를 튼 시기였다. 쓰키타 씨는 그 능구렁이를 잡아서 2km 정도 떨어진 숲에 풀어주었다.

"다음 날 밭에 나갔다가 깜짝 놀랐지요."

밭 옆에는 앞서 언급했던 둥우리 상자가 있다. 쓰키타 씨가 목격한 것은 나무에 올라가 둥우리 상자를 노리는 능구렁이의 모습이었다. 크기로 봐서도 어제 봤던 그 뱀이 틀림없었다.

"잡은 다음 상당히 멀리 떨어진 곳에 놓아주었는데, 세상에나, 하루 만에 돌아온 거예요."

쓰키타 씨는 뱀의 빠른 움직임에 대해 신기하다며 감탄했다고 한다.

*

이와테현 니시와가정의 데루이 데이코(照井定子) 씨는 온천장 여주인이다. 어린 시절엔 비교적 규모가 큰 농가에서 자랐고, 할아버지는 마타기였다고 한다. 그런 데루이 씨의 이야기다.

"큰 집이어서 연못이 있었는데 그 옆으로 뱀이 나온 적이 있었어요."

그 뱀의 크기가 이만저만한 수준이 아니었다. 몸통 둘레가 맥주병을 훨씬 능가하는 거대 뱀이었다. 너무 커서 도저히 손을 쓸 수 없을 정도였다. 그러나 당시엔 집에 아직 어린아이가 있었기 때문에 위험했다. 어찌 해야 할지 고민하고 있는데, 한 고용인이 나서서 본인이 뱀을 처리해보겠노라고 의사를 밝혔다.

"그 사람은 뱀을 익숙하게 잘 다루는 사람이어서 커다란 뱀을 잡아, 무려 '한 말을 넣을 수 있는 용기'에 넣었어요. 그걸 등에 지고 신사까지 가지고 가서 풀어주고 왔지요."

그런데 이틀이 지나자 그 큰 뱀이 다시 똑같은 장소에 나타난 것이다. 깜짝 놀란 데루이 씨는 다시 종업원에게 뱀을 처리해달라고 부탁했는데….

"이번에도 신사로 가지고 갔는데, 알을 하나 그 용기에 넣어서 갔대요. 너는 거기로 돌아와도 소용없다고 뱀에게 말을 하면서요."

그 뱀은 납득을 한 모양이다. 두 번 다시 모습을 드러내는 일이 없었기 때문이다.

*

니시와가정은 눈이 많이 오기로 손꼽히는 지대다. 예로부터 눈사
태로 인적 피해가 많았기 때문에 눈을 이겨내는 것은 중대한 과제
였다. 눈 피해를 경감시켜 조금이나마 생활에 도움을 주고자 설립
된 것이 설국문화연구소(雪国文化研究所)다. 그곳의 연구원인 오노
데라 사토시(小野寺聡) 씨도 터무니없이 큰 뱀을 발견한 적이 있다고
한다.

학창 시절에 산악부에 소속되어 있었고, 태어날 때부터 이미 타고
난 '산 사나이'이기도 했던 오노데라 씨는 혼자서 자주 산을 돌아다
닌다. 어느 날 도호쿠 지방에 있는 산속 어느 연못에서 낚시질 준비
를 하고 있는데, 뒤에 있던 덤불숲에서 뭔가가 움직이는 기척이 느
껴졌다.

"뭐지? 하면서 뒤를 돌아보았더니, 뱀이었어요. 마침 그때 그 뱀
이 낮은 나무들 위를 기어다니고 있더라고요."

뱀이라면 질색이지만 워낙 자주 봐서 익숙한 존재다. 그러나 그
뱀은 보통 뱀이 아니었다.

"크기가, 글쎄요, 맥주병보다 크지 않았을까요? 덩치 큰 사내의 팔
뚝 같은 느낌이었지요."

너무 굵은 뱀이어서 공포감을 느낀 오노데라 씨는 도망치기 시작
했다. 연못에서 덤불로, 덤불에서 유보도(遊歩道)로 빠져나와 보니
새삼 그 뱀의 거대함을 이해할 수 있었다.

"꼬리가 바로 저기에 있는 거예요. 머리가 있던 곳으로부터 무려 3m는 떨어져 있더라고요. 두께가 그 정도니 길이가 그 정도여도 이상하진 않지만….”

"그건 능구렁이였나요?”

"아니요, 유혈목이였어요.”

유혈목이는 결코 큰 뱀은 아니다. 하지만 맥주병 이상의 두께에 길이가 3m나 된다니 충격적이다. 유혈목이는 모양이 독특해 한번 보면 금방 기억할 수 있는 종류다. 산에 관한 명인이기도 한 오노데라 씨가 잘못 봤을 리 없다. 산에는 터무니없는 괴물들이 있다고 새삼 느꼈다.

부르는 사람, 오는 사람

오노데라 씨에게는 물과 관련된 사고로 세상을 떠난 친구가 있다. 계류 낚시 중에 수심 깊은 곳에 빠져 목숨을 잃었다. 세상을 떠난 친구를 공양하기 위해 절친한 친구들이 모였을 때의 일이다.

"다시 모였던 게 마침 1주기였거든요. 그 녀석이 사고를 당했던 곳에서 이런저런 이야기를 나누고 있었지요. 근데 느닷없이 한 친구가 '네엣!' 하면서 고함을 지르는 게 아니겠어요?"

조용히 이야기를 나누고 있을 때 불쑥 엉뚱한 소리를 질렀기 때문에 당연히 모두 깜짝 놀랐다.

"뭐야? 어떻게 된 거야?"

"에? 지금 누군가가 내 목소리를 불렀거든…. 저쪽에서 불렀는데, 잠깐 보고 올게."

그는 어이없어하는 친구들을 그대로 두고 성큼성큼 산 쪽으로 들어갔다.

"누가 불렀다고? 무슨 소리가 났었어?"

"아니, 아무 말도 안 들렸는데?"

영문도 모른 채 한동안 강가에서 기다리고 있었더니 그가 돌아왔다.

"뭐야, 누가 있었어?"

"아니, 없었어. 근데 참 이상하네. 분명 내 이름을 불렀는데."

그래서 모두 알아차렸다. 그를 불렀던 것은 먼저 간 그 녀석이라고.

"세상을 떠난 ○○를 일 년 전에 계곡에서 건져 올렸던 게 그 친구였거든요. 그래서 필시 이름을 불렀던 것이겠지요. 모두 그렇게 납득하고 다시 합장을 했습니다."

*

오노데라 씨는 산막에서도 신기한 체험을 했다. 동료들과 하치만타이(八幡平)에 있는 산막에 머물렀을 때의 일이다.

"마침 태풍이 왔었거든요. 태풍이 왔을 때 산막에 머물면 재미있을 것 같다는 의견이 있어서 같이 산에 올라갔어요. 지금 생각해보면 젊은 날의 치기였지요."

날씨가 너무 나빠지기 전에 산에 올라가자 예정대로 산막에 도착할 수 있었다. 관리인이 없는 무인 산막에는 다른 등산객도 없었다. 태풍이 오는 날 산막에서 하룻밤을 지낸다는 깜짝 이벤트에 다들 어린아이처럼 왠지 모르게 잔뜩 들떠 있었다.

"바람은 점점 강해지는데 우린 술을 마시며 한껏 떠들어댔지요. 그러다가 어느새 잠들어버렸는데⋯."

한밤중의 일이다. 오노데라 씨는 무슨 소리에 눈을 떴다.

"통, 통, 통, 통"

산막의 계단을 올라오는 소리였다. 그 시간에는 바람도 잦아들면서 평소처럼 고요한 밤의 어둠이 주위를 감싸고 있었다.

"어라? 누가 왔나?"

얕은 잠에서 눈을 뜬 후 그 소리를 듣고 있었더니 산막 입구까지 계단을 올라왔다는 것을 알 수 있었다.

"이런 시간에 대체 누구지? 태풍이 부는데 여기까지 걸어왔단 말이야?"

한밤중에, 심지어 이런 악천후 속에서 여기까지 올라올 자가 과연 있을까? 해괴하다. 그런데 더더욱 해괴한 것은 그 누군가가 산막 안으로 들어오지 않는다는 사실이었다.

"입구가 열리는 소리가 안 나는 거예요. 계단을 올라왔을 뿐이지요."

결국 아침까지 문은 열리지 않았다. 얼마 후 완전히 밝아지고 나서 하산 준비를 하고 있는데 갑자기 한 친구가 산막 주변에 있는 풀숲을 헤집기 시작한다.

"뭐 하는 거야?"

"아니, 뭐가 있는 거 같아서…."

한동안 주변 풀숲을 헤매고 다니더니 갑자기 움직임이 멈춰진다.

"이거…였구나."

그 목소리에 다들 그 자리로 몰려갔다. 거기에 있던 것은 오래되어 이끼가 낀 조난자 위령비였다. 누구도 입을 열지 않았지만, 실은 다들 그 신기한 발소리를 듣고 있었다.

*

이것도 어느 산막에 오노데라 씨가 혼자서 묵었을 때의 일이다. 일찌감치 침낭에 들어가 이런저런 생각을 하고 있는데….

"통, 통, 통, 통 하며 계단을 올라오는 발소리가 들렸어요."

여기까지는 앞서 언급했던 하치만타이의 산막과 마찬가지다. 그런데 그다음부터 약간 다르다.

"입구 문짝을 여는 소리가 들려서 아, 누가 왔는가 싶었지요. 귀찮아졌다는 생각은 들었지만 일단 인사라도 해야 할 것 같아서 얼굴을 내밀었어요."

어슴푸레한 산막 안 침낭에서 얼굴만 내밀고 주위를 살펴보자, 이렇다 할 인기척이 느껴지지 않는다. 인기척은커녕 열렸다고 생각한 문짝이 실은 닫힌 상태였다.

"덜컹거리면서 문을 여는 소리가 확실히 들렸거든요. 닫히는 소리는 안 들려서 문이 열려진 채로 있어야 하는데…, 겁이 나서 침낭 속으로 얼굴을 파묻고 덜덜 떨고 있었지요."

산막을 방문하는 수수께끼의 방문자는 산악부 출신들에게는 아마도 가장 유명한 존재가 아닐까. 그가 특별한 형태로 박해를 가하는 일은 거의 없다. 그러나 마치 누군가가 자신의 존재를 제발 알아달라는 식으로, 자신의 기척을 느낄 수 있도록 유도한다. 텐트 주변을 걸으면서 맴도는 발소리도 그렇지만, 딱히 뭔가를 호소하려는 것은 아닌 것 같다.

*

오노데라 씨는 3일간 산에 들어와 있으면 감각이 점점 변한다고 말한다. 평소라면 들리지 않았을 미세한 음이나 공기의 변화에 몸이 반응하는 모양이다.

"상당히 오래된 일인데요. 산 정상 부근에서 쉬고 있었거든요. 그랬더니 이유는 잘 모르겠지만 작은 새들이 제 주위에 모여들기 시작하는 거예요. 그런 일은 보통 잘 없잖아요. 처음엔 매 같은 새한테 공격을 받아 여기로 도망왔나 싶었지요."

그러나 맹금류가 주위를 날아다니는 기미도 보이지 않는다. 그런데도 작은 새들이 자기 주변에 모여드는 것이다. 그러면 어느새 오노데라 씨 스스로에게 어떤 묘한 감정이 엄습한다. 뭐라고 형용할 수 없는, 정체를 알 수 없는 섬뜩함을 억누를 길 없어진다.

"도대체 그 정체가 뭘까요? 무척 묘한 느낌이 드는 거예요."

그러고 나서 얼마 후 아주 큰 지진이 일어났다. 동물들이 지진을 예지하고 이상한 행동을 한다는 이야기는 종종 들어본 적 있는데, 사람에게도 그런 능력이 애당초 갖춰져 있는 것일까?

*

니시와가정의 온천 료칸 여주인 데루이 데이코 씨는 신기한 발소리를 자주 들었다고 한다. 그가 어린 시절 살았던 집은 집 안 깊숙이에 안방이 있는 멋진 저택이다. 그곳은 상당히 화려했던 모양이다.

"때때로 집 안 깊숙이에 있던 안방 쪽에서 누군가가 걷는 소리가 들리는 거예요. 그러고 나서 미닫이문이 열리면서 들어가는 거지요. 대체 누구지 싶어서 가보면 아무도 없고요."

대부분은 그 일이 있고 수일 후에 가까운 사람이 세상을 떠나는 경우가 많았다고 한다. 안방 이외에도 신기한 장소가 있었다. 그것은 데루이 씨가 혼자서 자는 2층의 방이다.

"2층에서 자고 있으면 계단을 올라오는 발소리가 들려요. 왔다는 것을 느낄 수 있지요."

물론 가족이 왔다는 소리가 아니다. 정체를 알 수 없는 존재가 온 것이다.

"이게 오면 머릿속이 어떻게 되어버릴 지경에 빠지지요…. 사이다라도 쏟아진 것처럼. 그리고 몸이 굳어져요. 가위에 눌린 것 같다고 해야 할까요?"

그것이 무서워서 데루이 씨는 계단을 올라오는 그 발소리가 들리면 필사적으로 염불을 외운다.

"여긴 네가 올 곳이 아니다. 여긴 네가 올 곳이 아니다."

잠시 염불을 외우고 있으면 그 '뭔가'는 결국 포기했는지 점점 멀리로 간다고 한다.

*

당시 데루이 씨가 살던 지역은 엽사가 많았고, 데루이 씨의 할아버지도 사냥을 했다. 사냥 후에는 으레 모두 모여서 술을 마시는 것이 마을의 규칙이다.

"한겨울에 잡은 토끼를 집에 가지고 와서 술자리를 여는 경우가 있지요."

추운 계절엔 함께 잡은 토끼를 전골 요리로 만들어 술을 마신다. 산촌의 소중한 즐거움이다. 그러나 종종 터무니없는 사태도 발생한다.

"어느새 술에 취해버리면 싸움이 시작되면서 '당장 나가!'라며 난리가 나서…."

글쎄, 이 정도라면 어디서든 들어볼 수 있는 이야기지만, 그다음부터가 과연 엽사 마을답다.

"철포를 꺼내 들고 서로 쏘기도 하거든요. 총에 맞아 다치는 사람까지 나올 때는 너무 무서웠어요."

닛카쓰(日活, 일본의 대표적인 영화사 중 하나-역주)의 액션 영화를 방불케 하는 설원의 총격전이다. 이것은 산의 '모노노케'보다 훨씬 무섭다.

*

앞서 언급했던 것처럼 데루이 씨의 집은 커다란 집이었다. 집 주변에는 다양한 소리가 넘쳐나고 있었던 모양이다.

"겨울이 되면 집 주변은 짚이나 가마니 등으로 덮이지요. 거기서 엄청난 소리가 나는 거예요. 밤 8시나 9시 정도였을까요."

그것은 이상하리만치 섬뜩한 울림이었다. 당시로선 소중한 노동력인 말이 한 지붕 아래 자고 있었는데, 이 소리를 들으면 말까지 날뛰기 시작했을 정도였다. 밖에서는 밖이라고 엄청난 소리, 안에서는 공포에 질린 말이 날뛰는 소리. 이런 상황은 제법 두렵다.

"부모님 말씀에 의하면 밖에서 난리를 치고 있는 것은 여우라는 거였어요. 나쁜 아이는 여우에게 잡혀간다는 말씀을 자주 하셨지요."

짚이나 가마니가 엄청난 소리를 내는 경우도 있었다.

"서쪽 툇마루에서 가마니가 엄청난 소리를 내는 거예요. 그건 딱따구리 소리인데 그럴 때는 여우도 난리가 나지요."

엄동설한의 적막한 산속에서는 더더욱 스산한 소리로 들렸을 것이다. 이런 소동이 일어나면 어김없이 눈보라가 치기 시작했다니, 기압의 변화와 무슨 관련이 있었을지도 모른다.

여우 들린 사람

여우에게 홀린 이야기는 거의 어느 지역에서나 들을 수 있었다. 그러나 여우가 들린 이야기는 비율적으로 보면 적어 보인다. 니시와가정에 거주하는 데루이 데이코 씨에게 이야기를 계속 들어보겠다.

"여우에게 홀린 사람은 몇 사람이나 있었지요. 20년 정도 전에 근처 사람이 버섯을 따러 산에 올라갔는데 돌아오더니 이상해져서…."

산에 관한 베테랑이었던 그 사람은 이상한 행동을 반복하더니 결국 세상을 떠나버렸다고 한다.

*

지금의 홋토유다(ほっと湯田)역에서 북쪽 방면으로 향한 곳에 오이시(大石) 지역이 있다. 누군가를 축하하러 갔다가 잔칫집 음식이 가득 담긴 나무 도시락 상자를 들고 거나하게 취해 동료들과 집에 돌아오던 어떤 사람이….

"마을에 들어오고 나서 느닷없이 그 사람이 엄청난 기세로 걷기 시작했던 거예요. 그야말로 미친 사람처럼 빙글빙글 도는 거지요."

동료가 말을 걸어도 그 사람의 움직임은 멈추지 않았다. 몇 사람이 가까스로 그 사람을 덮쳐 움직이지 못하게 했는데 너무도 명백히 상태가 이상했다.

"여우가 들린 게 아닐까?"

한 사람이 그 사내의 등을 있는 힘껏 내리치자 커다란 여우가 쑥 튀어나왔다. 힘이 빠진 사내는 그 자리에 풀썩 쓰러진다. 그는 자신이 무엇을 하고 있었는지 기억하지 못했다.

"여우가 들린 사람은 대체로 장수하지 못하는 모양이더라고요."

*

이와 아주 비슷한 이야기를 오쿠치치부(奧秩父)에서도 들었다. 과거에 존재했던 행정구역인 오타키(大滝, 현재의 지치부[秩父]시)촌에는 야마가타현으로 빠지는 '지치부 왕래길(秩父往還)'이 존재한다. 주요 지역을 이어주는 핵심적인 도로인 이른바 '가도(街道)'라고 할 수 있는데 근년에 가리사카(雁坂) 터널이 개통된 바 있다. 과거에는 좀처럼 넘기 어려웠던 험준한 곳이 쾌적한 길로 바뀐 것이다. 그러나 산속 깊숙이에 존재하는 환경은 여전히 그대로다. 이 지역에는 승냥이(일본늑대)를 권속으로 하는 미쓰미네(三峯) 신사가 있어서 신앙과 연관된 산이기도 하다.

그런 오쿠치치부의 어느 지역에서 묘한 사건이 일어났다. 극히 평범한 가정에서 초등학교 저학년 어린이가 갑자기 표정이 바뀌면서 날뛰기 시작했다. 가족들은 난데없는 일이라 영문을 몰라 어리둥절했지만, 혹시 여우 탓이 아닐까 하는 의문을 품었다. 그래서 알고 지내던 스님을 모셔와 아이를 좀 봐주십사 부탁하자….

"여우가 들렸네요. 안에서 쫓아내야겠어요."

그렇게 말하더니 스님은 그 아이의 등을 세게 두드렸다. 그러자 그때까지 정신없이 사방으로 날뛰던 아이의 몸에서 순식간에 힘이 빠졌다. 마치 여태까지 그 아이 몸에 들려 있던 존재가 떨어져나간 것 같았다.

그러나 일동이 가슴을 쓸어내린 것도 잠시, 이번엔 그 옆에 있던 어머니에게 이변이 나타났다. 조금 전까지 아이가 보여주었던 것처럼 사방으로 날뛰기 시작했다. 표정도 평소와 전혀 달랐다.

"이건… 여우가 이번엔 이쪽으로 들어왔나?"

거의 무아지경의 표정으로 격렬히 움직이는 어머니를 붙잡더니 다시 그 등을 두드리기 시작했다. 이번에도 여우를 내보내는 것에는 일단 성공했지만….

"도저히 안 되겠다. 이 집에서 여우는 나가지 않을 거야. 미쓰미네 신사의 권속을 빌려와야 해."

미쓰미네 신사의 권속은 승냥이, 일본늑대다. 이 권속의 그림이 그려진 부적을 가지고 오는 것을 '권속을 빌린다'라고 그 지역에서는 말한다. 이리하여 기도를 마친 부적을 미쓰미네 신사에서 가지고 와서 집에 있는 상인방(上引枋)에 덕지덕지 붙여서 간신히 이변을 수습할 수 있었다.

*

미쓰미네 신사의 권속이 짐승 퇴치에 효험이 있다고 평판이 자자한 데는 이유가 있다. 산짐승 중 가장 높은 자리를 차지하는 일본늑대를 다른 짐승들이 두려워하며 도망치기 때문에 사람에게 지장을 초래할 수 있는 짐승을 내쫓는 데 효과가 있다고 여겨지는 것이다.

같은 지역에서는 할머니가 갑자기 두려움에 휩싸였던 적도 있다.

"집 안에 뭔가가 들어왔다. 저건 악한 것이므로 권속을 빌려오너라."

가족들이 반신반의한 상태로 미쓰미네 신사까지 부적을 받으러 다녀오자 그것을 집 안 사방에 붙이고 다녔다. 그러고 나서 3일이 지나 할머니는 비로소 안심하게 되었다. 집 안에 들어온 악한 것이 나갔다며 기뻐했다고 한다.

*

오타키(大滝)와 산을 사이에 두고 인접한 곳으로 나가노현의 가와카미(川上)촌이 있다. 일본늑대의 피가 남아 있다고 전해지는 견종, 가와카미견의 산지다. 여기서도 여우가 들린 이야기를 들었다. 역시 어느 날 갑자기 행동이 이상해진 사람이 나타났는데, 그럴 경우엔 방에 가두고 연기를 피우든가 모두가 같이 다가가 방망이로 두드려서 인간에게 들린 존재를 내쫓는다고 한다. 부적을 붙이는 것보다 상당히 난폭한 방식이긴 하다.

여우가 인간에게 들렸다는 이런 이야기들 중 아주 오랜 옛날의 이야기는 전무하다. 극히 최근의 이야기란 소리다. 실제로 미쓰미네 신사에는 인간에게 들린 존재를 내쫓기 위해 기도하러 오는 사람이 지금도 드물지 않다.

한밤중의 맷돌

오쿠치치부에 위치하는 오타키 지역은 지치부시와 합병하기 전에는 오타키촌이다. 오타키 촌장을 역임했던 지시마 시게루(千島茂) 씨의 이야기다.

"이곳은 고후(甲府, 야마나시[山梨]현의 중심 도시-역주)로 이어지는 길이 있었기 때문에 사람들의 왕래가 많았지요. '고제(瞽女, 일본의 시각장애 여성 예능인-역주)'나 약재상 등 많은 사람들이 여기를 지나다녔답니다. 그래서 산속이지만 다양한 정보나 이야기를 들을 수 있는 곳이기도 했습니다."

지시마 씨의 젊은 시절, 촌에서 감쪽같은 '행방불명'이 발생했다. 밭일하던 부모 옆으로부터 작은 여자아이가 홀연히 자취를 감춘 것이다. 마을 전체가 뒤집혀 수색대가 결성되었고, 다들 혈안이 되어 여자아이를 찾아다녔는데….

"어디에도 없는 거예요. 결국 찾지 못한 채 밤이 되어버렸지요."

납치라도 당했다면 진즉 멀리 끌려가버렸을지도 모른다. 절망 속에서 아이의 부모는 밤을 지새웠다.

"이 근처엔 '신의 가호로'라는 표현이 있는데요, 아시나요?"

의미는 '다행스럽게도', 혹은 '신의 구원을 받아'라는 느낌인 모양이다. 그 '신의 가호'가 이튿날 일어났다.

"촌에서 제법 올라간 곳에 후네노타이라(舟の平)라는 곳이 있거든요. 능선 길이 나 있는데, 드넓은 평지인 곳이지요."

후네노타이라에는 커다란 나무가 한 그루 있었는데, 그 밑둥치에서 여자아이는 방긋거리며 혼자서 놀고 있었다고 한다.

"아직 네다섯 살밖에 안 되는 아이잖아요. 도저히 혼자서 그런 곳까지 걸어서 갈 수 없지요. 그래서 그건 덴구님(天狗樣)이 같이 놀아 준 거라고 다들 이야기했어요."

아이들은 '갓파'나 여우에 관한 이야기를 어른한테 많이 듣고 있다. 그러나 그것이 진짜 사실이라고 완전히 믿어지지는 않았다.

"하지만 때때로 있거든요. 어른들이 새파랗게 질려 산에서 뛰어내려 오는 일이. 그런 모습을 보면, 정말로 뭔가 있는 게 아닐까 하면서 조금 믿는 구석도 있었지요."

*

여우에게 맛있는 밥을 빼앗기는 이야기는 오타키촌에서도 드문 이야기가 아니다. 특히 유부나 생선 계통의 비린내가 나는 것은 요주의 품목이었다.

"친척 집에 그런 요리를 가져다줄 때는 엄중히 경계해야 했지요. 당하지 않으려고 고추를 가지고 가는 거예요. 문득 정신을 차리면 뒤에서 발소리가 따라붙지요. 하지만 그 집 앞에까지 가면 사라지고 없어요."

아키타현의 아니 지역에서는 여우에게 홀리지 않도록 마늘을 지참한다는 이야기를 들은 적이 있는데 오쿠치치부에서는 고추다. 이것은 다른 사람한테서도 들었다. 그 사람의 이야기에 따르면 요즘은 고추로 액막이를 하는 사람이 드물지만, 그 댁에서는 반드시 사용하고 밤에 온 손님에게도 지니고 있으라고 한다는 것이다.

*

지시마 씨는 도깨비불도 본 적이 있다. 그것은 산속에서 일렬로 일제히 빛이 나는가 싶더니 꺼지고, 그리고 또 다른 곳에서 마찬가지로 빛의 행렬을 이루었다고 한다.

"옛날에는 땅에 시신을 매장했잖아요. 사람이 죽으면 집에서 조금 떨어진 산소에 묻는데, 일주일 지나면 불덩이가 하늘로 날아올라 승천한다고 들었어요. 묘지를 옮길 때 작업한 적이 있었거든요. 65명 정도는 묻혀 있었을 거예요. 같이 작업을 했던 사람이 여기는 옛날에 불덩이가 엄청나게 나온 곳이었다고 말하더라고요. 저희가 작업할 때는 더 이상 아무것도 나오지 않았지만요."

불덩이에도 수명이 있는 모양이다.

*

오타키촌에서는 전쟁 당시 '다마시'의 귀환이 종종 화제가 되었다.

"아무개의 집에 해 질 무렵 문 두드리는 소리가 나서 열어보니 아무도 없었다느니, 이런 이야기들을 자주 들었지요. '아, 그 아이가 전사했구나'라고 느낄 수 있었다고 하더라고요. 대체로 그다음다음 날 정도에 전사 통지서가 집에 오는 거예요."

닫아두었던 게 분명한 바깥 덧문이 한밤중 느닷없이 열리는 소리가 나면서 누군가 집으로 들어오는 기척을 느낀다. 다음 날 아침 확인해보면 바깥 덧문은 닫혀 있지만, 단단히 걸어두었다고 생각했던 덧문 빗장이 어느새 풀려 있었다. 어떤 소식을 알리는 징조인가 싶다는 이야기도 있다. 누구보다 먼저 부모에게 자신의 마지막을 알리고 싶었을 것이다. 지금은 이런 이야기를 들을 기회가 거의 없어졌다.

*

지시마 씨는 어린 시절, 아침이 밝자마자 느닷없이 이웃집 아주머니한테서 묘한 이야기를 들은 적이 있다.

"어제 저녁이었지?"

어제 저녁? 도대체 뭐가 어제 저녁이라는 것인지 이해하지 못한 채 아주머니의 이야기를 들어보니….

"한밤중에 봉당에서 맷돌을 가는 소리가 났다는 거예요."

당시엔 맷돌류가 어느 집에나 있었다. 떡을 칠 때 쓰는 것으로 익히 알려진 절구와 뭔가를 갈 때 쓰는 맷돌이다. 절구나 맷돌을 빌려주거나 빌리는 것도 당시엔 딱히 보기 드문 일이 아니었다고 한다.

이웃집에서 맷돌을 돌리는 경우도 때때로 있었다.

"하지만 아무리 그래도 한밤중인데요. 이웃집 아주머니는 미안한 나머지 조심스럽게, 일부러 다들 자는 시간에 맷돌을 돌리러 왔다고 생각하셨던 모양이에요."

이상한 이야기다. 아무리 터놓고 지내는 사이라도 한밤중에 맷돌을 돌리러 다른 사람 집에 가는 것은 있을 수 없는 일이다. 그 아주머니도 맷돌을 확인했는데, 사용한 흔적을 도대체 확인할 수 없어서 일부러 물으신 것이었다.

*

오쿠치치부에 있는 산에서 오랜 세월 산림 관련 작업을 해왔던 사람에게도 이야기를 들었다. 그 사람은 신비로운 일이란 기본적으로 없다고 생각하고 있다.

"도깨비불? 아, 불덩이처럼 생긴 것은 봤어요. 이 산에서 저 산으로 날아가더라고요. 그것은 전혀 이상할 것도, 신비할 것도 없어요. 그건 산새겠지요."

도깨비불=산새=불덩어리 설은 몇 군데에선가 들었다. 어떤 사람에 의하면 산새가 날면 그 날개가 스치면서 정전기가 일어나 빛난다는 것이다. 그리고 또 어떤 사람에 의하면 아침이나 저녁 무렵에 하얀 벽 쪽을 향해 산새가 날아오르면 그것이 불덩어리처럼 보인다고 한다. 하지만 이 설은 전혀 아니라고 생각한다.

"산새가 빛나는 것처럼 보이는 것은 날개에 야광충이 많이 붙어 있어서 그것이 빛나는 거라고요."

야광충 설이다. 야광충에 대해 조사해보면 금방 알 수 있으므로 굳이 언급하지 않겠다. 그러나 어느 설도 수수께끼의 광체를 포착해 그 정체가 산새였다고는 아무도 증명하지 못했다. 어디까지나 개인적인 견해인 것이다.

*

이분의 아버님은 철포를 쏘는 사람이다. 어느 날 산새를 쏘러 갔을 때의 일이다.

"아버지가 아침 일찍부터 산에 올라가 몰래 숨어서 산새가 움직이기 시작하길 기다리고 있었어요."

아직 날도 채 밝지 않았을 무렵부터 계속 기다리고 있노라니 눈앞이 갑자기 밝아졌다. 산의 그늘에서 갑자기 아침 햇살이 쏟아져내렸다고 생각했는데, 실은 그게 아니었다. 실은 눈부실 정도로 빛나는 여자의 모습이었다. 밝은 빛 속에서 휘황찬란한 빛을 발하면서 한 여성이 조용히 서서 물끄러미 이쪽을 보고 있다.

"아버지는 무서워져서 가지고 있던 철포를 그쪽으로 향했어요. 그러자 그 여자가 순식간에 사라져버렸다더라고요."

이는 틀림없이 산의 신일 거라고 생각한 아버지는 부들부들 떨면서 합장을 하고 필사적으로 기도를 바친다. 그리고 사냥을 멈추고는 그대로 산에서 내려왔다고 한다.

"마침 그날이 우리 집에서 태어난 갓난아이가 5일째 되는 날이었지요. '지부쿠(チブク)'여서 실은 사냥하러 가면 안 되는 거였지요. 그것을 지키지 않아서 산의 신이 노하신 게 아닐까요?"

'지부쿠'란 금기의 일종이다. 마타기에도 비슷한 사고방식이 있는데, 사람이 죽으면 더러운(부정한) 것이 남는다고 하여 일 년간은 사냥에 참가할 수 없다. 그리고 출산은 피로 범벅이 되기 때문에 이것도 더러운(부정한) 것으로 파악해 사냥을 금기시하는 것이다. 그러나 사냥 자체가 애당초 피범벅이 되는 행위인데, 어째서 출산 때의 피가 부정한 것으로 파악되는지는 솔직히 의문스럽기는 하다.

"이 근처에는 '오사키(オサキ)'라는 것이 있어요. 아실까 모르겠네요. 오사키라는 것은 뭐라고 표현하기가 어려워요. 동물 같기도 하지만 동물도 아닌, 뭔가 알 수 없는 존재지요. 이것이 집 안으로 들어오면 불행해진대요."

이 오사키라는 것은 '오오사키(オオサキ)'라고도 불린다. 신비한 존재로 이 오사키가 있기 때문이 집안이 번영하고 없어지면 몰락한다며 '자시키와라시(座敷わらし, 도호쿠 지방에 전승되는 어린이 요괴로, 집 안에 숨어서 가족들에게 장난을 치지만 이 요괴를 본 사람에게는 행운이 오고 집안에 부를 부른다고 믿었음-역주)'와 비슷하게 생각되는 경우가 있는가 하면, 이 사람이 말하는 것처럼 불행을 부른다고 정반대로 파악하는 경우도 있다.

'오사키'의 원조를 더듬어가다 보면 결국 '여우'에 다다른다. 그것도 꼬리가 아홉 달린 여우라고 한다. 퇴치된 꼬리 아홉 달린 여우의 꼬리가 떨어진 끝이 이 땅이며, 그래서 '오사키', 혹은 꼬리가 찢어져 있기 때문에 '오사키기쓰네(尾裂狐)'라고도 일컬어지고 있다. 기타간토(北関東)의 일부에만 전승된 모양이다.

오사키는 불온하게 사방으로 움직이는, 정체를 알 수 없는 작은 동물 같은 존재로 인지되고 있다. 여우 이야기는 각지에서 듣는데 꼬리가 아홉 달린 여우가 나오는 경우는 거의 없어서 매우 흥미로웠다.

도깨비불이 된 사내

수수께끼에 싸인 빛나는 물체는 지역에 따라 다양한 호칭이 있는
데, 도호쿠 지방에서는 압도적으로 '도깨비불'이라고 일컬어지는 경
우가 많다. 그 정체는 산새가 갑자기 날아올랐다거나 '인'이 갑자기
연소되었기 때문이라고 생각되고 있다. 그러나 개중에는….

"도깨비불? 아아, 그건 나야!"

"에? 도깨비불이라니까요?"

"그래 맞아, 나야."

어째서 그는 도깨비불이 되었을까?

*

야마가타현의 오구니(小国)는 오래된 마타기 마을이다. 그곳에서
대대로 사냥을 해온 민박집 에치고야(越後屋)의 할아버지 이야기다.

"상당히 오래된 일이었어요. 일이 바빠서 그해 추수가 늦어져버
리고 말았지요. 다른 집들은 다들 끝났는데 우리 집 논에만 벼가 서
있었다는 말씀이지요. 그래서 급히 베어버리겠다고 한밤중까지 라
이트를 켜고 벼를 베었어요."

이리하여 한밤중에 벼베기를 이틀 정도 계속했다. 그다음 날 근
처 할머니가 우리 집에 오더니 입을 열자마자 이렇게 말했다.

"너희 집 논에 도깨비불이 여기저기 날아다녔어. 조심해야 할 거

야. 뭔가 있을지도 모르니까."

그 할머니는 한밤중에 설마 벼베기를 하리라곤 미처 생각도 못 했기 때문에 라이트가 도깨비불로 보였던 모양이다.

"너무 웃겼지만 모처럼 진지하게 말씀하시고 계셔서 그냥 입 다물고 듣고만 있었어요. 이 근처의 도깨비불 이야기는 죄다 내 이야기예요. 신기한 일요? 본 적도 없고 들은 적도 없네요."

*

이와 비슷한 이야기는 니시와가정의 사와우치(沢内)에서도 들었다. 니시와가정 설국문화연구소의 오노데라 사토시 씨의 이야기.

"제 지인이 젊은 시절 술을 몰래 만들었다고 하더라고요."

원래 탁주를 만드는 것은 농가의 즐거움이다. 그런 행위가 엄하게 단속되던 시기에 동료들과 산속에서 몰래 술을 빚을 오두막을 만들었다고 한다.

"드러내놓고는 작업할 수 없어서요. 밤중에 거기까지 다녔다더군요."

어두운 산길을 몇 사람이 제등을 들고 왕래하던 날이 며칠간 이어졌다. 그러자….

"마을 전체로 소문이 퍼졌지요. 거기 부근에 도깨비불이 자주 나온다고요. 관계자는 아무도 사실을 말하지 않으니까요. 아주 최근이랍니다. 커밍아웃한 것은."

산을 오르락내리락하는 제등의 불빛은 분명 도깨비불로 보였을 것이다. 도깨비불로 오해받은 쪽도 금기시되던 밀주를 만들고 있던 상황이라 그냥 그것은 도깨비불이었다며 수십 년을 버텨온 것이다.

'도깨비불은 실은 나야.'

그렇게 말하는 사람이 의외로 많을지도 모른다.

나가며

괴이함이란?

산에 살아도 이상한 체험을 전혀 한 적이 없고, 들어본 적도 없다는 사람을 몇 사람이나 만났다. 세상에 불가사의란 존재하지 않는다. 모든 것은 설명이 된다. 이렇게 단언하는 사람도 있었다.

그러나 그런 사람들과 이야기를 나누다 보면 의아하게 느껴지는 일은 얼마든지 나온다. 예를 들어 도깨비불 등 수수께끼의 빛은 '뭔가가 반사되었다', '그건 반딧불이일 것이다', '산새가 빛이 났기 때문에', '실은 나야'라고 각각 답을 내놓고 있다. 하지만 조건이 계절적으로 전혀 맞지 않거나, 물리적으로 무리하거나, 아무리 그래도 그 설이 오히려 이상하다고 말하지 않을 수 없는 경우가 다수 존재했다.

그렇게 말하는 당사자들이 실은 발생한 일에 대해 가장 납득이 가지 않을 거라고 생각한다. 설명하기 어려운 사태와 마주한 상황에서 어떻게든 납득하기 위해 답을 쥐어짜낸 느낌을 부정할 수 없다. 스스로 안심하기 위해서라도 어떤 식으로든 납득할 수 있는 답변이 필요했던 게 아닐까 싶다.

너무도 이상한 무시무시한 물체와의 조우에 대해서는 '겁이 많아서', '지쳐 있었기 때문에', '날씨 탓'이라고 억지로 이유를 갖다 붙이는 경우가 많았다. 그러나 훤한 대낮에 집 근처에서 도대체 무엇에 두려워한다는 말일까. 극히 평범하게 아침 일찍 산에 올라가 걷기 시작한 상황에서 얼마나 지쳐 있단 말인가. 앞도 잘 보이고 날씨까지 화창한 산속에서 무엇을 잘못 보았단 말인가. 세상에는 절대로 신기한 일 따위는 있을 수 없다는 입장에 서면 기어이 착각을 일으키는 이유도 필요해진다.

호러 영화처럼 요란스럽게 사람을 경악시키는 뭔가가 산에 존재하지는 않는다. 오히려 그 반대다. 두려움은 서서히 파고들고, 곰곰이 생각해볼수록 공포심은 증폭된다. 그것을 느낄 수 있는가의 여부는 당연히 개인의 감성에 좌우될 것이다.

돌아온 친지의 '다마시'와 조우하는 것은 납득할 수 있지만, 연고가 없는 '다마시'의 출현에는 누구라도 곤혹스러워질 것이다. 어째서 여기서 내 앞에 나타나는가, 단순한 우연일까, 아니면 무슨 곡절이라도 있단 말인가. 아무리 생각해도 답은 나오지 않는다. 역시 어째서?라고 말할 수밖에 없다.

생각해보건대 결국 인간에게는 항상 '어째서?'가 맴돈다. 그것이 철학인지 과학인지 분야가 다를 뿐이다. 산에서는 '어째서=신기한 사건'은 공포로 이어지는 경우도 많아서 그것을 배제하는 사람과 받아들이는 사람의 온도 차가 상당한 것은 분명하다.

산의 괴이함이 과연 현상인지, 아니면 심상에 불과한 것인지를 판단해보라면 나는 심상이라고 답변한다. 개인의 뇌 안에 떠오르는 풍경이라고 말할 수 있는 게 아닐까. 그러나 그런 풍경을 떠오르게 하는 어떤 원천은 틀림없이 산에 존재하고 있다.

　동시의 복수의 인간이 체험하는 사례를 생각해보면 그렇게 생각하지 않을 수 없다. 그것은 예컨대 송신기와 수신기의 관계와도 비슷하다. 복수의 사람이 있어도 채널이 맞는 사람에게만 느껴지는 경우도 당연히 있을 것이다. 그러나 강력한 전파가 모든 라디오나 TV에 영향을 미치는 것처럼 동시에 많은 사람에게 거의 강제적으로 뭔가를 보여주는 불가사의한 에너지도 산에는 존재한다.

요괴와 '산괴'

　산의 신기한 사건으로 가장 많은 것은 역시 여우에 관해서다. 전국을 대상으로 면밀하게 취재한 것은 아니지만, 서쪽으로 가면 갈수록 여우의 영향력은 옅어지는 느낌이 든다. 그에 반해 눈이 많이 내리는 기타토호쿠(北東北)가 여우 이야기는 훨씬 많다. 연못이나 늪에 빠지는 전형적인 이야기에서 뭔가를 도둑맞는 이야기, 나아가서는 죽음에 이르는 이야기까지 대부분 여우와 연관된다.

　이것은 아니 지역 마타기, 사토 쇼이치 씨가 말하는 것처럼 자신에게 불리하면 일단 여우 탓으로 돌리기 때문에 나타난 현상일까. 오쿠치치부에서는 산에서 길을 잃은 사람이 신기한 빛에 인도되어 마을로 내려온 이야기를 들었다. 그 사람은 역시 여우가 도와주었다고 말하기 때문에, 여우의 소행은 무조건 나쁜 것이라고 단정 지을 수 없을 듯하다.

이야기를 들으며 떠오른 것은 역시 요괴다. 뒤에서 계속 누군가가 따라오는 발소리는 대부분 '베토베토상(ベトベトさん)'이라는 이름의 요괴다. 갑자기 들리는 갓난아이의 울음소리는 '야마아카고(山赤子)', '가와아카고(川赤子)'다. 갑자기 산속에서 무시무시한 절규가 울리는 것은 메아리 혹은 '요부코(よぶこ)'라고 불리는 요괴다.

이런 것들은 우선 산속에서의 신기한 현상이 이미 존재하기 때문에 생겨난 것이 아닐까. 적지 않은 사람들이 산에서 경험한 사건에 대해 그것이 요괴 ○○의 소행이라고 결론짓고, 모두에게 그렇게 납득시키려고 한다. 이런 장치가 실은 요괴라는 존재가 아닐까 생각되는 것이다. 어떤 존재인지 확실히는 모르겠지만 틀림없이 그곳에 존재한다. 그리고 틀림없이 어떤 영향을 우리는 받고 있다. 그것에 고유명사를 붙임으로써 주민의 공통 인식이 되었을 것이다.

이름도 없고 그 자태도 잘 모르는 상태가 실은 인간에게 가장 거추장스럽고 두려운 존재다. 일단 이름이 있으면 그만큼 공포심이 경감된다.

기타토호쿠에서는 고유명사를 생각하는 것이 귀찮은지, 모든 것을 여우의 소행이라고 치부해버린다. 음식물에 손을 대는 경미한 죄에서 사람의 목숨을 빼앗는 중범죄까지 뭐든지 여우의 소행인 것이다. 이것은 여우 입장에서는 민폐일지도 모른다.

시만토(四万十)의 아사다 미쓰요시 씨가 말하는 것처럼 어린 시절부터 무서운 이야기를 들었기 때문에 사람들이 공포심을 갖게 된 것일지도 모른다. 그 이야기도 일리는 있다. 이미 만들어진 개념이 주입됨으로써 그야말로 마른 억새가 유령으로 보여버리는 것이다. 그러나 그런 무서운 이야기의 원천이 무엇이었는지를 생각해보자. 그것이야말로 자연계 안에 원래 존재하는 그 무엇인가이지 않았을까. 그것이 먼저 있었기에 비로소 무서운 이야기도 만들어졌다고 생각하는 편이 타당할 것이다. 적어도 내게는 그렇게 생각된다.

미즈키 시게루(水木しげる, 일본의 만화가, 요괴연구가-역주) 씨가 대부분의 요괴에게 모습(자태)을 부여했기 때문에 요즘은 요괴에게 형태가 있는 것으로 인지되고 있다. 그러나 원래는 소리만, 기척만인 경우가 많다.

산과 관련된 괴이함도 소리로만 들리는 경우가 많았다. 그 자태는 확인할 수 없지만 틀림없이 그곳을 걸어 다니고 있기 때문에 두려운 것이다. 자태를 확인할 수 없는 뭔가가 집 안에 들어와도 그것이 친지의 '다마시'라면 문제는 없다. 도무지 정체를 알 수 없는 것이라면 공포의 대상이 되는 경우가 많기 때문에 어떻게든 밖으로 내쫓으려고 한다. 그때 염불이나 부적이 등장하게 되는데, 그렇다고 해서 호러 영화 수준의 격렬한 전투는 전혀 없다. 어느 사이엔가 조용히 수습이 되는 경우가 대부분이다.

이렇게 생각해보면 산에서 일어나는 괴이함은 틀림없이 '정(靜)'이다. 화들짝 당황해서 수선을 피우는 것은 실은 인간 쪽이다.

하반신이 없는 '다마시'에 관한 여러 이야기를 들었다. 이 경우 하반신이 없어도 걷는 소리만은 확연히 들린다. 이 점은 집 안을 걸어다니는 보이지 않는 '다마시'도 마찬가지다. 어째서 소리를 내고 걷는지는 수수께끼다. 일본의 유령 중 다리가 없는 것은 마루야마 오쿄(円山応挙, 에도 시대 화가로 '다리 없는 유령'을 처음으로 그린 화가라는 설이 있음-역주)부터라는 설이 있는데, 어쩌면 그 이전부터 사람들은 다리가 없는 유령의 모습을 많이 보았을지도 모른다. 그것을 그림으로 나타냈을 때 그런 모습이 되었던 것은 아닐까.

인간은 어둠을 두려워한다. 어떤 존재가 몰래 들어올지 알 수 없는 어둠 속에서 위협을 느끼는 것은 당연하다. 주행성인 인간은 본래 밤에는 움직이지 않는 생명체다. 하지만 불을 지핌으로써 움직이게 되었다. 그러나 그런 빛이 다다르지 않는 끝은 여전히 칠흑 같은 어둠이다. 빛을 들고 암흑 속으로 들어가게 되었기 때문에 비로소 인간은 어둠이 얼마나 두려운 존재인지 알게 되었다고도 할 수 있다. 그런 어둠에 대한 두려움이야말로 요괴의 존재로 이어지는 것은 아닐까.

따라서 요괴에게 가장 소중한 것은 어둠이라는 존재다. 현대 사회에서는 도시에서 어둠이 배제되면서 요괴는 거처에서 내몰렸다. 아주 옛날엔 어느 집이든 어둡고 차가운 곳이 있었으며, 작은 요괴가 살고 있었다. 그것은 '뒷간의 신'이나 '부뚜막의 신'과 동일한 것이었을지도 모른다. 뒷간을 더럽히거나 목욕탕을 어지럽히면 단박에 요괴가 되어 그 모습을 드러낸다.

실은 흔하디흔한 존재였던 요괴가 바야흐로 멸종 위기종이 되었다. 그것이 여전히 다수 존재할 수 있다는 곳이 바로 산이다. 산속에는 순수한 어둠이 숨 쉬고 있어서 아무리 라이트로 비추어봐도 그 바닥이 보이지 않는다. 요괴에게 산이란 절호의 거처인 셈이다. 그렇게 생각해보면 산의 괴이함이란 요괴에게만 가능한 일이라고 할 수 있을지도 모른다.

괴이함을 찾는 것은 '사막에서 우물 파기'

이 책에서 거듭 탐색했던 것은 결코 무서운 이야기나 괴담류가 아니다. 전해져 내려오는 이야기나 옛이야기, 그리고 민화도 아니다. 확실하지는 않지만 뭔가 묘하고 불가사의한 사건이다.

뭐라 설명하기 어려운 내용이라 취재 의뢰가 실은 가장 어려운 작업이었다. 아는 엽사나 마타기, 혹은 그 관계자에게 이야기를 듣는 것은 그다지 어려운 일이 아니다. 그러나 전혀 연고가 없는 지역에서 취재하는 것은 심히 고생스러웠다.

엽사와 관련된 문제에 대해서는 해당 관청인 농림과에서 '엽사 모임(엽우회)'에 타진을 부탁하거나 지역진흥반이나 교육위원회에서 현지 분들을 소개받는다. 이 과정에서 상세히 설명해도 제대로 이해받지 못하는 경우가 부지기수다. 기획서를 보내도 결국 민화 '가

타리베(語り部, 전문적인 이야기꾼-역주)'를 소개받는 등 생각대로 진척이 되지 않았다. 이에 대한 대책으로 가능하면 현지의 민박집에 묵으면서 이야기를 듣거나 민박집을 통해 사람을 소개받기도 했다. 발버둥 치는 것에 가까운 취재의 연속이었다. 그래도 움직이면 움직일수록 이런저런 이야기를 들을 수 있었기 때문에 행동으로 보자면 꼭 잘못된 방향은 아니었을 것이다.

이런 취재에 대해 지인으로부터 뜬구름 잡는 이야기라는 소리를 들었다. 또한 취재하던 곳에서도 비슷한 소리를 들었다. 어디서 누가 그런 경험을 했는지를 미리 아는 것은 거의 불가능에 가까웠기 때문이다. 뜬구름 잡는 이야기, 분명 그 말에도 일리가 있다. 따라서 일단 만날 약속만 잡고 구체적인 취재 내용에 대한 설명은 직접 얼굴을 마주하고 나서 상세히 이야기하기 시작하는 경우가 대부분이었다.

나는 중간부터 이 취재를 '사막에서 우물 파기'라고 부르고 있다. 아득하게 펼쳐진 거대한 사막의 도대체 어디에 수맥이 있는 것일까? 어딘가에는 필시 있을 것인데 그것을 확정하기가 일단 어렵다. 심지어 필시 여기쯤이라고 확신해도, 사막의 우물 파기라는 작업 자체가 역시 매우 힘들었다.

이야기를 듣는 상대는 젊다고 해봐야 50대 중반 이후, 대부분이 70세 전후의 분들이다. 그보다 젊은 사람은 애당초 산에 올라가지 않고, 괴이한 일과 만나는 경우가 전무했다. 너무 나이가 드신 분들은 귀가 잘 안 들리시거나 완전히 잊어버리시기도 해서 이야기를 들을 수 없는 케이스도 많았다.

"그런 옛이야기라면 그분이…."

이렇게 말하며 소개해주신 분은 80세가 넘는 분들이 많은데, 그렇다고 해서 꼭 이야기를 들을 수 있으리라는 보장도 전혀 없다. 결국 취재 내용 설명만 하고 10분도 지나지 않아 그 자리가 끝나는 경우도 많았다.

첫머리에서 쓴 것처럼 본래 괴이담은 지역의 소중한 '이야기 유산'이라고 생각한다. 그러나 그것이 이야기되는 '장(場)'이 바야흐로 사라지고 있다. 오랜 겨울철, 이로리(囲炉裏)를 에워싸고 앉아 끊임없이 반복되던 기나긴 이야기. TV조차 없던 시대에는 이야기를 통해 사람들이 이어져갔다. 손자 세대와 할머니, 할아버지의 소중한 접점이기도 했던 것이 바로 이야기인 것이다. 하지만 요즘은,

"산 이야기요? 그런 이야기는 손주들에게 하지 않네요. 해봤자 듣지도 않을 테고."

할아버지, 할머니의 이야기를 듣기보다 게임에 열중한다. 이는 도회지든 산촌이든 마찬가지다. 할아버지, 할머니도 방에서 TV를 보는 것을 우선시하기 때문이다. 이런 상황이라면 산에서 신기한 일과 마주해본들 누구에게도 이야기해줄 기회가 생겨나지 않는다. 이야기하지 않으면 사람들은 그것을 금방 잊어버릴 것이다. 요컨대 산의 괴이함은 이야기를 통해 전해질 때 비로소 그 명맥을 유지할 수 있는 덧없는 존재인 것이다.

취재로 이야기를 들을 때 '무슨 신기한 일은 없었습니까?'라고 물

어보는 경우는 없었다. 이런 쪽 이야기는 느닷없이 물어본다고 불쑥 나오는 성질의 것이 아니기 때문이다. 그래서 처음엔 다른 곳에서 이러이러한 일이 있었고, 그곳 사람들은 이러이러한 경험을 했다고 내가 '가타리베'가 되어 이야기를 한다. 도깨비불이나 신기한 소리, '다마시' 등에 대한 이야기는 그야말로 우물을 팔 때의 마중물이었다.

이런 마중물 덕분에 다행스럽게도 우물 파기에 성공할 때가 있긴 하지만, 그렇다고 실패할 때가 없는 것은 아니다. 확률적으로는 성공할 경우 쪽이 많았다. 이리하여 심할 때는 취재 시간의 절반 이상을 내가 이야기하는 경우도 있었다. 이야기를 들으러 간 것인지, 이야기를 하러 간 것인지 가끔 분간하기 어려웠을 정도다.

깊은 산속에 있는 지역은 세상으로부터 격리된 공간처럼 느껴지지만, 실은 그렇다고도 단정지어 말하기 어렵다. 주요 도시를 이어주는 '가도(街道)'가 많은 물자를 유통시키는 '대로(大路)'라면 능선로나 계곡을 따라 이어지는 길은 수많은 사람이 종횡무진 움직이는, 인터넷 공간 같은 다채로운 '정보로'가 아니었을까. 그렇게 생각해보면 미야자키현의 시바(椎葉)촌과 아키타현에 과거 존재했던 아니정의 마타기에 적지 않은 공통점이 있는 것은 당연한 일일지도 모른다. 직접적인 교류는 없더라도 종교 수행자나 약재상, '고제(瞽女, 일본의 시각장애 여성 예능인-역주)'나 '가도즈케(門付, 유랑 연희패-역주)' 같은 사람들이 전달물질이 되어 다양한 문화에 영향을 끼쳤을 것이다.

물론 식자율이 낮은 시대이기 때문에 당연히 구전, 즉 '이야기' 형식으로 거의 전해져왔다고 생각된다. 귀를 통해 들어온 정보를 머릿속에서 정리해 말로 구현한다. 본래 '이야기'란 그런 고도의 지적 작업이기도 하다.

요컨대 '이야기'는 끝나지 않는 테이프처럼 일방통행으로 끝나는 성질의 것이 아니다. 계속 이야기되는 과정을 통해 이야기 그 자체가 진화하며, 더더욱 다양한 요소를 집어넣어 성장해가는, 그야말로 날것 그 자체인 생명체이기도 하다. '이야기'란 인간에게 소중한 지적 행위다. 내가 '이야기'의 중요성을 인식하고 귀중한 유산이라고 간주하는 이유는 거기에 있다.

이야기가 사라져가고 있는 지역에서는 동시에 활력도 사라져가고 있었다. 생활에 빼놓을 수 없던 산에 사람들이 더 이상 들어가지 않는다면 굳이 산에서 지낼 필요가 없다. 젊은이들은 도회지로 떠나고 산촌엔 할아버지, 할머니만 남게 되었다. 그들이 '산괴'를 이야기해줄 상대는 이미 더 이상 존재하지 않는다. 그리고 소중한 이야기꾼인 할아버지, 할머니 본인도 조만간 사라질 것이다.

할아버지와 할머니의 산 괴담, 바야흐로 틀림없이 멸종 위기종이 되고 말았다.

 *

마지막으로 바쁘신 와중에 이야기를 들려주신 분들에게 깊이 감사의 말씀을 올린다. 아니 지역에서 시작된 '산괴'의 여행은 열도를 돌아 유니시(湯西)강에서 끝났다. 지도를 노려보면서 이어진 취재를 통해 새삼 이 나라의 복잡한 지형을 재확인할 수 있었다는 기분이 든다. 좁은 듯하면서 넓고 먼 것 같으면서 가깝다. 역시 일본이라는 나라는 무척이나 흥미롭다.

가본 적 없는 지역을 방문해 만난 적 없는 사람으로부터 '산괴'에 대해 이야기를 듣는다. 그런 즐거운 여행을 다시 할 수 있기를 바란다.

역자 후기

　인터넷에서 '소부장'을 검색해보면 관련 검색어로 '소부장 강소기업', '반도체 소부장', '소부장 일본' 등이 떠오른다. 소재, 부품, 장비의 줄임말인 '소부장'은 최근 몇 년간 반도체 관련 한일 무역 분쟁의 키워드였다. 전자산업의 쌀이 반도체이고, 그런 반도체의 공정을 위해 수백 개의 소재와 공정 장비가 필요하다고 하니, '소부장'이 제조업의 뿌리가 되고 있다는 말은 결코 빈말이 아닐 것이다. 소부장산업이 '보이지 않는 기술 속의 기술'로 각광을 받는 이유다.

　『산괴』의 역자 후기에 느닷없이 무슨 소부장이며 반도체 타령이냐고 의아스럽게 생각하실 분도 계실 것이다. 번역 작업을 마치고 문득 그런 생각이 들었다. 이 책에 수록된 수많은 자그마한 이야기들은 언뜻 보기에 한 톨의 쌀이나 그보다도 하찮은 것으로 보일 수 있으나, 결국 이런 것들이 모이고 모여 한 톨의 '쌀알'이 되고, 한 숟가락이 되고, 한 공기가 되는 법이다. 큰 산에 오르더라도 결국은 수많은 '한 걸음'이 전제되어야 비로소 가능한 것과 같은 이치다.

　일본에는 다양한 괴담이나 요괴가 존재한다. 음양사, 아베노 세이메이(安倍晴明), 요쓰야 괴담(四谷怪談), 갓파, 자시키와라시 등은 현대에도 매우 신선한 문화 콘텐츠로 다양한 장르에서 끊임없이 재생산되고 있다. 요괴워치나 포켓몬, 토토로나 이누야샤, 귀멸의 칼날에 대해서 논하기 시작하면 '역자 후기'가 너무 길어질 것 같다. 어쨌든 괴담 분야에서 일본 콘텐츠가 강세인 것은 주지의 사실인데, 그러나 이 책은 산과 관련된 경악스러운 호러 영화 부류는 결코 아니다.

거시적으로 보면 이 책은 1910년에 발표되어 일세를 풍미한 야나기타 구니오(柳田國男)의 『도노모노가타리(遠野物語)』를 연상시키는 측면이 있다. 이와테현 도노 지방에 전해 내려오는 일화나 전승을 직접 듣고 채록한 구전설화집으로 '갓파'를 비롯한 수많은 요괴들이 등장해 일본민속학, 문화인류학, 일본환상문학, 만화나 애니메이션 등 다양한 문화 콘텐츠에 큰 영향을 끼쳤다.

『도노모노가타리(遠野物語)』가 이와테현 도노 지역에서 직접 듣고 채록한 구전설화집이었다면 이 책은 아키타현의 마타기(전통 수렵 방식을 고수하는 도호쿠 지방 산악 엽사)나 일본 각지의 산에서 생활하는 이들의 체험담을 다수 수록하고 있다. 심지어 인터뷰에 응해준 대부분의 사람들이 실명으로 등장하기 때문에 묘한 리얼리티를 느낄 수 있다. 익명성에 기반을 둔 황당무계한 괴담이라기보다는 실화에 바탕을 둔 지극히 덕후(!?)스러운 취재일지에 가까운 측면이 있다. 그래서인지 이 책은 간행된 지 1년 반 만에 9만 부를 넘기면서 곧바로 후속 시리즈가 나왔고, 특이한 종류의 출판물인데도 이례적으로 베스트셀러의 반열에 올라 이른바 '산괴 붐'을 형성하고 있다.

앞서 '소부장' 타령을 했던 이유는 이 책이 예컨대 음양사나 요쓰야 괴담처럼 화려하게 상품화된 스마트폰이나 노트북 따위의 완성

품이 아니라, 그런 이야기의 바탕이 되는 가장 근원적인 쌀알에 가깝다고 여겨졌기 때문이다. 말하자면 창조적인 상상력의 '소부장'인 셈이다. 완성형의 이야기가 아니라 민화의 원석, 자칫 의식되는 일조차 드문 자그마한 에피소드들을 모은 것이다. 작자는 최종적으로 완성된 이야기보다 그 밑바탕에 있는 원석, 상상력을 자극하는 마중물, 영적인 것을 환기시키는 '보이지 않은 존재 속의 존재'의 채록에 성실히, 고집스럽게 천착하고 있다.

무엇보다 거의 대부분이 산과 관련된 괴담이라는 점이 주목된다. 본문에도 나온 것처럼 산은 삶과 죽음의 거대한 향연장이기 때문이다. 필자는 말한다. 많은 생명이 사는 산에는 엄청나게 많은 죽음역시 존재한다고. 생과 사는 항상 같은 숫자라는 것이다. 그리고 사람들의 이야기를 듣다 보면 두 종류의 인간, 즉 산에서 괴이한 일을 당하는 사람과 당하지 않는 사람으로 확연히 구분된다는 사실을 문득 깨닫는다고 말한다. 즉 영적인 것에 대해 어떤 입장을 취하느냐에 따라 각자가 사는 세상은 달라질 것이다.

뱀이 나올 것 같아서 애초에 산에 잘 올라가지 않지만, 이 책을 번역하면서 산에 좀 더 자주 오르고 싶어졌다. 영적인 세계에 대한 관심이 적지 않기 때문이다. 일본에는 워낙 험준한 산이 많아 고유한 산악 종교가 생겨날 정도이지만, 애당초 국가를 불문하고 높고 깊은 산은 영적인 문제를 환기시키는 측면이 있다고 여겨진다. 과학이 발달하고 어둠이 사라져도 결국 우리 모두에겐 언젠가 죽음이 찾아온다. 죽음을 의식할 때 종교가 떠오르는 것처럼 삶과 죽음으

로 가득 찬 이 책의 행간을 읽다 보면 우리의 의지를 넘어선 영적인
세계에 대해 좀 더 농밀하게 느껴볼 수 있을지도 모른다.

역자 김수희

산괴 1

-산에 얽힌 기묘한 이야기-

초판 1쇄 인쇄 2022년 7월 10일
초판 1쇄 발행 2022년 7월 15일

저자 : 다나카 야스히로
번역 : 김수희

펴낸이 : 이동섭
편집 : 이민규, 탁승규
디자인 : 조세연, 김형주
영업·마케팅 : 송정환, 조정훈
e-BOOK : 홍인표, 서찬웅, 최정수, 김은혜, 이홍비, 김영은
관리 : 이윤미

㈜에이케이커뮤니케이션즈
등록 1996년 7월 9일(제302-1996-00026호)
주소 : 04002 서울 마포구 동교로 17안길 28, 2층
TEL : 02-702-7963~5 FAX : 02-702-7988
http://www.amusementkorea.co.kr

ISBN 979-11-274-5049-6 04830
ISBN 979-11-274-5433-3 04830(세트)

Sankai
First published in Japan 2015.
©2015 Yasuhiro Tanaka Published by Yama-Kei Publishers Co., Ltd. Tokyo, JAPAN

이 책의 한국어판 저작권은 일본 Yama-Kei Publishers Co., Ltd.와의 독점계약으로
㈜에이케이커뮤니케이션즈에 있습니다.
저작권법에 의해 한국 내에서 보호를 받는 저작물이므로 무단전재와 무단복제를 금합니다.

*잘못된 책은 구입한 곳에서 무료로 바꿔드립니다.

창작을 위한 아이디어 자료

AK 트리비아 시리즈

-AK TRIVIA SPECIAL